ファミレス 上

重松 清

角川文庫
19748

目次

下巻目次

プロローグ

土産に殻付きのカキを買うことになった。

うーん、と宮本陽平《みやもとようへい》は微妙に顔をしかめた。

確かに店頭で試食をした焼きガキは悪くない味とサイズだったが、観光客目当てのセットなので割高感は否めない。

「わざわざここで買わなくても、この時間だったら、ウチに帰ってからでも買い物に行けるぞ」

だが、妻の美代子《みよこ》はあっさりと「仙台《せんだい》で買って帰るから意味があるんじゃない」と返す。「仙台といえばカキでしょ？　違う？」

違わない。陽平自身は「仙台といえば牛タン」なのだが、「牛タンは一年中だけど、カキはいまが旬！」と言われると引き下がるしかなかった。

帰京する新幹線に乗り込んでから、「晩めし、カキでリクエストあるか？」と訊《き》いてみた。

「つくってくれるの？」

「うん、まあ……そっちも疲れてるだろうし」

少し照れた。美代子は「これからはせっせとご機嫌取りをしなくちゃ、って思ってるわけ？」と笑いながら軽くにらんできた。

「そういうんじゃないよ」

舌打ちしてそっぽを向いたが、図星だった。

今夜から、わが家は夫婦二人きりになってしまう。去年就職をした長女の葵《あおい》につづき、長男の光太《こうた》もこの春から仙台で一人暮らしを始めることになって、昨日アパートに入居した。陽平と美代子は昨日から泊まりがけで引っ越しを手伝い、名残惜しさを隠せないまま帰途についたのだ。

「だいじょうぶかなあ、ちゃんとやっていけるのかなあ……なんか、心配だけどね」

美代子の言葉に、ついムキになって「だいじょうぶに決まってるだろ」と言い返した。

「光太のことよ？」

「……あ、そっちか」

プレッシャーがある。ともに今年四十九歳になる二人は、いわゆる「できちゃった婚」だった。入籍をして一緒に暮らし始めたときには、すでに美代子のおなかには葵が宿っていた。以来二十四年間、いつもわが家には子どもがいた。銀婚式を間近に控え、五十歳の大台も見えてきたいまになって、初めての二人暮らしなのである。「やっと新婚生活が送れるってこと？」──うふふっ、と美代子はいたずらっぽく笑う。冗談だ、冗談、軽いギャグ。わかっていても、陽平はうまく笑い返すことができなかった。

夕方帰宅すると、陽平はすぐに近所のスーパーマーケットに出かけた。

今夜の夕食は、手早くつくれる献立にしたい。殻付きのカキは、まずは酒蒸し。味付けはレモン汁と豆板醬《トウバンジャン》の二種類を用意して、もう一つ、ピザソースも試してみたい。殻をはずした剝《む》き身は青梗菜《チンゲンサイ》と一緒に中華スープ、豆腐か厚揚げを足して、とろみをつけるのもいい。あとは生野菜のサラダと、カキの炊き込みご飯か、お好み焼きにカキを入れてみるか、クラムチャウダー風にしてクラッカーを合わせるのも「あり」だろう……。

売り場を回りながら献立を考える時間が、なにより楽しい。正直に打ち明けるなら、実際に台所に立って料理をつくる時間よりも好きかもしれない。美代子に言わせると、そこが「男の料理」の甘さになってしまうのだが、とにかく料理は陽平の唯一の趣味なのだ。

四十歳を過ぎて料理の面白さに目覚めた。中学校の国語教師として、なにかとストレスがたまる年齢でもあった。目覚めたあとは、一気にのめり込んだ。生真面目な性格なのである。

去年、勤務先の学校で料理同好会を起《た》ち上げたのも、教師としての生真面目さゆえの、やむにやまれぬ行動だった。

学校にはあたりさわりなく『料理同好会』の名前で登録してあるが、内輪での通り名は『S・C・C』――サバイバル・クッキング・クラブ。

ゲテモノや雑草を料理するわけではない。さまざまな問題を家庭内に抱えている生徒に、「とりあえず、しっかりメシを食え!」「親がつくってくれないのなら、自分でつくれ!」と訴えたかった。「自分のメシぐらい自分でつくれないようじゃ、厳しい世の中、生きていけないぞ!」という意味でのサバイバルなのである。

職員会議であきれられながらも、予算のつかない同好会として設立を認めさせた。生徒を指導するからには我流のままではいけない、と料理教室にも通いはじめた。その甲斐《かい》あって、料理の腕前は一段と上がった。フリーマーケットに足しげく通い、鍋《なべ》やフライパンや食器を自腹で買い集めて、備品も少しずつ増えてきた。

まことに順調だった。ただひとつ、去年一年間『S・C・C』の門を叩《たた》く生徒は一人もいなかった、という点を除いては。

冷蔵庫で冷やした純米大吟醸を、美代子はガラスの猪口《ちょこ》でうまそうに呑《の》んだ。

「これくらいが花冷《はなび》え？　もう雪冷《ゆきび》えに近い？」

と訊かれても、陽平には「ビールよりちょっとぬるいから、花冷えかなあ」としか答えられない。

「またテキトーなこと言っちゃって」

「温度計がないとわからないよ、そんなの」

「でも、お燗《かん》は徳利《とっくり》の底にさわって計るのよ」

「そういうウンチクばっかり言うなって」

日本酒は温度によって、風雅な呼び方がある。雪冷えは摂氏五度ぐらいで、花冷えだと十度、十五度あたりが涼冷《すずび》え。美代子に教わった。日本酒なら二合、ワインならグラスに三杯で眠くなってしまう美代子は、ウンチクを肴《さかな》に酒を味わうタイプなのである。ちなみに、涼冷えの次は常温——それを昔ながらに「冷《ひ》や」と呼んで注文すると、居酒屋の若い店員が冷酒を持ってきてしまうのが悔しい。

燗酒のほうは、ぬるいほうから日向《ひなた》燗、人肌燗、ぬる燗、上《じょう》燗、熱《あつ》燗、飛び切り燗となる。ウンチク好きの美代子は、なにごとも「型」から入りたがるタイプでもある。

この冬は錫《すず》のちろり付きの燗付け器を欲しがっていたが、光太の受験のことでばたばたしているうちに買いそびれてしまい、三月も残り二週間になった。

「カキの酒蒸し、おいしいね。わたしは豆板醬が一番好きかな」

「中華スープは生姜《しょうが》を効かせてみたんだけど」

「あとは塩胡椒《こしょう》だけ？」

「ごま油の風味もつけてる」

「ちょっとだけオイスターソース入れてみたら、もっと味にメリハリがつくかもね」

「なるほど……」

「あ、でも、これだってふつうにおいしいわよ」

じょうずじょうず、と幼い子どもをほめるように言った美代子は、お猪口に酒を注ぎ足した。ふだんよりペースが速い。陽平が思わず心配顔になったのを察して、「だって、すごく呑みやすくて、おいしいんだもん、このお酒」と言い訳する。その声も、微妙に呂律《ろれつ》があやしくなっていた。

今夜は呑みたいのかもしれない。呑まずにはいられないのかもしれない。わが家から息子が巣立った最初の夜だから——というのなら、いい。気持ちは陽平にもわかる。だが、もしも、ダンナと差し向かいのうっとうしさに堪えかねて——だとすれば、ちょっと困る。その気持ちがわからないでもないから、よけい困ってしまうのだ。

なるべく湿っぽい話はよそうと思っていたのだが、あんのじょう美代子は「光太、もう晩ごはん食べたかしらねえ……」と言い出した。

「だいじょうぶだよ、食ってる食ってる」

「コンビニのお弁当ですませちゃってるような気がするなあ、あの子」

「最近のコンビニ弁当って、かなりいいぞ。栄養のバランスとかカロリーとか、アレルギーやアトピーのこともちゃんと考えてるしな」

「レンジでチンでしょ。ごはんは栄養だけ摂《と》ればいいってものじゃないんだから」

「近所に定食屋さんあっただろ。いかにも学生向けで、安くてボリュームもありそうだったな」

「でも、あの子って意外と人見知りしちゃうから、ああいうお店に一人で入って行けないかも」

「自炊っていうのもあるぞ。台所のコンロも二口あったから、たいがいのものはつくれるだろ」

「やだ、火の元だいじょうぶかなあ」

心配のタネは尽きないのだ。仙台からひきあげるときにも、アパートの大家さんに挨拶《あいさつ》しただけでは気がすまず、アパートの全室とご近所でお世話になりそうな商店を家族そろって一軒ずつ回って……と言うのを、陽平と光太が二人でなんとか押しとどめたのだった。

しかたない。しばらくはこんな調子なんだろうな、と陽平もあきらめている。もともとの世話焼きな性格に加えて、知らない街に息子を送り出す心の準備がまだ足りない。

なにしろ、あまりにも急な話だった。第一志望、第二志望、滑り止め、いずれも東京の私大だったはずの光太が「どうしても仙台の大学を受けたい」と言い出したのは、年が明けてから——願書を出すのもホテルを取るのもぎりぎりのスケジュールになってしまった。

美代子はとりつく島もなく怒るだけだったし、陽平もすぐには賛成できなかった。「冷静に考えろよ、一生のことなんだから」と何度も言った。だが、光太は去年の東日本大震災のことを持ち出して、「復興の手伝いを、なんでもいいからやってみたいんだよ」と譲らなかった。

陽平も納得したわけではない。ないのだが、最後は光太の味方について、美代子を説き伏せた。しっかり者の姉の葵とは対照的に、幼い頃からなにをやらせてもおっとりとして、自分の意見を押し通すことなどほとんどなかった息子の、初めてのわがままを認めてやりたかったのだ。

「でもねえ……」

美代子は冷酒をお銚子《ちょうし》から猪口に注ぎながら、ため息交じりに言った。「光太がボランティアなんて、かえって足手まといになるんじゃない？」

まあな、と陽平はうなずいた。

「自分のこともろくすっぽできないんだし、だいいち大学は勉強するために行くところなんだし、お金だってウチから通うのと一人暮らしとでは全然違うんだし……」

「でも、ほら、向こうは物価が安いから」

「それにしても、こんなに早く二人ともウチを出ちゃうとは思わなかったなあ。葵は親離れが早い子だったけど、光太はこっちが追い出すまでウチに居座っちゃうんだと思ってたけど」

「決めちゃうと早いんだ、男子は」

「なんにも考えずに、勢いだけなんだから」

愚痴が増えてきた。そろそろ今夜はおひらきの頃合いだろう。「まあ、あいつもちょっとは苦労したほうがいいだろ」と受け流して席を立った。

「腹減ったな。なにか締めにつくるけど、食べるだろ、お母さんも」

だが、美代子は「まだいいじゃない、そんなの」と返し、冷酒を一口啜《すす》って、「それより」と陽平を軽くにらんだ。「また『お母さん』って言ったの、気がついてる？」

「あ、悪い……うっかりしてた」

葵が赤ん坊の頃から、ずっとそうだった。独身時代は旧姓の「佐藤《さとう》さん」だったのが、妊娠発覚と入籍と出産でばたばたしているうちに、新婚夫婦らしい呼び方を経ないまま「パパ」「ママ」、子どもの成長に合わせて「お父さん」「お母さん」になって、いまに至る。

「しっかりしてよ、わたしはもう『お父さん』ってつかってないんだから。そういうところから意識を変えていかないと、子離れできないわよ」

それはちゃんとわかっているのだ。おまえ、きみ、あなた、美代子、美代ちゃん……わかっていても、口にする前に気恥ずかしさに身をよじりたくなる呼び方ばかりなのだ。

「ほんとに切り替えができないっていうか、自覚がないんだから、まったくもう」

陽平は逃げるようにキッチンに入り、鍋に湯を沸かしながら、やれやれ、と苦笑交じりにため息をついた。

締めの食事は、セリのほろ苦さを利かせたカキにゅうめんをつくることにした。

カキの炊き込みご飯は醤油《しょうゆ》味をしっかりつけたので、すでに茶碗《ちゃわん》半分ほどを酒肴《しゅこう》で味わった。お代わりは、明日——月曜日の朝に回す。そのほうがご飯に旨《うま》みが染みる。そこに揉《も》み海苔《のり》を散らすか、半熟の目玉焼きを載せるか、お茶漬けにするか……そういうことを考えている時間がなにより楽しい。

素麺《そうめん》をゆでるお湯を沸かす間に、カキを塩水で洗い、カツオだしのツユをつくった。

「どうする？　そろそろ素麺をゆでるから、食べるんだったらつくるけど」

キッチンから美代子に訊《き》くと、少し間をおいて「食べるーぅ……」と眠たそうな声が返ってきた。ダイニングから答えたにしては声が遠い。リビングのソファーでうたた寝をしているのだろう。

「風邪ひくぞ。もうベッドに入っちゃえよ」

「んー、だいじょーぶぅ……」

「だいじょうぶじゃないだろ、飲みすぎなんだ」

だから言わんこっちゃない、と封を切りかけた素麺を調理台に戻した。

昨日までなら光太に「ちょっとお母さんを起こしてくれ」と頼めた。去年のいまごろはまだ葵もウチにいたので、たぶんあいつなら美代子がソファーに向かいかけたところで「お母さん、ベッドで寝ちゃえば？」と声をかけてくれただろう。

だが、もうこれからは頼る者はいないのだ。夫婦二人きりなのだ。酔ってうたた寝するぐらいならいいが、いずれ介護になって、こっちも歳をとって体にガタが来て……と、想像はあっという間に十年の歳月を早送りしてしまう。

ガスコンロの火を止めて、リビングダイニングに戻った。やはり美代子は三人掛けのソファーに横になっていた。しかも、二つあるクッションの一つを枕にして、もう一つをおなかに載せて、このまま朝まで眠り込んでしまいかねない。

すぐに起こすつもりだったが、美代子の寝顔を見ていると、やっぱり歳とっちゃったよなあ、と苦笑いが浮かんだ。白髪は染めていても、こうして間近でじっと見つめると、小さな皺《しわ》や染みにいくつも気づく。ただし、それは意外と悪い気分ではなかった。

毛布は大げさでも、とりあえず膝掛《ひざか》けぐらいはあったほうがいいかな、と寝室に向かった。優しいダンナだよなあ俺って。わざといばって、照れくささに肩をすくめた。

鼻歌交じりに寝室に入る。ほとんど無意識のうちに浮かんだメロディーだったが、歌い出しのところですぐに、ああ、と気づいた。

青春時代から大好きだった吉田拓郎《よしだたくろう》の曲だ。『今日までそして明日から』――名曲なのだ、これがまた。「今日まで」のほとんどなかった中学生の頃から、下手なフォークギターをかき鳴らして歌ってきた。「今日まで」のストックがたっぷり増えて、「明日から」もまだそこそこは残っていそうな四十八歳のいまなら、よけいに味わい深く歌えそうな気もする。

今度フォークギター買ってみるかな、と思った。もうわが家に受験生はいないのだから騒音に気をつかう必要はないし、「やめてよ、オヤジの青春プレイバックなんて」とケチをつける娘もいない。そう考えてみると、子どもたちが巣立ったあとの毎日というのも、なかなか悪くないではないか。

なんだか楽しいぞ。盛り上がってきたぞ。いまになって酔いが回ってきたのかもしれない。

寝室にはツインのベッドと、マッサージチェアが置いてある。チェアの肘《ひじ》に掛けてあったブランケットを取り、酔ってはしゃいだ勢いもあったのか、ふだんは敬して遠ざけている美代子の本棚の一角にふと目をやった。小説のコーナーだ。単行本や文庫本が何冊か並んでいる。その中の一冊に封筒が挟んであることに気づいた。

なにげなく手を伸ばしてみた。アン・タイラーというアメリカの女流作家の単行本だった。「家族」や「夫婦」をテーマにした小説を数多く書いている作家だという。美代子は三十代の頃から愛読しているが、陽平はまだ一冊も読んだことがない。苦手なのだ、所帯じみた小説が。つくりごとのお話を読んで身につまされるというのが、どうにも居心地悪くてしかたないのだ。

そんなアン・タイラーの本に挟んであった封筒は、区役所のものだった。封はしていない。中に薄い用紙が折り畳んで入っている。

封筒から紙を取り出して広げた瞬間、酔いは消えうせた。

罫《けい》や文字が深い緑色で印刷されたその紙は、離婚届の用紙——そこにはすでに、美代子の名前や住所などが記されていたのだ。

ふわふわとした頼りない足取りでリビングに戻った。ソファーで眠り込んでいる美代子の寝顔をちらりと見て、逃げるように目をそらし、ブランケットを掛けてやった。

美代子を乱暴に揺り起こし、寝ぼけまなこの前に離婚届の用紙を突きつけて、「これ、なんなんだよ！」と問いただすことは——できなかった。

半べそをかいて美代子にすがりつき、「俺に悪いところがあるんなら言ってくれ、ちゃんと直す、約束する、離婚なんてやめてくれよ、頼むよ」と両手で拝むことも——やはり、できなかった。

離婚届は畳み直して封筒に入れ、元の場所に戻した。知らん顔をしておくしかない。美代子の出方をうかがうしかない。それまではなにごともなかったかのように、いままでどおりにふるまうしかない。「しかない」をいくつも重ねたすえに、「しかたないよな……」とつぶやいた。巧《たく》まずして韻を踏んだような格好になったことに気づいて、「しがないオヤジだもんな」とつづけてみたが、面白くもなんともなかった。

美代子はぐっすり寝入っている。安心しきった無防備な寝顔である。とてもではないが離婚をひそかに考えているようには見えないし、見たくもない。だが、それは事実なのだ。日付は入っていなかったが、用紙はそれほど古びていないし、インクの色もまだ鮮やかだった。どんなに長くても、せいぜい一年以内ではないか。

その間の記憶をたどってみた。美代子を本気で怒らせたことや不信感を抱かせたこと。あるいは彼女を裏切ったり、うっかり傷つけてしまったようなこと。なにも浮かばない。心当たりがない。だからよけい途方に暮れてしまう。

キッチンに入った。食欲は失《う》せていたが、せっかくカキを水洗いしたのだし、こういうときにこそ熱々のにゅうめんを啜って、体温を上げて、免疫力を高めなければ。お湯を沸かし直して、素麺を入れた。最初は青味にセリを使うつもりだったが、ここは万能ネギだ、と決めた。それもたっぷり、大阪名物ネギ焼きにも負けないほどに。

小口切りでもみじん切りでも、包丁を細かく動かして野菜を刻んでいると、自然と無心になれる。気持ちを落ち着かせるには、これが一番なのだ。

黙々と刻んだ。ネギだけでなく、浮かんでくる「なんで？」の声も細かく刻んでいった。

だが、トントントントントン、という包丁の音の強弱やリズムは、最後までばらついたままだった。

第一章

キッチンの棚に、また新しいホーロー鍋《なべ》が増えていた。「新しい」と言っても、新品ではない。

「一九七〇年代のダンスクだよ。蓋《ふた》の取っ手が十字になってるから、鍋敷き代わりに使えるんだ」

武内一博《たけうちかずひろ》は片手鍋の蓋を持ち上げて、得意そうに胸を張る。ヒゲを立てた頬がほころんだ。

なるほど、と陽平はうなずいた。

ネットオークションで競り落としたのだという。新品よりも高くついたはずだが、確かにターコイズブルーのしっとりとした質感は新品には出せないものだった。

一博は五十歳——二歳下の陽平ともども、本来は悪口だったはずの「こだわり」が褒《ほ》め言葉になっていった歴史を、当事者として生きてきた世代である。

しかも大手出版社でさまざまな雑誌を手がけてきた一博にとっては、「こだわり」

こそがメシのタネと言ってもいい。公私ともども「こだわり」を見つけてはそれを磨き、しばらくたつとまた新たな「こだわり」に飛びつくことを繰り返してきた。「こだわり」にこだわってはならない、というのが編集者としての「こだわり」なのである。

そんな一博がこの二年ほど夢中になっているのは「男の料理」だった。ヴィンテージの鍋や食器をせっせと買い集めているのも「少々の傷や欠けにはこだわらない、いかにも無造作な男のキッチン」にこだわりたいからだという。ちなみに、不精《ぶしょう》とお洒落《しゃれ》の境界線ギリギリを狙ったヒゲも、こだわっていないように見せることに大いにこだわって、毎日細かく手入れをしているのだった。

ワケのわかんない話だよなあ、ややこしいよなあ、面倒くさいよなあ……。

陽平は内心あきれながらも、「今度の休みはウチで一緒に料理をつくらないか？」という誘いには、つい乗ってしまう。ダイニングのスペースをつぶしてアイランド型の調理台を設《しつら》えたキッチンは、とにかく使いやすいのである。しかも「男の料理」は食材に金は惜しまない。さらに年下相手にワリカンなどと言わない太っ腹なところも、しつこいようだが「男の料理」の本懐なのである。「もっと広いキッチンで、もっと本格的な料理を、できるだけ安くつくりたい」と常々思っている陽平にとっては、なによりありがたい誘いなのだ。

今日——春分の日も、一博のウチのキッチンで朝から過ごしている。二人で手分けして下ごしらえを終えた最上級の豚ロース肉の塊《かたまり》を、いま、オーブンに入れたところだった。

　香り付けのローズマリーを埋め込んだ豚ロース肉を、まずはオーブンで二十分ほど焼く。いつもなら、その間に別の料理や付け合わせに取りかかるところなのだが、一博はよく冷えた白ワインを冷蔵庫から取り出して、「ちびちび飲《や》るか」と言った。「今日はミヤちゃんのお祝いだもんな」

「え？」

「葵ちゃんに聞いたよ。息子さん、仙台に引っ越したんだってな。いよいよ第二の新婚生活の始まりだよ。お祝いだ、お祝い」

　ワイングラスを目の高さに掲げて乾杯のポーズをとる。陽平もあわててそれに応《こた》えたが、うまく笑い返せたかどうか自信がない。

　ウチのことを職場でなにをべらべらしゃべってるんだ、と葵の顔を思い浮かべてにらみつけると、ペロッと舌を出されてしまった。そういうヤツなのだ、わが家の長女は。

「葵、ちゃんと仕事やってますか？」

「平気平気、親父さんの前だから言うわけじゃないけど、あの子は物怖《お》じもしないし、頭の回転も速いから、編集の仕事に向いてると思うぜ」

「いえ、そんな……ミスをしたら、びしびし叱ってやってください」

わかったわかった、と一博は鷹揚《おうよう》に笑いながらワインを啜《すす》る。

そもそも陽平と一博が知り合ったのは、葵が仲立ちだった。去年大学を卒業した葵は、正社員としての就職先が見付からず、大学の先輩のツテで、一博が編集長をつとめる月刊誌『おとなの深呼吸』編集部で一年契約のアルバイトを始めたのだ。

確かに一博の言うとおり、葵は物怖じしない性格だ。もうちょっと正確に言うなら、ずうずうしい。そうでなければ、編集長が別の編集部員と「俺も『男の料理』をきわめたいから、どこかの料理教室に通おうかなあ」と話しているところに、仕事を始めて三日目の新人アルバイトが「ウチの父が通ってる教室、けっこういいみたいですよ」と横から口を挟んだりはしないはずなのだ。

「わたしだってびっくりしたよ」と葵は言う。「まさか編集長が本気で教室に通うとは思わなかったし、お父さんと仲良くなるとも思わなかったし……」

そこまでは困惑気味に話しても、「まあ、これでクビにされることはないよね、ラッキー」と本音が覗《のぞ》く。そして実際、四月からの契約更新も決まり、正社員に登用される可能性まで出てきたというのだから――ずうずうしい性格とは、つまり、そういうことなのだ。

「ほら、ミヤちゃん、グーッといけよ」

一博に手振りでうながされてグラスを口に運んだが、決して嫌いではない白ワインの味が、いまは酸味しか伝わってこない。

無理やり忘れたふりをしていた離婚届のことが、また頭の真ん中にどんと居座ってしまい、その重みがきりきりと胸を締めつけてくる。

美代子の署名入りの離婚届を見つけたのが、一昨日《おととい》の夜だった。その夜はソファーでうたた寝する美代子をベッドに連れて行くだけで終わった。

昨日は朝から学校に出て、学年の修了式や春休みを直前に控えてバタバタしていたので、帰りは終電になってしまった。美代子とは朝食のときに少ししゃべっただけで、帰宅したときにはもうベッドに入っていたので、結局すれ違いだった。

今朝は、美代子がご近所の奥さん仲間と近所をウォーキングしている間に家を出た。こそこそと、逃げるように――と認めるしかない。

「どうした？　急に元気なくなったな」

「いえ、だいじょうぶです、はい」

「奥さんと二人きりだと間が持たなくて、気疲れしちゃったか？」

その程度なら苦労はしないのだが、一博は自分のグラスに二杯目のワインを注ぎながら、「でも、まあ……」と少し真顔になってつづけた。

「子どもがいないと逃げ道がないから、どうしても煮詰まっちゃうよ。これ、反面教師としての話だけどな、やっぱりガス抜きとか考えながらやっていったほうがよかったと思うんだよ、俺も」

一博は四年半前から妻の桜子《さくらこ》と別居している。京都出身の桜子は一人暮らしの母親の介護のために帰郷したきり、東京のわが家には帰ってこなくなってしまったのだ。

「ウチは子どもがいないから、引き戻す紐《ひも》や糸がないんだよ。カミさんにとっては、京都にいたほうが自分のやりたいことをやれるわけだし」

「和菓子ですか」

「ああ。なんてったって本場だもんな」

もともと和菓子好きだった桜子は、趣味が高じて自宅で和菓子アトリエを開いていた。「男の料理」には分不相応な調理台付きの広いキッチンも、桜子のためにリフォームしたものだったのだ。

「夫婦二人きりになると、大事なのはとにかく会話だぞ、会話」

しみじみと言った一博は、「べつに俺は一人のほうが気楽でいいんだけどな」と強がって笑う。そのとき、玄関のチャイムが鳴った。

訪ねてきたのは小川康文《おがわやすふみ》――一博と陽平の共通の友人だった。

インターホンで一博が「おう、どうぞ」と応えドアを解錠すると、慣れた足取りでキッチンまで入ってくる。二人に「よっ」と挨拶《あいさつ》するとすぐさまオーブンを覗き込み、豚の塊肉が入っているのを見ると、「タケがまた気取った料理つくってるんだろ」とあきれ顔で笑う。

「なに言ってるんだよ。逆だろ、よく見てみろ。豪快そのものじゃないか、塊をドーンと焼いてるんだから」

「豪快さにこだわるところが気取ってるんだよ」

康文はさらに、調理台に出ていた調味料やハーブの瓶を一瞥《いちべつ》して、「今日の横文字料理はイタリアか」と言った。正解。メインの皿は豚ロースのアリスタ。トスカーナ地方の郷土料理である。

一博は「悪かったな」とスネて、そっぽを向いてしまった。

「べつに悪いなんて言ってないだろ。で、付け合わせはジャガイモのローストってところか？」

「……文句あるのかよ」

「ないって、全然」

康文は苦笑交じりに陽平に目を移すと、まいっちゃうよなあ、と肩をすくめる。陽平も付き合って笑い返し、白ワインを一口啜った。康文の登場で気が紛れたおかげで、ようやくワインらしい味が舌に伝わるようになった。

「じゃあメインはタケに任せて、俺とミヤちゃんは簡単にできる酒の肴《さかな》を何品かつくっちゃうか」

冷蔵庫を勝手に開けて、ホウレンソウと卵とハムとプチトマトを勝手に出して、

「これで炒《い》り卵のサラダをつくるからな」と一博に言う。

そういう仲なのだ、二人は。小学校が同じだった。中学で別々の学校になってからは三十数年にわたって疎遠になっていたが、陽平を仲立ちにして去年から付き合いが復活した。

陽平と康文の関係は、こまかく説明するとややこしいのだが、ざっくり大づかみに言うなら、料理の師匠と弟子——祖父母の代からつづく弁当・惣菜《そうざい》屋を継いだ康文は、ずんぐりむっくりした体格に似合わず、じつは「おふくろの味」のプロなのである。そして、中学生の教育に料理を採り入れるべく試行錯誤している陽平にとっては、良き相談相手であり、また憧《あこが》れの存在でもあるのだ。

康文が三代目をつとめる『ニコニコ亭』のモットーは「速い、安い」。某牛丼チェーンならそこに「うまい」が加わるのだが、創業者である祖父は、康文が幼い頃から「うますぎる惣菜は毎日は食えないもんだ」と言い聞かせていた。「そこそこうまくて、でも、たいしたことはない。弁当や惣菜はそれでいいんだ。飽きずに毎日食ってもら

うには、その塩梅《あんばい》が大事なんだ」——五十歳になったいま、そんな祖父の言葉があらためて胸に染みる、という。

「料理のことだけじゃなくてよ、人生全般、そういうものなんじゃねえのかなあ」

康文は五本の菜箸《さいばし》を使って手早く卵を炒りつけながら、陽平に言う。

「平凡な人生なんて悪く言われるけどよ、平凡だからみんな生きることに飽きずにいられるんだと思うぜ、俺は」

しゃべっていても菜箸は止まらない。火の通りつつある卵をかき回す動きはなめらかそのものだし、五本の菜箸の先もきれいに五つの方向に広がっている。簡単そうに見えて意外とこれが難しいのだ。鍋《なべ》はミルクパンを使う。フライパンよりも小さな鍋のほうが、卵に空気がよく混ざって、舌触りがふんわりとする。半熟のうちに濡《ぬ》れ布巾《きん》の上に鍋を置き、あとは余熱で仕上げれば、焦げ目のない、きれいな炒り卵ができあがる。

さすがにプロ、流れるような仕事ぶりである。隣でプチトマトとハムを切っていた陽平も、つい自分の仕事を忘れて見入ってしまった。

「平均寿命が男でも八十歳超えそうな時代、一番怖いのは、病気になることより、途中で自分の人生に飽きちゃうことなんだよ」

なあミヤちゃん、夫婦だってそうだろ、と不意に話を振られた。

「若いうちは愛だの恋だの言ってりゃいいんだけどよ、俺らぐらいの歳になったら、じょうぶで長持ち、それしかないし、それだけでいいんだよ。あんたも今度から夫婦二人きりなんだから、気負ってたら持たねえぞ」

「ええ……」

「隙間風が吹くぐらいの風通しがあって、ちょうどいいんだ、夫婦なんてのは」

ほんとうだろうか——。

「若い奴らの胸がドキドキするのは恋だけどよ、俺らの歳になると不整脈なんだもんな」

がははっ、とオヤジくさく笑った康文は、すぐさま二品目の料理に取りかかった。

芽キャベツをオリーブオイルで素揚げにして岩塩をぱらりと振った。お持たせのタコは柚子《ゆず》胡椒《こしょう》味のカルパッチョにして、もう一つのお持たせだったムール貝は白ワインで蒸した。ワイン蒸しには「使いこなせないくせに、気取ったものばっかり買ってくるんだからよお」と一博をからかいながら、レモングラスとニョクマムも使った。

それだけのことで、ありふれた白ワイン蒸しがエスニックな逸品になる。次に冷凍庫にベビーホタテを見つけると、花椒《ホワジャオ》と紹興酒《しょうこうしゅ》を効かせて軽く炒《いた》め、市販の麻婆《マーボー》豆腐の素《もと》で和《あ》えた。さらに「だまされたと思って食ってみろ。うまいんだから」と、クリームチーズに細かく刻んだ梅干しを練り込んで、カナッペにした。

康文の料理はとにかく手際がいい。三十分もしないうちに、酒肴《しゅこう》はすっかり整った。

「タケ、そっちはどうだ?」

「うん……白ワイン適量ってのが、どうも難しいんだよなあ」

豚ロースの塊肉をいったんオーブンから出したところだった。適量の白ワインをそこに振りかけてから再びオーブンに戻し、三十分ほど焼いて完成なのだが、なにごとにもこだわる一博は、その「適量」にひっかかってしまったのだ。

「適当な量だから『適量』だろ。おまえ、日本語も読めなくて、よく雑誌の編集長やってるな」

「違うって。『適当』は、もともとは『いいかげん』の意味じゃないんだ。『ふさわしい』『ちょうどいい』を『適当』っていうんだ。だから『適量』にも正しい量があるはずなんだけど……」

康文と陽平は苦笑いの顔を見合わせて、肩をすくめた。いつものことだ。業界では思いきりの良さで通っているスゴ腕編集長が、料理になると一転、「ワイン適量」「塩ひとつまみ」「砂糖少々」の解釈に本気で頭を悩ませてしまう。

「ちょっと見せてみろ」

康文は肉を覗《のぞ》き込み、なるほどなるほど、とうなずくと、白ワインのボトルを手に取り、そのままパッと肉に振りかけた。目分量、いや、目で確かめることすらしていない。

「これでよし、オーブンに戻していいぞ」

「おまえ、そんな、いいかげんな……」

「食って出したら、みんなウンコだ。オーブンに放り込んで、さっさと呑《の》もうぜ」

豪快である。みんなで呑むのが大好きな男である。もっとも、本人はアルコールが体質に合わず、ウーロン茶を啜《すす》るだけなのだが。

乾杯の口上は「ミヤちゃんの第二の新婚生活スタートを祝して」ということになった。

もっとも、年長の二人——一博と康文は、東京に残った陽平と美代子よりも、仙台で一人暮らしを始めた光太のほうに興味を惹《ひ》かれている様子で、話題もついついそっちに流れてしまう。

とりわけ一博は、雑誌編集者という仕事柄か、奮発して開けたクリュグの酔いが回りつつあるのか、「震災からの復興の当事者になりたい」という光太にいたく感心して、「東日本大震災は若い世代の価値観を変えたんだよ、変わらなきゃ嘘だよ、あれだけの災害なんだから」と熱く語る。

一博の言うとおり、去年の震災がなければ、光太はもともとの志望校だった都内の私大に進んでいただろう。「志望」といっても、将来の夢や大学でやってみたいことが特にあるわけではない。中学生になった頃からの口癖「まあ、どうでもいいけど」そのままに、偏差値や通学時間との兼ね合いから選んだ学校だった。たとえあの大学に入学しても、惰性でだらだらと四年間過ごしてしまうのは、ほぼ必定だった。

それを思うと、なにかと頼りない息子が仙台で大きく成長してくれるかもしれない、という期待は陽平にもある。だが、その一方で、胸の奥に割り切れないものが残っているのも確かなのだ。

「いいのかなあ、って思うんですけどねえ……」

「なにが？」

「だって、東京から来た半人前の学生が、被災地の復興のためにがんばるとかなんとかって、ちょっと生意気で、失礼な気がしませんか？」

「考えすぎだよ、そんなの。ボランティアの人手は一人でも多いほうがいいんだから」

平気平気、と笑った一博は、真剣な顔になってつづけた。

「居ても立ってもいられなくなったら、とにかく行ってみる。見る前に跳べ、だっけ？　その行動力がいいじゃないか。若さだよ。俺なんかうらやましいけどなあ、そういう若さが」

そしてまた、いたずらっぽい笑顔に戻って、「ミヤちゃんがケチをつけるのって、アレだよ、オトコの本能として、息子さんの若さにひがんでるんだよ。違うか？」と言う。

そんなことなど考えてもみなかった。親父が息子にひがんでどうするんですか、と失笑した。だが、言われてみると、じわじわとその言葉に説得力が増してきて、クリュグの泡が急に喉《のど》にひっかかるようになった。

シャンパンが赤ワインに替わった頃、お待ちかねの豚ロースのアリスタが焼き上がった。

康文は「ローズマリーの風味もよく残ってるし、いいよ、うん、うまいよ」と合格点を出して、陽平も指でOKマークをつくった。なかなかの出来映えだった。味も悪くないし、なにより塊肉ならではのメインディッシュとしての存在感がある。

だが、それ以上にびっくりしたのは、康文が「付け合わせ、こんなのもいいんじゃねえかなあ」と手早くつくった焼きアボカドのうまさだった。

種をくり抜いて皮をつけたまま六つ切りにしたアボカドに塩を振り、アリスタを取り出したあとのオーブンの余熱で焦げ目をつけて、そこに煮詰めたバルサミコ酢を垂らせば——調理時間五分足らずで、絶品のワインのお供ができあがる。

一博も素直に、かどうかはともかく、「コストパフォーマンス的にはアリスタより上だな」と認め、「マリちゃん印か？」と康文に訊《き》いた。

「ああ、一つ星だ」

「厳しいなあ、これで一つかよ」

「妥協しないんだ、あいつは」

康文自身は酒が体質に合わないので一滴も呑めないのだが、妻の麻里《まり》は、それを補って余りある酒豪だった。日本酒、焼酎《しょうちゅう》、ワイン、ビール、ウイスキー、ジン、ウオツカ、テキーラ、老酒《ラオチュー》、マッコリ……なんでもこい。

康文のつくる酒肴のレパートリーも、彼女の晩酌に付き合っているうちに和洋中まんべんなく広がっていった。いまでは麻里が「今度またつくってくれる？」と言った酒肴は『マリちゃん印』と呼ばれ、星の数でランク付けもされて、康文は最高の三つ星獲得を目指して励んでいるのである。

甘いといえば甘い。だが、康文は「うるせえなあ」と周囲の雑音を毅然《きぜん》としてはねのける。

康文はバツイチだった。前妻とは十年前に離婚をして、一人息子も先方に引き取られた。再婚は三年前のこと。麻里は十七歳も年下で、彼女もまた離婚歴があって、前夫との間に生まれた息子を連れて康文と再婚したのだ。

五十歳の男が三十三歳のカミさんと暮らすのはどんな気分なのだろう、と一博はいつも興味深そうに康文の家庭生活をあれこれ尋ねていく。

一方、陽平は、再婚相手の連れ子と暮らすのはどんな気分なのだろう、と思う――から、一博とは逆に細かいことは訊けずにいる。息子の名前は真《まこと》という。今年四歳になる。離婚も再婚も赤ん坊の頃だったので、まだなにも知らないらしい。

同い年の桜子と別居中の一博、十七歳年下の麻里と再婚した康文――ともにワケありの二人でも、置かれている状況は対照的と言っていい。第二の新婚生活をスタートさせた陽平へのアドバイスにも、その違いがくっきりとあらわれてしまう。

一博は「夫婦で大事なのは言葉だぞ、ミヤちゃん」と言う。「以心伝心とか阿吽《あうん》の呼吸とか、そんなものを信じてたら、俺の二の舞だ」

子どもを持たない選択をした一博と桜子は、夫婦それぞれに仕事を持ち、お互いを尊重し合ってきた。女性誌のグラビア企画に登場したことだってある。成熟したおとなの夫婦だと自他共に認めていた。お互いに仕事や友人との付き合いで忙しかったが、むしろそのすれ違いを楽しんで、べたべたしすぎないところにこそ夫婦円満の秘訣《ひけつ》があるのだと思っていたのだ。

四年半前に母親の介護で京都に帰郷した桜子が「しばらくお母さんのそばにいてもいい?」と言い出したときも、余裕たっぷりに「もちろんさ」と応《こた》えた。『夫婦の二都物語』なんてタイトル、カッコよくないか? とグラビア企画への再登場もやぶさかではないと思っていた。

だが、桜子はあっという間に生活の軸足を京都に移した。母親の介護を口実に、「せっかくだから京都でしっかり和菓子の勉強をしたいの」というのを名目に、雑誌で関西地方の和菓子屋めぐりの連載ルポまで始めて、東京のわが家に帰ってきたことは四年半の間で数えるほどしかない。

最初の一年はこまめに京都に通っていた一博も、二年目に『おとなの深呼吸』が創刊されてからは仕事がひときわ忙しくなって、しだいに足が遠のいてしまった。さらに、ちっとも東京に帰る様子がない桜子に腹も立ってきて、こっちから出向く必要はないだろうと意地を張っているうちに、京都を訪ねづらくなって、いまに至る。

離婚は——少なくとも一博は考えていないし、桜子のほうからその話が出たこともない。どちらかがアクションを起こさないかぎり、現状維持の別居生活が今後もつづくのだろう。

けれど最近は、こんなのじゃあ夫婦でいる意味なんてないじゃないか、と思う。

「一年目だったよ、分かれ目は。あそこでしっかり話し合えば、まだ間に合ったんだ。そうすれば、たとえあいつが京都にいても、別居じゃなくて単身赴任感覚でやっていけたと思うんだ」

だから言葉が大事なんだよ、と一博は念を押して陽平に強く訴えかけるのだ。

一方、康文の語る夫婦円満の秘訣は、一博とは正反対だった。

「いくらしゃべったって、夫婦で別々の方を向いてたら意味ねえだろ。なーにがお互いに独立した個人と個人だよ、なーにがお互いのスタイルを尊重するだよ。他人ならそれでいい、友だちならそれでいいよ、でもな、夫婦だぞ、もともとは他人なのに家族になるんだぞ、無茶なことをやってるわけだよ、そもそも最初から。じゃあ、せめて夫婦そろって同じ方を向いて、同じものを見てなきゃしょうがねえだろ。同じものを見てるときには言葉なんて要らねえんだよ」

そんな康文が理想とする夫婦の姿は、車の運転席と助手席に座ったところなのだという。

「夫婦だけじゃねえぞ、親子だってそうだ。向き合ってると意外とうまく話せないものだ。タケんちは子どもがいないからアレだけど、ミヤちゃんはわかるだろ？　正面切って堂々と胸を張ってにこやかにハキハキ筋道立てて自分の意見をしっかりと話しましょう……なーんて、できるわけないだろっての」

確かにそのとおりなのだ。同じことは中学校の生徒と教師にもあてはまる。

「その点、車はいい。俺が運転するだろ？　女房が助手席に座ってるだろ？　おんなじ風景を見てるわけだ。それなりに風景も動くから退屈もしないし、運転をしてれば手持ちぶさたにもならないし、なっちゃ危ないし、しゃべってもいいし、黙っててもいい。たとえ深刻な話になったとしても、空気が重くなりすぎないんだ。もちろん、一番いいのは、とりとめのない世間話だな。中身なんてねえよ。しゃべるほうも聞くほうも、端から忘れていくんだ。それでいいんだよ。それで十分に満たされるのが夫婦の底力なんだからさ。わかる？　だから、よくドラマなんかで年寄りの夫婦が縁側でお茶を啜《すす》るっていう場面あるだろ？　同じだよ、うん、縁側に並んで座って、ぼーっと庭を見て、ときどきしゃべって、それだけでいいんだよなあ、夫婦ってのは」

康文の言葉には説得力がある。「横に並べばいいんだったら、夫婦でパチンコでもやってろよ」とケチをつける一博も、そこについては認めざるをえない。康文と麻里はとにかく仲が良い。『ニコニコ亭』の地元・鍋釜《なべかま》横丁商店街でも評判のオシドリ夫婦である。

その秘訣こそが、二人で始めた惣菜《そうざい》と弁当の移動屋台――『マリちゃん号』なのだ。

いまどきの屋台は機動力がある。お洒落《しゃれ》でもある。康文が十七歳下の妻・麻里と始めた『マリちゃん号』は、フォルクスワーゲンのバスを改造した車だった。フロントガラスが二分割されたレトロなデザインを麻里がいたく気に入って、新車を改造するよりはるかに割高な中古を買ったのだ。

だが、康文にとっては、コストの問題は二の次なのである。

『ニコニコ亭』の当主は康文だが、鍋釜横丁に構える店には、母親の千春《ちはる》さんがどーんと居座っている。康文が「店長」で、麻里が「副店長」でも、千春さんは「調理主任」——喜寿を迎えたいまもなお、惣菜の味付けや弁当のおかずの最終決定権を決して手放そうとはしないのだ。

しっかり者である。足腰も頭もまだまだしゃんとしている。「昭和」をほとんど丸ごと生きてきた世代だけに、質素倹約を旨《むね》として、自分に厳しく他人にも厳しい。康文や一博の子ども時代から、『ニコニコ亭』のおばさんといえば口うるさくておっかないことで有名だったのだという。

さらに、康文が大学生の頃に父親の兵吉《へいきち》さんが急逝したことで、店の経営は千春さんの双肩に託された。「康文が一人前になるまで店をつぶすわけにはいかない」と自分に言い聞かせて、ひたすら働いた。仕事の一方で康文の祖父母を看取《みと》り、商店街の付き合いも「康文が店を継いだときに肩身が狭くならないように」と人並み以上にこなして……もともと店を継ぐ気などなかった康文も、ここまで母親にがんばられると、「継がない」とは言えなくなってしまったのだ。

そんな性格のキツさが嫁姑《しゅうとめ》の関係に出てしまったことが、最初の結婚に失敗した理由の一つだったらしい。

再婚にあたっては、それを教訓にした。千春さんと一緒にいる時間が長いと危ない。移店は千春さんとアルバイトに任せて、自分と麻里はなるべく外にいたほうがいい。移動屋台を始めたのは、決して事業の多角化を目指したからではない。あくまでも夫婦円満、家内安全のためなのである。

その甲斐《かい》あって、再婚以来三年、まだ嫁姑の決定的な対立は起きていない。たまに小さな衝突があっても、翌朝『マリちゃん号』の中で愚痴をこぼす程度ですんでいる。

「だから」と、康文は陽平に言った。

「カミさんと二人でメシを食うとき、向かい合わずに座るってのもいいかもな。並んで食ってみろ、あんがい気が楽になるぞ」

酒はうまかった。料理もうまかった。特に康文がつくった締めの汁かけご飯が絶品だった。ちぎった新キャベツと豚バラ肉を、昆布だしと淡口醬油《うすくちしょうゆ》で軽く煮て、冷やご飯に汁ごとかける。そこに食べるラー油をトッピングするだけという、所要時間五分のシンプルきわまりないメシなのに、「あっさり」と「がっつり」の両雄がみごとに並び立っている。

だが、陽平はどうにも気勢が上がらない。「どうした、ミヤちゃん。あんまり酒が進んでないけど」と一博に訊《き》かれても、「とうとう花粉症になっちゃったか？」と康文にからかわれても、「いや、べつに、なんでもないですよ、元気ですよ、あはは っ」と笑ってごまかすだけで、しばらくたつとその笑いがため息に変わってしまう。

美代子のことがずっと気になっている。

夫婦には会話が大事だという一博のアドバイスも、会話以前に夫婦が同じ方向を向いていることが必要だという康文の持論も、それぞれ納得はいく。だが、もはや「夫婦円満」の秘訣を授かる段階は過ぎているのではないか？　いま必要なのは「関係修復」の妙手――いや、その前に必要なのは、「真相究明」。国語教師だけに四文字熟語のボキャブラリーは豊富である。

虚心坦懐《きょしんたんかい》。清廉潔白《せいれんけっぱく》。これがまず基本。一気呵成《いっきかせい》。単刀直入。先手必勝。そのほうがいい。以心伝心。甘えてはいけない。一念発起。そう。一網打尽。いかん。しかし、へたに美代子に問いただして、それがパンドラの匣《はこ》を開けることになってしまったら、どうすればいいのか。急転直下。怖い。驚天動地。かなり怖い。魑魅魍魎《ちみもうりょう》。よくわからないが怖い。泰然自若《たいぜんじじゃく》。明鏡止水。怖い。無理だ。豪放磊落《ごうほうらいらく》。もっと無理だ。意気消沈。それですめばいいが。茫然自失《ぼうぜんじしつ》。おそらく。問答無用。平身低頭。罵詈雑言《ばりぞうごん》。暴行傷害。満身創痍《まんしんそうい》。半死半生。気息奄々《きそくえんえん》。やはり訊かないほうがいいだろうか。胡蝶之夢《こちょうのゆめ》。悲しくなってきた。心頭滅却。諸行無常。即身成仏。どうなってしまうのだ、俺は……。

夕方のうちに、宴《うたげ》はお開きになった。

一博の家をひきあげるとき、康文はそっと陽平に言った。

「ミヤちゃん、俺の車で送っていってやるよ」

時間貸し駐車場に駐《と》めてあった『マリちゃん号』は、遠目にもわかるほど輝いていた。それも、新車のキンキラした輝きではない。丁寧にメンテナンスされ、愛情を込めて磨き上げられた古い車ならではの、もはや「オーラ」とさえ呼べそうな深みのある輝きなのだ。

「あいかわらず、いい味出してますね」

陽平が言うと、「だろ?」と康文はうれしそうに頬をゆるめる。「若造には無理だよな」

実際、年季が入っている。一九六五年型である。御年四十七歳のフォルクスワーゲンバス・タイプ2――二分割されたフロントガラスと観音開きのサイドドア、そしてフロントグリルの大きなVWマークが、一目見たら忘れられない強い印象を残す。といってワル目立ちすることなく、街並みにすんなりと溶け込むのは、カフェオレのような淡い茶色とホワイトの落ち着いたツートンカラーが似合っているからでもあるのだろう。

『マリちゃん号』では、店舗でつくった弁当や惣菜を売るだけでなく、簡単な調理もできる。今日も『本日のスペシャル熱々メニュー』として、餃子《ギョーザ》の皮と餡《あん》を仕込んでいるのだという。

「まだ仕事あるんですか？」

「ゆうべ約束しちゃったんだよ、大志《たいし》セミナーの連中と」

移動販売の業者は、それぞれ車を駐めて店を出すテリトリーをいくつか持っている。一般にはオフィス街や大きな公園の近辺で場所を探すケースがほとんどなのだが、康文はあえて都心には向かわず、郊外の塾や学校の近所を回っている。小中学生の進学塾・大志セミナーもそのテリトリーの一つなのだ。

「ちょうどいま春期講習だろ。日曜も祝日も関係ないし、朝から夕方までずーっと授業を受けてる奴もいるから大変だよなあ」

そんな生徒たちに「明日《あした》はなにが食いたい？」と訊いたら、餃子が人気トップだったのだという。

そのリクエストに律儀に応《こた》える優しさが、康文にはある。「この時間だと、昼間の部と夜の部の切り替えのタイミングだから入れ食いだもんな」と、ことさら商売っ気を強調するのも、照れ隠しにほかならない。

大志セミナーは陽平の勤務する東ヶ丘《ひがしがおか》中学の学区内にある。康文のことも最初は生徒から聞かされた。夕食抜きで塾に通う食べ盛りの中学生をねらった『塾弁』――康文は、東ヶ丘中学の学区内においては、その第一人者なのである。

車に乗り込んだ。ふだんは麻里が座る助手席に腰を下ろした陽平は、ダッシュボードに飾った写真を覗《のぞ》き込んで、「新作ですね」と笑った。

「おう、正月に撮ったんだ」

運転席の康文はエンジンをかけながら「よく撮れてるだろ」と言う。

息子の真の写真だ。獅子《しし》舞《まい》と並んで笑っている。正月に撮ったのだろう。それまで車に飾ってあったのは秋の七五三で撮った羽織袴《はかま》姿だったし、その前は遊園地で撮った一枚だった。

「ふつうは怖がって泣くんだけど、真はニコニコ笑ってるんだよ。大物になるよ、あいつ、たいしたもんだ」

親ばかである。息子のことが可愛くてしかたない父親である。ただし、この父子に血のつながりはない。だから、「俺もガキの頃は獅子舞に頭をガブッとされても平気な顔してたらしいんだよ」と言われると、陽平はどう応えればいいのかわからなくなってしまう。

「どうする、ミヤちゃん。どうせ通り道だから途中で落としてやってもいいんだけど、大志セミナーまで付き合うか？　春期講習、東ヶ丘の生徒もけっこう来てるみたいだぞ。あと、なんだったら帰りに東ヶ丘の学区内も適当に回ってやるし」

「じゃあ……お願いします」

まっすぐウチに帰るのは気が重かった。

車が表通りに出ると、康文は「やっぱりな」と言った。「寄り道すると思ってたよ、俺」

「……そうですか？」

「ああ、わかるんだ、そういうのは」

ニヤッと笑う。「口に出さなくても、にじみ出てくるんだよ」と諭すようにも言う。

意外と勘の鋭いところがあるもんなあ、このひと——と陽平は肩をすくめた。

「ミヤちゃんのつくった同好会、今年もメンバーがゼロだとヤバいんだろう？」

「え？」

「なんだっけ、サバイバル・クッキング・クラブだよな。だから『S・C・C』……だよな？　二年目は勝負だから、春休みのうちから生徒にPRしなきゃいかん、と。そこに俺の誘いがあったから、渡りに舟ってわけだ」

名探偵気取りである。「これにて一件落着ぅ」と、遠山の金さんの真似までするのである。

陽平は愛想笑いを返して、さっきとは違う意味で肩をすくめた。

「考えてみれば、『S・C・C』に参加する生徒がいないってのは、俺にとっても悔しい話だ」

車を走らせながら、康文が言う。「せっかく料理するところを見せてやってるのになあ」と首をかしげる。

陽平も「ですよねえ」と応えた。

そもそも、康文と知り合ったのは、生徒から「最近、面白い屋台がいろんな塾を回ってるんだよね」と聞いたのがきっかけだった。

「つくってるのはオッサンだけど、弁当はマジうまいし、けっこう安いし」——そこまではふつうに聞き流していたが、「あと、料理をしてるところを見せてくれるんだよね」と付け加えた一言に大いに興味を惹《ひ》かれ、『マリちゃん号』に出向いて、たちまち意気投合したのだ。

それがおととしの秋のことで、半年後に『S・C・C』を起《た》ち上げたのも、康文との出会いがあったからこそだった。

「ミヤちゃんと俺を見てて、それでもまだ料理に興味が湧かないっていうのは、やっぱり思ってる以上に根は深いんだろうな、この問題」

「ええ……僕もそう思います」

つい何日か前にも、家庭科の教師とその話をしたばかりだった。「最近の生徒は、ウチでごはんをつくってるところを見た経験が圧倒的に少ないの」——陽平と同世代のベテラン女性教師は、世も末だ、という調子で愚痴っていた。

食材から料理ができあがる流れがわかっていない。だから、トンカツに衣をつける順番を知らない。味噌《みそ》汁の味噌は水のうちから鍋《なべ》に入れるんだと思い込んでいる。先生がタマネギのみじん切りのお手本を見せると、テーブルマジック同然に「おおーっ！」と驚いた声があがる。

ジャガイモ・ニンジン・タマネギ・牛肉を並べて「これでどんな料理ができるでしょう」とクイズにして授業を盛り上げても、生徒から声はあがらない。「カレーでも肉じゃがでもつくれるのよ。どっちも同じ食材だから」と説明したあとも反応は鈍い。「つくる」ということじたい、ピンと来ていない様子だったという。

そんな時代だからこそ『S・C・C』が必要なのだと、陽平は思う。

だが、「コンビニと冷凍食品と電子レンジさえあれば、それでいいってことなのかなあ……」とつぶやく康文に、そんなことないですよ、だいじょうぶですよ、手料理まだまだイケますよ、と力を込めて言い返すことはできなかった。

『マリちゃん号』が大志セミナー隣の駐車場に入ると、たちまち小学生や中学生が集まってきた。

夜の部の講習を受ける生徒は『塾弁』で腹ごしらえをして、すでに講習を終えた生徒はコロッケや鶏《とり》の唐揚げで小腹を満たして家路につく。

『塾弁』は、ご飯とサラダと味噌汁の基本セットにおかずをつける。肉と卵のAグループ、野菜と魚介類のBグループ、海藻と乳製品のCグループから二品を選ぶ仕組みで、両方とも同じグループから選ぶのは禁止というのがミソである。

一方、惣菜《そうざい》の単品はどれも一口サイズ——一博なら、スペイン料理のピンチョスと呼ぶかもしれない。たとえばコロッケは市販の半分ほどの大きさで一個三十円、鶏の唐揚げは一個三十円、焼売《シューマイ》は一個二十円、ポテトサラダはクラッカーに山盛りで載せて十円という破格値である。これなら小学生のお小遣いでも買えるし、一人一品限りでお代わり厳禁というあたりに、康文の「小腹しのぎで買い食いする惣菜が、ウチで食べる晩めしの邪魔をするわけにはいかねえんだよ」という食に対する哲学が覗く。

そんなわけで『本日のスペシャル熱々メニュー』の餃子も、一人一個限定、二十円。儲《もう》けなど度外視なのだ、もちろん。

「いいか、よーく見てろよ、こうやって包んでいくんだ。皮のヒダヒダは、こう、つまんで、折り込むように、折り込むように……べつにヒダの大きさは不揃いでもいいんだ、餡《あん》と皮の間に空気が入らないようにするためなんだから」

説明しながら、餡を皮で包んでいく。ほんとうに手際がいい。キッチンの窮屈さを感じさせない。観音開きのサイドドアを開け放ってつくったカウンターは、康文のステージでもあるのだ。

「餡の野菜は、おじさんのところはキャベツだけじゃなくて、白菜もちょっと入れるんだ。水気が出て肉汁を吸ってくれるからな。小さーく刻んだ春雨もいいぞ。ダイエットにもなるし、肉汁を吸った春雨はほんとにうまいんだな、これが」

なるほどなるほど、と車の外に出た陽平は、人垣の最後列から調理台を覗き込んでうなずいた。

「どうだ？　おまえらのウチの餃子はどんなのが入ってる？　やっぱりニラとキャベツか？」

ここで返事がないのが、寂しい。「レンコンなんて食感がいいから、けっこう入れるウチもあるんじゃないか？　うん？」と康文がうながしても、子どもたちは黙って、少し気まずそうにお互いの顔を見るだけなのだ。

餃子が焼き上がると小皿に載せて、箸《はし》と一緒に渡す。皿も箸も使い捨てではない。食べ終わった子どもたちは大志セミナーのビルに駆け込んで、洗面所の水道で皿と箸を洗ってから、また『マリちゃん号』まで持ってくる。洗い方がおざなりだと毅然《きぜん》としてやり直しを命じる。これも康文の哲学だった。

醤油《しょうゆ》やラー油や酢は自分で適量を入れさせる。大阪の串揚《くしあ》げよろしく、二度づけならぬ二度がけ厳禁である。手助けはしない。最初から一人前ずつの小袋で渡すこともしない。かけ過ぎて失敗することも、量が足りずに味気なくなってしまうことも、大切な体験なのだ。反面教師がいる。一博である。「タケもガキの頃からそういうのをやってれば、五十ヅラ下げて『適量』がわかんねえような赤っ恥をかくことはなかったんだよ」――まことに説得力のある話ではないか。

『マリちゃん号』のまわりには、生徒有志が教室から持ち出した長机とベンチもある。康文が大志セミナーの教室長と直談判《じかだんぱん》を繰り返して、洗面所の使用とともに認めさせたのだ。さらに、売り上げの十五パーセントが相場だという場所代を度重なる値下げ交渉のすえに五パーセントにまで引き下げたのも……いや、こちらは哲学というより、生徒の絶大な支持を後ろ盾にした強気の交渉術のたまものではあるのだが。

いずれにせよ、康文のやっていることは、陽平にも大いに参考になる。「オガさんみたいなひとが先生になってくれたら、絶対にウチの学校もよくなると思うんですけどねえ」と、しょっちゅう言う。愚痴や泣き言ではあっても、追従《ついしょう》やお世辞ではないつもりだ。

夜の部の講習を受ける生徒は、『塾弁』を受け取ると早々に教室に向かった。夕方で講習の終わった生徒も、惣菜で小腹を満たしたら三々五々ひきあげていった。必要以上の長居はしない。康文がさせない。この商売はご近所の評判がなにより大切である。「子どもたちが騒いで困る」などと、康文本人ならまだしも、大志セミナーにクレームをつけられるとおしまいなのだ。

二十分もしないうちに長机は片づけられ、食器を洗いに行っていた最後の生徒も戻ってきた。「そろそろ店じまいだ」と康文はコンロの火を落とし、カウンターを畳んでいった。

陽平も「手伝いますよ」とホウキで車のまわりを掃き掃除していたら——洗った食器を康文に返した女子生徒が、「あ、そうだ、宮本先生」と声をかけてきた。菊地原《きくちはら》明美という。陽平がクラス担任を務めている東ヶ丘中学一年二組の生徒だ。「明美」はもちろん「あけみ」と読むのだが、女子の間では音読みの「メイミー」で通っている。センスがあるのかないのか、少なくとも「宮本」の「ミヤちゃん」や「小川」の「オガさん」に比べると、時代と世代の違いは歴然としている。

そのメイミーが、陽平に訊《き》く。

「先生、来年は持ち上がりで二年の担任？」

物怖《お》じしない性格で、成績も悪くないのだが、言葉づかいはなっていない。おとなびた雰囲気で、お洒落《しゃれ》にも興味津々で、今日のような私服姿だと高校生に見えなくもなく、保護者面談の印象では両親はあまり教育に関心がなさそうで……だから、つまり、一歩間違えればいっぺんに悪くなってしまいそうな危うさに満ちた生徒なのである。

「まだ本決まりじゃないけど、おそらくな」

答えて、つい反応をうかがってしまう。うげーっ、という嫌な顔をされたら――するのだ、いまどきの女子は、そういうことを遠慮会釈なく。

メイミーは「やった」と笑った。陽平もそれで少しほっとする。情けないのだが。

「で、クラスは？ そのまま二年二組になるの？」

「いや、それはまだわからない」

「ウチらは？ 生徒のクラス分けって、もう終わってるの？」

「さあなあ、どうだろうな」

じつはもう、あらかたのことは決まっている。あとは最後の微調整で各クラス一人か二人を入れ替えるだけだった。

「先生のクラスだったらいいな、わたし」

思わずゆるみかけた頰を、あわてて引き締めた。いかんいかん、と自分を叱って、

「あははっ」と意味なく笑って受け流してみたものの、やはり、教師としてうれしい話である。そして、じつを言うと、四月から陽平が担任する二年一組には、メイミーもちゃんといるのだ。

『マリちゃん号』では片づけが終わったようだった。掃き掃除もゴミはほとんどなかったので、このままおしまいにしてもいいだろう。

「まあ、クラス分けは新学期のお楽しみだ」

話を終えて、「じゃあな」と車に向かいかけたら、「先生、もう一つ質問」と呼び止められた。

「……なんだ？」

「ドンくんは？　ドンくんって、先生のクラスになりそう？」

「ドンくん」というのは、当然ながら、あだ名である。本名は「井上克也《いのうえかつや》」――小学生時代のあだ名は「カッツン」だったらしい。

中学に入ってほどなく、誰かが「カツドン」と言い出した。カツとくればカツ丼。やがてそこから肝心の「カツ」が消えて、「ドン」のほうが残ってしまった。

本人が嫌がったり怒ったりするのであれば、担任教師としても放っておくわけにはいかない。いじめとは、こういう「ちょっとタチの悪い面白がり方」から始まってしまうものなのだ。

ところが、井上はあだ名を気にするどころか、自分でもそれを面白がって、冬休みの宿題だった書き初めの署名を「井上」ではなく「丼上」と書いてきて、クラス全員を爆笑させた。じつに大らかで、明るくて、ノリのいい性格である。クラスのムードメーカーとして、教師にとっては助かる存在だった。願わくば、もうちょっとだけでも勉強の成績が上向くといいのだが。

そんな井上が――。

「二年になっても宮本先生のクラスがいいなあって、このまえ言ってたよ」

メイミーが教えてくれた。

「へえーっ、ふうん、そうなのか……」

悪い気はしない。残念ながら、仮のクラス分けでは井上は三組になっているのだが、もちろん、明かすわけにはいかない。

「それも四月になってからのお楽しみだ」

笑ってごまかした。クラスが違っても国語の授業は陽平が受け持つはずだし、三組のクラス担任は生活態度にうるさい数学の杉山《すぎやま》先生だが、井上なら誰とでもうまくやっていけるだろう。

すると、メイミーは「先生のクラスにしてあげてよ」と、陽平をじっと見つめた。冗談でワガママを言っているのではなさそうだった。

「まだ間に合うんでしょ？　先生が職員会議でどうしても自分のクラスにしたいって言いまくったら、なんとかなるんじゃないの？」

「……なにかあったのか？」

「先生は知らないと思うけど、ドンくん、一月に、お母さんがいなくなっちゃったの」

「はあ？」

「で、こっちは先生も知ってると思うけど、ドンくんのお父さん、単身赴任」

メイミーのまなざしは、真剣なだけでなく、やり場のない怒りをたたえていた。

井上の父親は家電メーカーの技術者で、二年前からベトナムの現地法人に出向している。任期は三年なので、残り一年——「受験で大変な三年生が始まるタイミングで帰国してくれるので、ちょっと安心なんです」と保護者面談で笑っていた母親は、いま、郊外の大学病院に入院中だという。

おいおいおいおいおい、日本語違ってるぞ、と陽平は苦笑して眉《まゆ》をひそめた。

「そういうのは『いなくなった』とは言わないだろ。びっくりさせるなよ」

メイミーが不服そうに「でも——」と言いかけたのを制して、「病気？　ケガ？」と訊いた。

「ケガ。交通事故で、腰の複雑骨折とか、いろいろ。入院半年ぐらいかかるかも、って」

「二月って言ってたよな、事故」

「そう」

陽平はくちびるを噛《か》んだ。そういうことはちゃんと報告しろよ、と井上の人なつっこい笑顔を思い浮かべて、にらみつけた。さっきの「先生は知らないと思うけど」の一言が、じわじわと重みを増して肩にのしかかってくる。

「で、いまは、どうしてるんだ？」

井上には、たしか小学二年生か三年生の妹がいるはずだ。

「おばあちゃんが田舎から来てくれてるんだけど、おばあちゃんのほうもあんまり具合良くないみたいだし、お父さんのほうのおばあちゃんだから、なんか、やっぱり……」

メイミーはつづく言葉を呑《の》み込んで、もどかしそうにため息をついた。うつむいて、少し考えてから、顔を上げる。

「あのね、先生。いまからわたしが言うこと絶対に内緒だからね。誰にも言わないで。あと、ドンくんにも言わないで」

「……うん」

「ドンくんのお母さん、やっぱりいなくなっちゃったんだよ。いるんだけど、もう、いないの」

「どういうことだ？」

「交通事故って、ドライブしてるときにスリップして、ガードレール激突だったんだけど、それ、ドンくんのお母さんが運転してたわけじゃなくて、お母さんは助手席にいて、運転してたのは……」

ここでまた言葉が止まってしまう。

まさか――。

頭の片隅をよぎった予感は当たった。

メイミーはためらいを振り切って「不倫してたんだって、お母さん」と、わざと軽く言った。

ドンの自宅は、メイミーと同じ東ヶ丘二丁目にある。二人は保育園の頃からの幼なじみで、母親同士も親しい。だからこそ、井上家のとんでもない危機をメイミーが知ることとなったのだ。

一刻も早くドンを訪ねて、事情をきちんと聞き、物心両面でフォローしてやりたい、と思う一方で、いや待て、とブレーキをかける自分もいる。

あまりにも突然の話に、こっちも困惑している。こんな状態でいきなり押しかけても、かえって迷惑ではないか。まずは冷静に、状況を整理して、態勢を整えてから動くべきだろう。

ドンの母親は、尚美《なおみ》さんという。まだ四十歳前のはずだ。保護者面談のときには、夫の単身赴任中のわが家を預かるプレッシャーを背負いながら、「とにかく子どもたちのためにがんばります」と繰り返していた、いかにも真面目そうなひとだったのだ。

事故は平日の昼下がりに起きた。東京を寒波が襲った翌日だった。東京と神奈川の県境近くの国道の峠道で、車がスリップした。日陰の路面が凍結していたのだ。運転していた男性は軽傷ですんだが、尚美さんは全治半年——予後が悪ければ、歩行障害などが残る恐れもあるらしい。

そもそも、なぜそんな峠道を走っていたのか。

メイミーは「ま、オトナの事情があったってわけだよね」と軽く言っていた。あの国道の県境付近には、山ひだに身をひそめる格好でモーテルやラブホテルが点在している。それがつまり「オトナの事情」——あっけらかんと言われると、思わずため息が漏れた。いまどきの女子中学生にとってはそこはもう常識のうちなんだ、と頭ではわかっていても、やはり教師として、オトナとして、ニッポンはだいじょうぶなのだろうか、と問いたくなる。

「ドンくんは全然わかってないんだけどね。ほら、あの子ってガキじゃん」

確かにそうなのだ。中学生の男子は女子よりずっと幼い。特に一年生や二年生のうちは、女子は「女子高生予備軍」と呼びたいのに対して、男子のほうは「小学七年生」「小学八年生」なのである。とりわけドンは無邪気で、元気で、素直で、天真爛漫《てんしんらんまん》な少年だ。たとえセックスのことを知っていても、それを自分の親に、ましてや不倫という形で結びつけることは、まったくできないだろう。それでいい。いや、そうであってほしい。

事故のあと、尚美さんはすぐにメイミーの母親・雅子《まさこ》さんに連絡を取り、今後の対応を相談した。ドンと小学二年生の妹・くるみちゃんには、もちろんほんとうのことは言えない。男性の存在は伏せて、車に乗っていたことも伝えなかった。「春の訪れを探したくて遠出の散歩をしていて、崖《がけ》になった歩道を歩いているとき、車に轢《ひ》かれそうになって、あわてて身をかわしたはずみに崖から落ちて、大ケガをした」という無茶なストーリーで押し切れたのは、ひとえにドンの無邪気さゆえだろう。

だが、ベトナムにいる夫の信也《しんや》さんに対しては、そういうわけにはいかない。入院費用のことや入院中の子どもたちの世話、そしてこれからの夫婦のこと……ごまかせば事態が悪くなるだけだ、と雅子さんが説得したらしい。

という「オトナの事情」を、娘にペラペラしゃべらないでほしい。幼すぎる男子に、オトナすぎる女子。中学生は、どうして、こう、ちょうどいいところに落ち着いてくれないのだろう……。

美代子が夕食の皿を食卓に並べているタイミングで帰宅した。

「どうする？　おなか空《す》いてないんだったら、軽いものだけ食べる？」

「うん……そうだな……」

さすがに昼食のメインが豚の塊肉だっただけに、まだ空腹というほどではない。ただ、東ヶ丘駅で車を降りるとき、康文が「土産だ、うまいぞ」と生わさびを一本くれた。伊豆《いず》でわさび農園を営む知り合いが送ってきたのだという。わさびの辛味がすっきりと立つおろし方も聞いた。おろし器にほんの少し砂糖をつけてから、すりおろすのだ。わさびと砂糖。とんでもない組み合わせだが、そうすることでアクが消えるらしい。

「人間と同じだ、正反対なものがぶつかり合って、ちょうどよくなるんだよな」――深い真理をついているのか、いないのか。

「ほんとうは花芽《はなめ》も送ってきたんだけど、そっちはウチだけな。春先しか採れないから貴重なんだよ。刻んで塩をして揉《も》んだ花芽を茶飯に混ぜ込んだら、最高にうまいんだけど、まあ今回は茎だけで勘弁してもらって、花芽のほうは想像しろよ」――親切なのか、残酷なのか。

「わさびでなにかつくってみるかな」

「薬味でしょ？　お蕎麦《そば》でもゆでれば？」

「うん、でも、せっかくいいわさびだから、もうちょっと存在感のある料理にしたいな」

花芽ご飯に対抗すべく、一度試してみたいと思っていたものにチャレンジすることにした。焼きおにぎりである。ご飯にわさびを混ぜ込み、わさび醤油《じょうゆ》も塗って、こんがりと焼き上げる。仕上げに海苔《のり》で包み、おろしたわさびを載せれば、焼きおにぎりにありがちの野暮ったい重さが消え、軽やかで爽《さわ》やかな後味《あとあじ》になってくれそうだ。

「じゃあ、わたしも白いご飯やめて、そっちにしようかな」と美代子は食卓に頬杖《ほおづえ》をつき、にこにこ微笑んで、焼きおにぎりの完成を待つ。

その笑顔に、隠しごとをしている様子はない。いままでどおりの明るい女房殿である。

だが——いや、だからこそ、わからない。

ドンの父親だって、まさか単身赴任中に妻が不倫をするとは、夢にも思っていなかったはずなのだ。

春分の日の夜は、静かに更けていった。

美代子はリビングのソファーで雑誌をめくり、陽平はテレビを観るともなく観ながら、麦焼酎《むぎじょうちゅう》のお湯割りをちびちびと啜《すす》る。心の中で、何度もため息をついた。教師としてドンのことを考えながら、ふーう。夫として美代子のことを考えながら、ふーう。メロディーは別々でも同じ楽器を使った二つの曲を同時に聴いているようなものだった。

同じ頃、康文は真を風呂《ふろ》に入れていた。向かい合って湯船に浸《つ》かり、「いーち、にーい、さーん……」と声を合わせて二十まで数えていく。「真の着替え、ここに置いとくね」と外から声をかける麻里に、これも「ほーい」「ほーい」と二人そろって返事をして、浴室の中と外で笑い合う。

さらに同じ頃、バスローブ姿の一博はシェリーを飲みながら、電話で話をしていた。電話の相手は、陽平と通っている料理教室の広報部長だった。教室の名前は、イタリア語で「台所」を意味する『クッチーナ』――首都圏を中心に急成長している外食産業グループが母体で、広報活動にも熱心に取り組んでいる。『おとなの深呼吸』の編集長が生徒として入ってきたというのは、まさに渡りに舟、鴨がネギを背負って来たようなもの、飛んで火に入る夏の虫なのである。

もちろん、一博にも思惑はある。業界では辣腕《らつわん》として知られる編集長なのだ。『クッチーナ』はもとより、母体のグループからも広告をたっぷりいただいてやろう、とハラの探り合いがひそかにつづいているのだった。

今夜の電話の用件も、その一環――四月から一博たちのクラスを担当する講師を、『クッチーナ』はさっそく売り込んできた。

「白いコットンシャツにひっつめ髪がよく似合うんです、彼女。ロハスですよ、オーガニックですよ、スローフードですよ。名編集長のお力添えでスターにしてやっていただけませんか」

「四月にお目にかかるのを楽しみにしてますよ」

「なにとぞひとつ、ごひいきに。ひっひっひっ」

「いやいやいや、ふっふっふっふっ」

悪代官と御用商人のような会話をつづけながら、窓ガラスに映り込む自分の姿を見つめ、シェリーグラスを持つポーズをあれこれ試す一博は、まだ、四月からのオノレを待っている運命を知らない。

第二章

新年度が始まった。陽平にとっては、教師生活二十六年目の四月である。

同期で採用された仲間には、管理職への道を歩みはじめた連中も少なくない。四十代半ばで副校長になる例はごくふつうだし、そろそろ同期から校長も生まれつつある。

「宮本さんも、管理職の資格だけでも取っておいたほうがいいんじゃないですか？」

後輩の同僚にはときどき心配される。副校長試験には、三十七歳以上五十歳未満という年齢制限がある。今年五月に四十九歳になる陽平は、いままで一度も受験をしたことがない。昇進にはずっと背を向けてきた。今年もし受けるのなら、これが最初で最後のチャンス——いや、副校長試験は倍率が五倍から六倍という狭き門で、みんな数年がかりで挑戦している。そのための通信講座や勉強会もあるほどなのだから、一発勝負はあまりにも無謀、もはや実質的には管理職への道は閉ざされてしまったと言ってもいい。

「望むところだよ。まったくＯＫだ。生涯ヒラ教師でいいじゃないか。国語を教えて、クラスの面倒を見る、そのために教師になったんだから」

強がりや言い訳ではない。格好をつけたきれいごとでも、ないつもりだ。

陽平は教卓から二年一組の生徒たちを見渡した。始業式が終わり、初めてのホームルームである。

教室には、井上克也——ドンもいる。

本来なら三組になるところを、春休み中に一組に移した。すんなりいった、とは言わない。三組のクラス担任が決まっていた杉山先生は「僕だと担任失格っていうことなんですか？」と、あからさまに不満をぶつけてきた。

そうじゃないんだ、と必死に説得した。父親は単身赴任中で、母親が二月に交通事故で入院して、夏頃までは退院できそうにない——不倫のことは隠して、事情を伝えた。「しばらくはいろんなケアが必要だから、ベテランの俺に任せてほしいんだ」と言うと、杉山先生はそれでようやく納得して、「じゃあお願いします」とドンを陽平に譲ったのだった。

そのドンは、クラス替え初日でみんなが緊張気味のなか、いかにもリラックスした笑顔で、元一年二組の仲間はもとより、初めて同じクラスになった連中とも、身振りや表情で挨拶《あいさつ》を交わす。去年につづいて今年もまた、クラスのムードメーカーになってくれそうだ。

まう。

　だからこそ、陽平はドンと目が合いそうになると、つい逃げるように横を向いてし
　連絡事項を伝え終えると、ホームルームの締めくくりに家庭調査票をクラス全員に配った。

「去年の四月に出してもらったものと同じだから、住所とか緊急連絡先とかが去年と変わってないひとは、紙の上のほうに〈変更なし〉と書いてくれれば、あとはそのまま提出すればいいからな」

　ちらりとドンを見て、すぐに目をそらし、窓の外に視線を逃がした。

　東ヶ丘中学では、三階建ての校舎を学年順に下から一年生、二年生、三年生と使っている。今年は二階——富士山《ふじ》が見える。

　前回二年生のクラス担任を務めたのは三年前、東ヶ丘中に異動して初めての年だった。その年は学校が荒れていて、生活指導に追われどおしで、授業がほとんど成り立たない日も少なくなかった。そんなとき窓から眺める富士山がせめてもの慰めになっていたことを、ひさしぶりに思いだした。

「ただ、気をつけてくれよ。ウチは引っ越してなくても、お父さんやお母さんの携帯電話の番号が変わってることもあるからな」

　あ、そうか、と女子が言う。母ちゃん今度からスマホにしたんだけど、番号変えた

かどうか聞いてないや、と男子が言う。

「ウチに帰って、お父さんかお母さんに書いてもらえばいいんだぞ」

声をかけたあと、ヤバい、と気づいた。ドンのウチには、それを書くお母さんがいない。

「……おばあちゃんでもいいし」

ちょっと不自然だっただろうか。

そこに「センセイ、ほかにどんなことに気をつければいいですか？」と質問が飛ぶ。

「あとは……ほら、弟や妹ができちゃったとか」

やだあ、と女子が意味ありげに眉《まゆ》をひそめて苦笑し合う。うげーっ、と男子が照れ隠しにおどける。二年生の四月頃なら、こういう話が妙にウケる。これが三年生になると、その手の話がシャレではすまなくなるのが難しいところなのだ。

「それと、おじいちゃんやおばあちゃんと同居するようになったとか、お母さんが勤めに出るようになったとか……」

陽平の言葉をさえぎって、「母ちゃんが不倫して家出しちゃったとか」――ドンが言った。

とぼけた口調に、教室はドッと沸いた。

不意打ちをくらった陽平は、「あ、そう、あ、あはは っ」とうわずった声で笑うしかなかった。困惑で揺れ動く視界の隅で、メイミーがこわばった顔でこっちをにらんでいた。

中学生というのは、つくづく難しい。

ベテランと呼ばれる歳になっても、生徒の胸の内をはかりかねて途方に暮れてしまうことはしょっちゅうある。

ただ、二年生に上がったばかりの頃だと、男子の思考回路は女子に比べるとずっとシンプルである。喜怒哀楽の色分けがはっきりしているし、そこに「空腹」と「眠気」と「照れ隠し」と「見栄っ張り」と「ウンコの話が好き」と「エッチな話は女子の前では嫌い」と「友情」と「片思い」を組み合わせれば、たいがいの言動の筋道は通ってくれるはずなのだが――。

ドンはなぜ母親の不倫のことを口にしたのだろう。わからない。もちろんギャグだ。大いにウケた。まさかそれがドン自身のウチの話だとは、メイミー以外のクラスの誰もが夢にも思っていなかったはずだ。

そこまでしてウケを狙ったのか？　捨て身のギャグだったのか？　まさか、いくらなんでもそれはないだろう。

ならば、SOSを伝えたのか？　あの一言はあいつなりの「みんな、わかってくれよ、オレんち大変なんだよ、母ちゃんが不倫しちゃったんだよ」というメッセージだったのか？　あるいは、伝えたい相手は「みんな」ではなく「センセイ」だったというのか……？

教室中を爆笑させたあとのドンは気を良くして、ひときわ上機嫌に笑った。ホームルームが終わるまでその表情は変わらなかったし、こっちがなにかひと声かけようかと思う間もなく、同じサッカー部の友だちと一緒にダッシュで教室を出て行ってしまった。その走り方も、廊下での騒ぎ方も、いつもどおりだった。

「部活の練習に出られるうちはだいじょうぶだ」と長年の経験に照らし合わせて納得する気持ちと、「そういう『わかってるつもり』が一番怖いんだぞ」と自戒する気持ちが胸の中で入り交じって、半日たったいまも消えない。

こういうときは――。

料理で無心になるにかぎる――。

渋谷《しぶや》駅からほど近いビルに入った。

学校で始業式がおこなわれた今日、四月六日は、受講二年目に入った『クッチーナ』の新年度初めての授業日でもあった。

受付をすませてキッチンスタジオに入ると、先に来ていた一博に、こっちこっち、と手招きされた。スタジオには、流しやガスコンロ、さらにオーブンレンジやＩＨヒーターを組み込んだ調理台が並んでいる。どの調理台を使うかは先着順——後ろのほうや端のほうに空きはいくつもあるのに、一博が座っているのは講師用の調理台のすぐ前、いわゆるかぶりつきのポジションだった。

「張り切ってますね」

「初日だからな」

確かに新年度に向けての意気込みは、席の選び方だけにとどまらず、ひしひしと感じ取れる。

陽平をはじめ他の受講生が教室で用意していたエプロンやバンダナをつけているのに対し、一博の今夜のいでたちはすべて自前である。

「去年からずっと気に入らなかったんだ、ここのエプロン。いかにもコスト重視の安物だろ？　色も黒一色で、汚れが目立たなければそれでいいって感じで。俺、そういうのダメなんだよ」

だからほら、いいだろ、これ、と得意げにエプロンのブランド名を口にした。その手の知識がゼロに近い陽平には「はあ……」とうなずくしかないのだが、厚手のデニムのエプロンは、布地の質感やアイボリーの色合いなど、素人目にも高級品だというのはよくわかる。

「それに……」

一博はニヤッと笑って、「今夜のセンセイ、『クッチーナ』広報部イチ押し」と小声で言う。

『クッチーナ』の男性専用クラスは、スポーツクラブ方式を採っている。時間割が決められているのではなく、時間が空けば携帯電話で予約を入れて、仕事帰りにブラッと寄れるのが人気なのだ。

今夜は、一博に「時間があるんだったら寄って行かないか？」と誘われた。金曜日の夜はほとんど仕事の会食で埋まっている一博にしては珍しいことだったのだが、スケジュールをやり繰りしたのも、ブランド品のエプロンを身につけたのも、ひとえに講師目当てだったようだ。

「広報部イチ押しって、女のひとですか？」

「男だったら、こんな席に座るわけないだろ」

「ですよね……」

「俺もまだ見たことないんだけど、オーガニックで、ロハスで、スローフードな先生らしいぞ」

「……よくわかんないんですけど」

「まあ、自分の目で確かめろって」

一博がバンダナをキュッと結び直したとき、スタジオにウワサの講師が入ってきた。『クッチーナ』広報部イチ押しの新人講師は、北白川《きたしらかわ》エリカ先生という。なんだか由緒ありげな、それでいてバタ臭い、ゴージャスな名前である。

だが、その風貌《ふうぼう》は、なるほど確かに「オーガニックで、ロハスで、スローフード」――ほとんどスッピンに近いナチュラルメイクに、長くまっすぐな黒髪をひっつめたポニーテールである。背が高く、細身。首が長く、指が長い。白いコットンのカッターシャツとチノのサブリナパンツに、履き込んで洗い込んだデッキシューズといういでたちを、庭仕事にも使えそうな丈夫な布地のエプロンでキリッとまとめている。

ああ、わかるぞ、これ、わかる……。

陽平は心の中でつぶやいた。

美代子がときどき買ってくる雑誌のグラビアによく出てくるタイプの女性だ。古いものが好きで、自然素材が好きで、和風でも洋風でも梁《はり》の太い家が好きで、漆喰《しっくい》の壁が好きで、ウッドデッキも好きで、幸田文《こうだあや》や向田邦子《むこうだくにこ》の随筆を愛読し、憧《あこが》れの的はベニシア・スタンリー・スミスとマーサ・スチュアートで、洒落《しゃれ》た一筆箋《いっぴつせん》を何種類も持っていて、テーブルには野の花を飾り、壁にはポプリを垂らし、デンマークの家具とフィンランドの食器とドイツの文房具をこよなく愛し、週末にはジャムをことこと煮て、そうでなければ豆をことこと煮て、ホーローやガラスの保存容器をたくさん持っていて、食器を拭《ふ》くのはニッポンの布巾《ふきん》にかぎるという信念を持ち、シャツのアイロン掛けの名人で、掃除はホウキとハタキを巧みに操り、ご飯は土鍋《どなべ》で炊き、魚料理は煮るのも焼くのも一尾丸ごとを旨として、お取り寄せの豆腐は煮えばなを逃さずすくい取り、塩は沖縄からアンデスまで数種類を常備する一方で、醬油《しょうゆ》は伝統の製法を守りつづけるこの蔵、と決めて揺るがない。

つまり、すなわち、要するに、敬して遠ざけておきたいというか、正直に打ち明けるなら、あまり得意ではないタイプの女性なのである。

だが、一博の評価は違う。エリカ先生がスタジオに入ってきた直後から、両手の人差し指と親指で長方形をつくって、先生の姿をその中に収めている。早くもグラビアでの登場を考えているのか、写真の構図を探っているのだ。

「いいねえ、彼女、伸びるよ」

小声で言って、さらに声をひそめて「ミヤちゃん、授業のあと付き合えよ」とつづける。「広報部の仕切りで、エリカ先生とメシでも食いませんか、ってことになってるんだ」

そんなことをやっている場合ではない。

美代子の離婚届の件も、ドンの母親の件も、まったく解決していない。ドンについては担任教師としていずれ動かざるをえないのだが、美代子のほうはまだその覚悟もできていないのだ。

このまま離婚届を「なかったこと」にして素知らぬ顔で第二の新婚生活を送るのは、銀婚式を来年に控えた夫婦としてあまりにも情けないことなのか、逆に、長年連れ添った夫婦だからこそできる高度な愛の形なのだろうか。いや、そもそも、素知らぬ顔のお芝居をやり通せるのか？　幼稚園の学芸会では『ブレーメンの音楽隊』の「岩・その1」だった――そう、「草」のように風にそよぐ演技すら求められなかった「岩」の俺に、そんな難しいお芝居ができるのか……？

「ミヤちゃん、いいだろ？　付き合えよな」

一博にうながされ、いえ今夜はちょっと、と断ろうとした矢先、マイクが甲高いハウリング音をたてた。講師用の調理台に立ったエリカ先生が、ヘッドセットをつけたのだ。

と同時に、先生が背にした三面の大きなモニターに手元が映し出される。先生が最初にお手本で示す調理の様子は、そのライブ映像と先生の実況で受講生に伝えられるのだ。

ただ、今夜のスタジオには、マイクやカメラを使わなければならないほどの人数はいない。二人一組の調理台が十五、すなわち定員三十名の教室だが、なにかと忙しい年度初めの金曜日ということもあって、参加しているのは十人ほどだった。

新人講師の初授業としては、いささか寂しい。

しかし、スタジオを見渡すエリカ先生の表情には、落胆や困惑は感じられない。ふっと微笑む顔には余裕もある。

「はじめまして、今日から月・水・金の『男のキッチン・中級コース』を担当する、北白川エリカです。一年間よろしくお願いします」

そこまではごくふつうの自己紹介だったが、エリカ先生はつづけて――。

「ひのえうま生まれの四十六歳、バツ2です。もうすぐ娘が赤ちゃんを産んでおばあちゃんになる予定で、娘も十九、バツ1です。母子二代にわたって男運が最低、最悪、困ったものです」

きびきびと、はきはきと、とんでもない個人情報を披露する。だが、一博は「四十六にしては若いよな」と耳打ちして、いいぞ、とうなずく。そこですか、あなたのツボは……と陽平があきれかけたところに、エリカ先生はつづけて言った。

「皆さんは中級コースですから、もう料理の基本はできてるわけですよね。たいへん頼もしくて、素晴らしいことです」

数少ない受講生を順に見回して、満足そうにうなずく。

「でも、『男の料理』は、ここからが肝心です」

先生は調理台に組み込まれた手書き入力のタブレット端末に気づくと、「せっかくだから、ちょっと使ってみましょうか」とペンを執った。

受講生の調理台にも、それぞれ端末がビルトインされている。料理のレシピや、いわゆる「板書」は、この端末のモニターに表示されるのだ。

「いいですか？　基本を覚えたあとに進む道で、『男の料理』は二つに分かれてしまいます」

使える料理――。

使えない料理――。

モニターに二つの言葉が表示された。かなり豪快な字である。書き順も何ヶ所かおかしい。陽平は思わず首をかしげた。最初に聞いていた「オーガニックでロハスでスローフードな先生」とはちょっと印象が違う。横を見ると、一博も困惑した様子でモニターを見つめ、だいじょうぶ、書かせなきゃいい、そこはごまかせる、ドンマイ……とつぶやいていた。

「当然、皆さんに目指してほしいのはこっち、使える料理のほうです。そのために心がけてほしいのは、この言葉です」

深追いはしない――。

「いいですか？　料理というのは食べてしまえば終わり、身も蓋《ふた》もなく言えばウンコの素《もと》です」

ウンコの一言に、数少ない受講生たちから声にならないどよめきがあがった。一博のつぶやきは、ざっくばらん、自然体、同性ウケするアネゴ、いけるいける、まだいける……と、半ば祈るようなものに変わっていた。

「そんな料理にいちいちこだわってしまうのが、男のひとのダメなところなんです。基本は世の中いろいろあるんですから、細かいこと気にしてたら疲れるだけですよ。『食えれば、よし』。そのためには深追いは厳禁なんです。むしろ広く、浅く、そして手早く、できれば安く……それを目指さないかぎり、皆さんの料理はしょせん道楽、家族から見れば迷惑きわまりない趣味なんです」

一博は絶句した。無理もない。こだわりこそがナイスミドルの生きる道と信じて疑わない一博にとっては、オノレの価値観をまっこうから否定されたようなものなのだ。

エリカ先生は話をつづけた。

「おそらく、いま中級クラスの皆さんが今後進んでいく道は、大きく二つに分かれるはずです」

一つは、出刃包丁系。すなわち、魚をおろしたり骨付き肉をさばいたりという「刃」方面に向かうベクトルである。もう一つは、炭系。すなわち、炭火焼きや燻製《くんせい》、オーブン料理にのめり込む「火と煙」のベクトルである。

「確かに気持ちはわかります。刃物と火を使いこなすことに対しての憧れは、人間としての本能レベルで刷り込まれているはずです」

しかし、と先生は言う。

「この二つの道に未来はありません」

言い切るのである。迷いがないのである。

「奥さんにとっては、ただただ、迷惑なだけです。ゴミが出て、洗い物だらけで、キッチンが汚れて、時間がかかって、お金もかかって、おまけに、たいしておいしくないんです、これがっ」

そこまで言う。調理台をドンッと叩《たた》く。かなり熱いひとである。そして、かなり独断と偏見で突っ走ってしまうひとなのかもしれない。

「わたしの授業は、格好だけで使えない『男の料理』を磨き上げるのではなく、どこまでも実践的な『料理の男』を育てるための時間です」

そしてまた、タブレット端末用のペンを執って、「皆さんに座右の銘にしてもらいたいのは、まず、これです」と、豪快な字で書き記した。

買ったほうがおいしいものは買うべし——。

無言のどよめきがあがる。それは決して矛盾ではない。絶句してしまう気配がスタジオ中にたちこめた。耳をすませば、男たちが拠《よ》って立つ足元が崩れ落ちる音も聞こえてきそうだった。

だが、エリカ先生は委細構わず、「もう一つは、これ」と二つ目の言葉をタブレットに記した。

小手先――。

またもや無言のどよめきがあがる。

「ポテトサラダは手間がかかるわりには、市販品になかなか勝てません。手間暇のコストパフォーマンスが悪いんです。じゃあデリカテッセンでおいしいのを買ってきて、そこにレーズンを足したり、カリカリに焼いたベーコンをパラッと散らしたり、オリーブオイルを垂らす、それでいいじゃないですか。小手先のワザを磨くだけで、皆さんの料理は確実にワンランク上がるんです」

エリカ先生はそう言って、「わたしの個人的なオススメは、ベビースターラーメンのトッピングです」と、にっこり笑った。

この日の授業は和食だった。いまが旬のソラマメと桜海老《さくらえび》のかき揚げに、サワラの木の芽焼き、新ワカメとタケノコのお吸い物、そしてアサリの炊き込みご飯である。

エリカ先生も調理の手順はきちんと教えてくれたが、随所で「ソラマメはサヤごと焼いちゃうのが一番簡単でおいしいんですけどね」「タケノコなんて水煮の缶詰でいいんですよ、ほんとはね」「柿の種をお吸い物に浮かべるとオツなんですよ。ピリ辛のお麩《ふ》かクルトンだと思えばいいんです」と、小手先感たっぷりのワザを付け加える。最初の挨拶《あいさつ》ですでに度肝を抜かれてしまった一博は、調理にとりかかってからも平常心をなかなか取り戻せなかった。

かき揚げが油の中でうまくまとまらない。温度が高すぎるのだ。そもそも、ひとすくいごとにソラマメの数を揃えなくてもいいじゃないか、と陽平は思うのだが、そのこだわりを捨ててしまうと、まさにアイデンティティの崩壊なのである。

サワラも失敗。木の芽味噌《みそ》が焦げてしまい、やわらかい身も崩れてしまった。陽平に「だいじょうぶですか、代わりますよ」と声をかけられ、「いや、いいんだ、うん、平気平気」と笑い返す、その笑顔も見るからに引きつっている。

「タケさん、今夜はちょっとワインか日本酒にしたほうがいいんじゃないですか?」

「うん、そうだな、俺もそう思う……」

『クッチーナ』の『男のキッチン』コースでは試食の時間はフリードリンク制なのだが、「舌と肝臓は消耗品」が持論の一博は、決してアルコールには口をつけない。肝臓はもちろん、舌のケアも大切なこだわりなのである。「舌のザラザラあるだろ。味《み》蕾《らい》っていうんだけど、あれは中年になると、どんどん磨《す》り減っていくらしいんだ。タダで出すような酒で大切な味蕾を無駄遣いしたくないよ」――そのこだわりを捨てざるをえないほど、いまはとにかく動揺しているのだ。

「しかし、エリカ先生って、すごいですね。見た目と全然違うじゃないですか」

「だよなあ……オーガニックの皮をかぶったジャンクだ、うん」

「どうするんですか、授業のあと、ほんとに一緒に会うんですか？」

もうやめた、と言ってほしかった。

だが、一博は赤ワインを呷《あお》って、「会う」と言った。「俺もプロの編集者だ。ヘンな奴から逃げるわけにはいかないんだよ」


授業後に向かったのは『クッチーナ』から徒歩五分のファミリーレストランだった。

「そんなところでいいんですか？」

陽平が訊《き》くと、一博は困惑気味に「しょうがないだろ、向こうがそう言ってきたんだから」と返す。

「どうせ待ち合わせだけだよ」

「ですよね……」

『クッチーナ』広報課長の湯田《ゆだ》とは、陽平も何度か、一博に会食に誘われて話したことがある。課長とはいっても、もともと若い企業なので、湯田もまだ三十になるかならないか。陽平や一博にとっては、一番苦手な世代である。しかも、湯田はいかにもイマドキの若手にしてヤリ手のビジネスパーソン――陽平や一博たちが「うっかりセクハラ世代」と呼ばれるのは、この「パーソン」に馴染《なじ》めないところから始まっているのだろう。

とにかく湯田はデキる男なのである。お洒落《しゃれ》で如才がない。見た目だけではなく、一博が雑誌のグラビア撮影で『クッチーナ』のスタジオを使ったときの現場の仕切り方もみごとだったらしい。

そんな湯田がいま最も力を入れているのが、スター講師の発掘と育成だった。スクールの経営はいかに人気講師を揃えるかで決まる。テレビや雑誌で活躍し、レシピブックを何冊も出している料理研究家との契約では、他のクッキングスクールとの競合がエスカレートして、一千万円単位のカネが動くことも珍しくないのだという。

エリカ先生は、さすがにまだそこまでのレベルには達していない。世間的にはまったく無名。だからこそ――。

「手垢《てあか》がついてないっていうのは魅力だよな」

ファミリーレストランのドアを開けながら、一博は言った。「売れるってことは消費されるってことでもあるんだから、鮮度がいいに越したことはないだろ」

「ええ……」

「ルックスも悪くないし、見た目の雰囲気とのギャップも面白い。これで文章が書けるんだったら、コラムもありだよな」

だが、窓際のボックス席について、陽平が「でも、肝心の料理はどうなんですか？」と訊くと、たちまち顔が曇る。

「問題はそこなんだよ。小手先料理なんて怒るよ、ウチの読者が。その前にスタッフがあきれる」

一博が創刊編集長を務める『おとなの深呼吸』のコンセプトは「本物・本格・正統」――「小手先」からは、あまりにも遠い。

ドリンクバーのコーヒーを啜《すす》りながら、湯田課長とエリカ先生を待った。

会食といっても、すでに授業で夕食はとっている。時刻も九時近い。軽く食べて、呑《の》んで、興《きょう》が乗ればもう一軒回って、電車の走っているうちに解散というところだろう。

オレは一次会で失礼するかな……と思う陽平の胸の内を見抜いたように、一博は言った。

「ミヤちゃん、途中で逃げないでくれよな」

「いや、逃げるもなにも……もともと僕はオマケみたいなものなんですから」

「ひがまなくてもいいだろ」

「そんなのじゃないです」

やれやれ、とコーヒーをまた一口啜った。

一博も同じようにコーヒーのカップを口に運んで、「苦いな……」と顔をしかめた。

「それに酸っぱくて、エグいし」

「煮詰まってるんですよ、これ」

ドリップサーバーに残っていた最後の二杯に、運悪くあたってしまったのかもしれない。

「でも、まあ、ファミレスのコーヒーだからな」

「ええ……」

コーヒー専門店ではないのだから、最初から味に期待などしていない。料理もそう。和洋中にエスニック、なんでもひととおり揃っていて、どれもそこそこおいしい。けれど、それぞれのジャンルの専門店にはやはり勝てないし、こちらも最初から、突き抜けるようなうまさを望んでいるわけではない。「昼飯どこにする?」「そのへんのファミレスでいいんじゃないか」「だな」——そんな投げやりな会話が似合ってしまうのがファミレスというものなのだろう。

いまの店内にいる客も、「どうしてもこれを食べたい!」という強い熱意でここに来たとは思えない。六割ほど席を埋めた客は老人から子どもまでさまざまだったが、おしゃべりで盛り上がっていたり、ケータイやスマホに夢中になっていたりして、料理は添え物、いわばテーブルにもれなくついている備品のようにしか見えないのだ。

「どうせだったら、もうちょっと気の利いた待ち合わせ場所にしてほしかったな。こういうときの店のチョイスでセンスが問われるんだけどな」

「ですよね」

ここを指定したのは、湯田課長なのだろうか。それとも、エリカ先生だったのだろうか……。

まさかな、と苦笑したとき、ようやく二人が店に入ってきた。

エリカ先生はオフホワイトのTシャツにざっくりしたニットパーカを重ね着して、授業中と同じサブリナパンツと合わせていた。やはり見た目だけなら間違いなく「オーガニックでロハスでスローフード」なのである。

席についたエリカ先生は、隣の陽平と斜向《はす》かいの一博のコーヒーカップに目をやると、「お二人はアルコール、ダメなんですか？」と訊いた。

「いや、そんなことはないんだけど……」

一博が答えると、「ですよね」とうなずき、「呑みましょう」と陽平に振り向いて笑った。もちろん、呑む。呑むつもりなのだが——。

エリカ先生は注文を取りに来たウエイターに「とりあえず生。皆さんはどうします？　生でいいですか？　じゃあジョッキ四つ」と言った。

ここで呑むとは思わなかった。

困惑する陽平と一博をよそに、エリカ先生はどんどん注文していった。

ポテトフライ、バターコーン、鶏《とり》の唐揚げ、棒餃子《ギョーザ》、ホウレンソウのお浸し、豆腐チゲ、ミックスピザ、茶そばサラダ……ファミレスならではの、和洋中エスニック入り乱れたチョイスだった。しかも、「とりあえずのビール」だけをここですませるというのではなく、じっくり腰を据えて、食べて呑むつもりなのだ。

「武内さんと宮本さんはなにかあります？」

「いえ……」

気おされた二人が揃ってかぶりを振ると、エリカ先生はウエイターに「じゃあ、いまのオーダー、ぜんぶ二人前でよろしく」と言った。

あまりにもシンプルかつ豪快——大ざっぱな発想に唖然《あぜん》としながら、陽平は「ファミレスでよく呑むんですか？」と訊いた。

「ええ。大好きなんです、わたし」

「ファミレスが？」

「はい。朝昼晩、夜食にお酒、ぜーんぶファミレスでも全然ＯＫです」

屈託なく言う。悪びれた様子はいっさいない。だが、料理教室の目指す料理とは、そもそもファミレスや給食とは対極にあるはずなのだ。ファミレスを認めた瞬間、手作りにこだわる料理教室は存在意義を失ってしまうはずではないか。

絶句した一博に代わって、陽平は湯田課長に目をやった。「いいんですか、講師がこんなこと言って」と抗議の意を込めたつもりだったが、湯田はすまし顔で「常識にとらわれないところが、エリカ先生の魅力です」と言った。

呑んだ。食った。しゃべった。笑った。

エリカ先生はみごとな呑みっぷりと食べっぷりを見せた。生ビールのジョッキがワインのハーフボトルに変わり、赤白合わせて四本が空いたところで日本酒の冷酒に変わる。

そこまで腰を据えて呑むのなら、酒も肴《さかな》も充実した居酒屋にハシゴしたほうがよさそうなものだが、エリカ先生は細い体をシートにどっしりと落ち着けて動こうとしない。

「ファミレス、ほんとうにお好きなんですね」

半分あきれて陽平が言うと、屈託なく「はいっ」とうなずく。酔うと子どもっぽくなるタイプのようだ。

さらに、よくしゃべる。こんなオープンな場所で、初対面同然の相手に話すべきではないようなことも、平気で、あっけらかんと——具体的にはバツ2のいきさつを、こっちが訊《き》いてもいないのに自分から明かしたのだ。

「最初の結婚は二十三なんですよ。ちょうど『昭和』から『平成』になった頃で、まだバブルもそこそこつづいてて、その勢いっていうか熱気につられて、四つ上の証券マンとフラフラッと結婚しちゃったんです」

一年足らずで離婚した。ちなみに、夫が勤めていた大手証券会社は、バブル崩壊後の不況のトンネルを抜けきれず、離婚の七年後に廃業してしまったという。

「再婚したのは二十六のときで、最初のアレはデキゴコロの結婚だったんですけど、今度のは体のほう、デキちゃった婚で……相手は英会話教室の講師だったんです」

こちらは三年で離婚。一人娘はエリカ先生が育てることになった。ちなみに、その英会話教室は「各駅留学」のキャッチフレーズのもと、小規模な教室を数多くつくることでシェアを伸ばしてきたものの、五年ほど前に経営破綻《はたん》してしまい、いまは別の会社によって運営されているらしい。

「元ダンナは二人とも消息不明です。ほんとに男運が悪いでしょ？　まいっちゃいますよ」

ぼやきながら日本酒を空けて、つづけてハイボールに移る。チャンポンである。なんでもこい、である。見た目は清楚《せいそ》そのもののエリカ先生が、追加注文したトリ軟骨の唐揚げをバリバリと嚙《か》み砕いていく姿に、陽平はふと、思う。

じつはエリカ先生は男運が悪いのではなく、結婚した男から運気を吸い取ってしまう女性なのではないか……？
　さらに呑《の》んで、さらに食った。
　午後十一時を回って、ようやくエリカ先生は重い腰を上げた。
「じゃあ、もう一軒行きましょうか」
　まだ酒宴は終わらない。しかも、河岸《かし》を変えて向かう先も近くのファミレス――
「そっちはサラダバーが充実してるんですよ」と言われても。
　湯田課長は「まだ仕事を残してますので」とさっさと逃げてしまった。帰りぎわに
「くれぐれもよろしくお願いします！」と路上で陽平と一博に頭を下げた。マスコミ
への売り込み以前に、とりあえず今夜のエリカ先生を二人に押しつけてしまいたい、
ということなのだろうか。
　陽平にしても、そろそろ終電が気になる時刻である。だいいち二軒目のファミレス
でなにを呑み、なにを食えと言うのか。
　酔った勢いもあるのかないのか、エリカ先生は妙に颯爽《さっそう》とした足取りで、先に立っ
て道を往《ゆ》く。少し遅れてあとにつづく陽平は、「ねえ、タケさん……」と隣の一博に
そっと声をかけた。「今夜はもうお開きでいいんじゃないですか？」
　一博は、「うん？」と振り向いた。
　その顔を見た瞬間、陽平は天を仰ぎたくなった。いかりや長介《ちょうすけ》なら「だめだ、こり

ゃ」である。

一博はとんでもなく酔っている。その証拠に、頬がゆるみっぱなしで、なんだかもう、風呂《ふろ》に入っているわけでもないのに「いい湯だナ、あはは〜ん」と鼻歌まで出そうな表情なのである。

チャンポンがよくなかったのか。エリカ先生の見た目と中身のあまりのギャップに、シラフの頭ではついていけなくなってしまったのか。とにかく一博は、「うん、じゃあ、ミヤちゃん、またな」と呂律《ろれつ》のあやしい声で陽平をあっさり解放した。手を振って、「バッハハーイ」とケロヨンの挨拶《あいさつ》をして、エリカ先生を追いかける。

だいじょうぶだろうか。いささか不安ではあったが、五十ヅラ下げた男相手におせっかいめいたことをくどくど言いつのるのも失礼な話だし、終電まで時間の余裕もほとんどない。最後は「自己責任」の一言で自分を納得させて、踵《きびす》を返し、駅へ向かった。

だから——その後、一博とエリカ先生の間になにがあったのか、陽平は知るよしもない。

翌朝六時過ぎに「ミヤちゃん、大変だよ、おい、助けてくれよお……」と一博が半べそをかいて電話をかけてきたときも、陽平はただぽかんとするだけだったのだ。

落ち着け――。

一博は二日酔いでガンガンする頭で、必死に状況を整理した。

いまは何時だ？　朝六時過ぎ。

ここはどこだ？　ウチのリビング。

なにをしていた？　服を着たままソファーでガーッと寝ていて、目を覚まして、とんでもない事態に泡を食って、とるものもとりあえず陽平に電話をしたものの、寝ぼけているんだと勘違いされて「顔を洗って、少し落ち着いて、時計を確認してから、また電話してくださいね」と、諭すように電話を切られてしまった。

で、このひとは……誰なんだ？

メガネを掛け直した。強く何度も目をまたたいて、斜め向かいのチェアに座っているひとを、あらためて見つめた。

若い女性だ。「少女」の名残もたっぷりある、ハタチそこそこの女性である。

だが、その女性は、「母」の予感も濃厚に漂わせている。ハイネックのニットセーターにチュニックのワンピースを重ね着して……そのおなかは、確かに、間違いなく、スイカを入れたみたいにポコンとふくらんでいるのだ。

こっちを見ている。照れくさそうに、ちょっと困ったように微笑んでいる。

一博はまた、まばたきを繰り返す。冷静に冷静に、と念じながら、彼女に声をかけた。

「キミとボク、会うのって初めて、だよね？」

彼女は「はい」と、微笑みをたたえたまま答えた。「さっきもそう言いましたけど」

「いや、まあ、それはそうなんだけど、ほら、最近もの忘れが多くなっちゃって、顔と名前がなかなか一致しなくて……えーと、名前は……」

「ひなたです」

さっきもそう聞いたのだ。ひなたちゃん。いい名前だ。で……ひなたちゃんって、誰なんだ？

「上の名前、いわゆる苗字《みょうじ》ってやつなんだけど、それ、なんだっけ？」

ひなたちゃんはクスッと笑って、「北白川です」と言う。どこかで聞いたことのある苗字だ、と思っていたら、ソファーの陰に、ふと、ひとの気配を感じた。ここからは死角になって、いままで目を向けずにいた場所だった。

驚いて振り向くと、床で寝ていたエリカ先生がむっくりと起き上がって、「おはよーございまーす」とあくび交じりに笑った。「北白川エリカ・ひなた親子でございまーす」

エリカ先生が語るゆうべの経緯を、一博はほとんどまったく覚えていなかった。呑みすぎた。いや、アルコールの摂取量というより、精神的に舞い上がりすぎたゆえの泥酔だったのだろう。

湯田課長と陽平がひきあげたあと、二軒目のファミレスでは、一博とエリカ先生の二人きりになった。そういう展開は、一博も決して嫌いではない。むろん、長期別居中とはいえ妻帯者として越えてはならない一線があるのは承知している。しかし、それでも——野球のランナーにたとえるなら、牽制球《けんせいきゅう》を放られたときに滑り込んで帰塁できる程度のリードは取ってもいいではないか。プロレスの反則技だって、五カウントまではお咎《とが》めなしなのである。

エリカ先生は一軒目と変わらない勢いで、いや、さらに元気よく、呑んで、食って、しゃべって、笑った。一軒目ですでにウイスキーまで達していたのに、二軒目では再びビールからやり直しである。テーブルに並ぶ料理も、サラダバーで取ってきた山盛り生野菜を真ん中に、グラタン、グリルチキン、クラブハウスサンド……。

このひとの胃袋と肝臓はどうなっているのだ。酔いがすっかり醒《さ》めてしまっても不思議ではない状況で、しかし一博はしたたか酔った。ビール、ワイン、日本酒、ウイスキーと、エリカ先生に付き合って呑みつづけた。

なぜ——？　ほめられて、うれしくて、酒が進んだのだ。このあたりまでは、切れ切れに記憶が残っている。

「テクニシャンですよね、武内さんって」

思いだすと、つい胸がドキッとしてしまうのだが、エリカ先生が言っていたのは料理の話である。一博本人からすれば不本意きわまりない出来だった今夜の授業も、エリカ先生は「ほかの生徒さんとは全然違ってましたよ。手つきにフェロモンがあるんです」と、またもや誤解されそうなことをケロッとした顔で言うのだ。

うれしかった。それは覚えている。だが、そこから「わが家へご招待」までは、いくらなんでも飛躍しすぎではないか。

「やだぁ、覚えてないんですか？　武内さん、『ウチの自慢のキッチンを先生に見せてあげましょう』って言ったんですよ」

ありうる——。

「アンティークのお鍋《なべ》や食器のコレクションもぜんぶ見せてもらいました」

これも、ありうる——。

酔った勢いで仲間を自宅マンションに招くことは、いままでにも何度かあった。妻の桜子が東京にいた頃は準備万端ととのえたホームパーティー以外で客をしたことはほとんどなかったのだが、桜子が京都に行ってしまってからは「ちょっと寄っていけよ」と誘うことが増えた。認めたくはないが、やはり人恋しさゆえ、だろうか。

だが、いくらなんでも初対面の相手を、しかも「四十六歳のおばさん」と切り捨てるにはあまりにも若々しい女性を一人で自宅に呼ぶのは、われながら非常識だった。神に誓って、別居生活四年半、こんなことは一度もなかったのだが……。

「心配しなくていいですよ。ヘンなことや、アブナいこと、なーんにもありませんでした」

エリカ先生は笑って言った。

「いや、そんなの、あたりまえっていうか……」

「奥さんが京都に行きっぱなしっていう愚痴は、たっぷり聞かされましたけど」

やはり――そうだったか……。

「いいじゃないですか、離れていてもお互いに愛情と信頼があるんだったら」

それがあるかどうかが――最近、不安なのだ。

「あとは仕事の話、いままで武内さんが仕掛けたベストセラーやヒット企画のこと、たくさん聞かせてもらいました」

酔った挙げ句の自慢話――最低である。

「わたしの『小手先クッキング』もブレイクの予感がする、って言っていただきました」

つい調子のいいヨイショをしてしまう――それなりのネーミングもパッと浮かんでしまうところが、よけいタチが悪い。

エリカ先生は「あとはですねえ……」と、さらに記憶をたどろうとしたが、一博は逃げるように話を先に進めた。

「それで、あの……娘さんは、なぜ、ここに？」

「あれ？　それも覚えてないんですか？」

「はあ……どうも……」

母親を車で迎えに来たというのが、最も穏当な予想だった。玄関のオートロックを解除してウチに通したものの、すぐにまた寝入ってしまい、そのことを忘れてしまったのだろう、と勝手に筋書きを立てて、一人でとりあえず納得していた。

ところが、エリカ先生は「しっかりしてくださいよ、すごく大事なところなんですよ」と一博を軽くにらんで、言った。

「今日からしばらく、この子、ここでお世話になりますから」

相談に乗ったのだという。一博自身はなにも思いだせないのだが、エリカ先生が切々と訴える話を聞いたあと、「わかりました」と大きくうなずいて、「だいじょうぶです、ワタクシに任せてください」と力強く答えたのだという。

だから、いったいなにを——？

エリカ先生はひなたちゃんの隣に座り、大きくふくらんだひなたちゃんのおなかを軽く撫《な》でて、「もうすぐなんです」と言った。「五月五日が予定日ですから、もう臨月なんですよね」

「五月五日、ですか……」

わかりやすくていいなあ、と無意識のうちに現実から逃げているのか、よけいなことをつい思ってしまう。

ひなたちゃんは苦笑して「でも、女の子なんです」と言った。「まあ、『こどもの日』は、男の子も女の子も関係ないから」

それはそうだ、うん、男の子だったら逆にデキすぎだもんな、と納得して——いやいやいや、そんなことを考えてる場合じゃないんだ、と二日酔いで重い頭を強く横に振った。

すると、頭痛の波の合間に、記憶のかけらがちらちらと見え隠れしはじめた。

ひなたちゃんは十九歳である。ハタチの誕生日は六月なので、十代のママということになる。結婚は十八歳。高校の卒業式の日に入籍した。相手は、高校の二つ上の先輩だから、まだ二十一歳。

若い。若すぎる。そうだ。思いだした。二人の年齢を知って、酔いが一気に回ったのだ。

「『できちゃった婚』じゃなくて、ウチのは『突っ走っちゃった婚』だったんですよ。

ほんとに勢いだけだったんですから」

そんな結婚生活が長く続くはずもなかった。三月に入籍して、八月に離婚である。

「ウチの娘もわたしに似て、熱しやすくて冷めやすいんですよね」と肩をすくめるエリカ先生のあまりにも軽い口調に、酔いがさらに回っていったのだ。

わずか五ヶ月の結婚生活でも、若い二人は情熱のおもむくまま、やるべきことはやっていた。

子どもができた。離婚届を出してから妊娠に気づいた。

話はそこからややこしくなっていくのである。

ひなたちゃんの元ダンナの名前はゆうべ聞かされていた。コージー・マッケンジーという。いかにもバタくさく発音したエリカ先生は、「でも日本人なんです。両親の田舎は鳥取だっけ、島根だっけ、あっちのほう」とすまし顔で言ったのだ。

小島健次。コジマ・ケンジ。コージーマ・ケンジー。コージー・マッケンジー。脱力した。あまりのくだらなさに酔いが頭の芯《しん》まで回ってしまい、そこから先の記憶は霧にまぎれて……一夜明けたいまに至る、というわけである。

「コージーはバンドやってたんですよ」

ひなたちゃんが言って、エリカ先生が「ビジュアル系バンドのギタリスト」と付け足した。

バンド名はＴＡＮ★ＢＩ――「耽美《たんび》」である。退廃の香り、滅びの美学というやつである。その美学も真ん中の陽気な★のせいでぶち壊しではないか、という気もするのだが、インディーズではそこそこの人気があったのだという。

「けっこういいところまでいってたんです。メジャーデビューも見えてきたかな、っていう感じだったんですよね」

ひなたちゃんの言葉はすべて過去形だった。語尾に微妙な寂しさや悔しさも覗《のぞ》いていた。

一方、エリカ先生は「ママゴトみたいなものですよ、音楽も、結婚も」とクールに笑う。「だから、別れるのだってゲームのリセットボタンを押すのと同じ感覚なんだから」

確かに妊娠さえしていなければ、ひなたちゃんもコージーもそれぞれの道を再び歩きだして、人生が再び交わることはなかったかもしれない。

しかし、妊娠がわかった。ひなたちゃんはシングルマザーとして赤ちゃんを育てる覚悟を決めていた。エリカ先生も「いいんじゃない？　わたしもあんたを一人で育てたんだし」と二世代続きのシングルマザー生活を、歓迎とは言わないまでも認めていた。お金その他もろもろのことでコージーを頼ったり、あるいは責任を負わせたりするつもりは、これっぽっちもなかったのだ。

ところが、コージーの気持ちは、それではおさまらなかった。

「赤ちゃんのためにもう一回やり直したい、って言い出したんです。バンドもやめて、バイトや派遣じゃなくて、ちゃんとした仕事も探して、とにかくがんばるから、って」

要するに、「できちゃった再婚」を迫ったのである。

ようやく記憶がつながった。

そうだ、そうだったんだ、と得心した。

一人娘との復縁を強く望んで自宅をしつこく訪ねてくる前夫に困っている——という話だったのだ、そもそもは。

赤ちゃんを産むまでの緊急避難先を探している。友人知人の家だと見つかるかもしれないので、避難先はできるだけ接点の見えないほうがいい。たとえば、ひなたちゃん本人ではなくエリカ先生の知り合いで、なおかつ付き合いの浅い相手——という理屈で、わが家に白羽の矢が立ったのだ。

もちろん、とんでもない話である。身勝手かつ非常識きわまりない。しかし、執念深い前夫の魔の手を逃れるには常識はずれの発想で隠れ家を探すしかない、というのもわかる。ストーカー殺人のことも頭をよぎった。コージーという間抜けな前夫の呼び名も、かえって「そういうヤツのほうが思い詰めると怖いんだ」と危機感を高める要因となった。

厄介事に巻き込まれる心配よりも、なんとかしてあげたい、という思いがまさった。したたか酔っぱらって気が大きくなっていたのだろう。「だいじょうぶです、ワタクシに任せてください」と胸を張って言った、その瞬間の「俺って意外とカッコいいぞ」という高揚感が、いま、微妙な後悔とともによみがえった。


「コージーのこと、見そこなっちゃいました」

ひなたちゃんは不服そうに口をとがらせて、「赤ちゃんが生まれるからまっとうになるなんて、もう、がっかりですよ」と言う。

エリカ先生も「あんなにスケールのちっちゃなムコだとは思いませんでした」とため息をつくのだ。「どうせバカなら、底の抜けたバカのほうがずーっといいのに」

だが、いままで自由放埒《ほうらつ》に生きてきた男が、赤ちゃんの誕生をきっかけに「いつまでもフラフラしてられないぜ」と真人間になるというのは、ある種の美談ではないか。復縁に応じるかどうかはともかくとしても、コージーの決断そのものは、もうちょっと褒められてもいいはずだと思うのだが……。

コージーはいま、就職活動をつづけている。自慢の金髪を黒く染め直し、短く切った。メイクもやめた。ドクロの指輪をはずし、ブーツをスニーカーに変え、スーツも濃紺の就活タイプを買って、ネットの求人案内にかじりついて、せっせとエントリーシートを送りつづけている。

その一方、妊娠・出産や育児のことについても自分なりに情報を集めて、「妊娠中はカルシウムが不足するから、チーズや煮干しを食べるように」だの「ワゴンタイプの車輛《しゃりょう》がたくさんあるタクシー会社をチェックしておくように」だのと、あれこれメールを送ってくるのだという。

偉いではないか。立派ではないか。

「そこまで悪く言わなくてもいいんじゃないかなあ」

一博は、やんわりと二人をたしなめたが、ひなたちゃんは「だって、子守歌のCD送ってくるんですよ」と顔をしかめる。「自分のやってきた音楽、自分で否定してどうするんですか」

エリカ先生もケンもホロロに言う。

「このまえなんて姓名判断の本を読んだみたいで、画数がどうのこうのって書いてきて……バンドの名前に★を付けときながら、なーにが画数よ、笑わせるんじゃないっての」

そして二人は、お互いの了解事項をあらためて確認するように顔を見合わせ、うなずき合って、同時に一博に向き直る。

「あんな男は、わが家には要りません」

ぴしゃりと言い切る声もそろった。

一博は思わずうつむいて「わかりました……」と言った。

話はまとまった。さすがにエリカ先生もホッとした顔になって、「じゃあ、とりあえず朝ごはんにしましょうか」と立ち上がる。「冷蔵庫にあるもの、勝手に使わせてもらっちゃいますねえ」

あ、いや、メシは自分で……と腰を浮かせると、今度はひなたちゃんが「それくらいやらせてください。しばらくお世話になるんですから」と言って、キッチンに向かう。

一博は、やれやれ、とため息をついた。困惑は消えない。動揺もつづいている。だが、まあいいか、とソファーに座り直すと、胸の奥のほうからじわじわと笑いが湧いてくるのを感じた。最初に案じていた「復縁を迫ってストーカーとなった前夫からの緊急避難」というほどには深刻な話ではなさそうなことに安堵《あんど》もしたし、なにより一人暮らしのわが家でひさしぶりに聞く女性二人の話し声が、いい。

「二日酔いの朝だから、あっさりしたものがいいですよね」

エリカ先生は冷蔵庫やフリーザーの中身をざっと確かめて、「これだけ揃ってれば充分です」と満足そうに言った。

「わたし、お豆腐と溶けるチーズ、くださーい」

ひなたちゃんがつくったのは、二分足らずでできる料理だった。豆腐に粉末の中華スープの素《もと》をパラッと振って、その上に溶けるタイプのスライスチーズを載せる。あとはレンジで一分半――仕上げはオリーブオイルに粗挽《あらび》きのブラックペッパー。豆腐のチーズグラタンもどき、とでも呼べばいいのか。じつに簡単、なんとも小手先である。

さらにそこにエリカ先生が「これも載っけて」と声をかける。バッグから取り出したのは、ビールのおつまみでおなじみ、小袋に入ったピーナッツと小魚チップスだった。それをトッピングして、調理はおしまい。小手先プラス小手先である。ただし、チーズに小魚は「カルシウムを摂《と》るように」というコージーのアドバイスを、じつは律儀に守っているのか、たまたまに過ぎないのか……。

一方、エリカ先生は、小分けにして冷凍してあったご飯を見つけて、「速攻ぞうすいにしちゃいましょうか」と言った。

確かに「速攻」――解凍したご飯に熱々のお湯をかけてふやかせて、再びバッグから取り出したものは、昆布茶の粉末スティックだった。それをぱらりとかけて、「青いものも欲しいですね」とひとりごちて、またもやバッグを探って、フリーズドライの万能ネギを取り出す。

「あの……このバッグって……」

驚いて訊《き》く一博に、「ドラえもんのポケットです」と言って、「ピリ辛にするんだったら、柿の種もありますよ。五、六個ぞうすいに入れると味が引き締まるんです」と笑う。

まいっちゃったなあ、と脱力気味のため息をつくと、吐き出す息と入れ代わりに、笑いが込み上げてきた。

その微妙な笑顔がなにかの合図になったのだろうか、エリカ先生とひなたちゃんは以心伝心の様子で、もうだいじょうぶだね、というふうにうなずき合って、一博に向き直ると、あらためて挨拶《あいさつ》した。

「ふつつかな母親と娘ですが……」とエリカ先生が言い、「孫もいますけど」とひなたちゃんがおなかを撫《な》でて、二人揃って「よろしくお願いいたします」と頭を深々と下げた。

エリカ先生とひなたちゃんは朝食を終えると、身の回りの荷物を取りにいったん帰宅した。

二人を見送った一博は、「さて、どうするかなあ……」と言わずもがなのつぶやきを漏らして、わざとのんきなしぐさでリビングを見回した。

今日は土曜日だが、午後に一本グラビア撮影の立ち会いがあり、夜は最近マスコミで売り出し中の若手起業家の主宰する異業種交流会に顔を出すことになっている。部屋の合鍵《あいかぎ》を渡し、オートロックの解除番号も伝えて、「俺も留守が多いから、適当にやってください」と二人には言ってある。過剰に干渉するつもりはない。あくまでも隠れ家を提供しただけだ、と自分に言い聞かせながら――じつは心の底では、コージーに「おまえもツラいなあ」と、ささやかな同情も寄せているのである。

「とりあえず、部屋の掃除だな」

つぶやいて、庭ボウキを持つ手振り交じりに「お出かけですか、レレレのレー」と付け加えた。

俺っていま、はしゃいでるのか――？

頬がたちまち火照《ほて》ってきた。その気恥ずかしさを打ち消すため、ドタドタとした足取りで掃除に取りかかった。

二人は「寝るのはリビングのソファーでいいですよ」と言っていたが、さすがに臨月を迎えた女性をそんな場所で寝させるわけにはいかない。３ＬＤＫのうち一部屋――六畳の和室を提供することにした。

空いている部屋は、もう一つある。妻の桜子が京都に引っ越す前に、書斎と寝室を兼ねて使っていた洋室である。こちらは八畳の広さがあり、ベッド以外の家具はすべて京都に移したので、使い勝手は悪くないはずだが、もちろん、この部屋を使わせるわけにはいかない。スジから言えば、足を踏み入れることも許してはならないのだろう。

桜子がベッドだけを残していったのは、「わたしにとっての『わが家』はここなんだから」という無言のメッセージなのだろうか。あるいは逆に、「あなたの気配が残っているものは京都には持っていきません」という訣別《けつべつ》の証《あかし》なのだろうか。

いずれにせよ、がらんとした部屋にベッドがぽつんと置いてある光景に、一博はいま、あらためてプレッシャーを感じていた。

誤解するなよ、頼むぞ、これは親切、人情、人道的措置なんだからな……。

リビングのサイドボードに飾ってあった夫婦の写真を、そっと片づけた。

第三章

「先生って意外と冷たいんだね」

廊下の曲がり角で出くわしたメイミーに、いきなり喧嘩《けんか》腰で言われた。

道を譲るつもりで体の重心を横に寄せていた陽平は、とっさのことに体勢を崩してしまった。不意打ちというのは、暴力だけでなく言葉でも通用するのだ。おっとっと、と空足を何歩か踏んだ。危うく壁に頭からぶつかるところだった。

「……びっくりさせるなよ」

なんとか体勢を立て直して軽くにらむと、メイミーは逆に、さらにとがった声で
「びっくりさせなきゃわかんないじゃない」と言う。

廊下で出くわしたのは偶然でも、いつかガツンと言ってやろう、と思っていたという。

「だってそうでしょ？　先生、なんにもしてないじゃん」

なにを——とは訊かない。そこまで言われれば、さすがに陽平にも察しがつく。メ

イミーに怒られるのも、教師に対する生徒の態度としては「いかがなものか」と思わないでもないのだが、気持ちは、わかる。

「先生、ドシくんが心配じゃないの？」

「そんなことないよ」

「だったら、なんでスルーしてるわけ？」

「いや、べつに、そんなこと――」

「あるじゃん」

ぴしゃりと言い切られた。まるでオトナの女性に言い負かされてしまったような気がする。

「……いまは様子を見てるんだ」

「見てるだけならサルとおんなじ」

「なんでここでサルなんだよ」

「知らないよ、そんなの。テキトーに言っただけ。いちいち突っかからないでよ、先生のくせに」

バカなんじゃない、と走り去るメイミーを、陽平は黙って見送るしかなかった。腹を立てる前に、彼女の強い憤りを嚙《か》みしめた。

先週の金曜日に新学期が始まって、今日は翌週の木曜日だ。「まだ」一週間しかたっていない。この週末には家庭訪問でドンの自宅がある東ヶ丘二丁目を回る段取りも「もう」つけている。サルと一緒にされる筋合いなど、どこにもない。

だが、メイミーの感覚では、「もう」一週間も過ぎているのに、「まだ」その程度しか動いていないのが許せないのだろう。あせるなよ、こういうのは慎重にやらないとよくないんだ、と諫《いさ》めたいのは山々でも、それが通じないところが、良くも悪くも中学生のまっすぐさなのだ。

新年度開始早々の学校は、行事が立て込んで、なにかと落ち着かない。けれど、それもとりあえず今日——四月十三日の金曜日で、一段落つく。

昼休みが終わると、全校生徒が体育館に集められた。夕方まで、生徒会と部活動のオリエンテーションがおこなわれるのだ。

一年生はともかく、二年生や三年生にとっては特に目新しいことのない行事である。教師のほうも陰では「こんなの授業をつぶしてまでやることじゃないだろう」「コマ数がぎりぎりなんだから早く通常の時間割に戻してくれよ」とぶつくさ言って、私語やヤジの注意もおざなりだった。

だが、陽平にとっては大勝負の舞台である。オリエンテーションには、正規の部活動以外に同好会のPR時間も取ってある。ここで『S・C・C』——サバイバル・クッキング・クラブの魅力をしっかりアピールして入会希望者をつかまえないと、前年度につづいて活動実績ゼロの一年間を過ごすはめになってしまうのだ。

学校側からは、今年が最後のチャンスだと言われている。始めてもいないのに終わってしまうわけにはいかない。負けるな。自分に言い聞かせた。「廃部寸前」というのは学園青春ドラマの世界では最高のシチュエーション、それを立て直すのは教師冥利《みょうり》に尽きるミッションではないか……。

舞台袖《そで》で順番を待ちながら、陽平は何度も深呼吸をした。緊張している。教師生活二十六年、もはや授業で声がうわずることなどありえないベテランになったが、その経験が通用しないところにオノレを追い込んでいた。

シェフコートを着たのである。立ち襟でダブルの飾りボタンをつけた上に、エンジ色のシェフタイをスカーフのように巻いた。むろんキャップも忘れていない。絵描き歌の可愛いコックさんもかくや、の山高帽子である。演劇部の顧問教師のツテでレンタルしてもらった。

まずは見た目から——テレビのバラエティ番組でおなじみのイケメン料理人に憧《あこが》れてくれれば、それはそれで大歓迎なのである。

だが、やはり恥ずかしい。右手に持った小さなフライパンと、左手の赤いパプリカが、特に。

ダンス同好会のPRが終わった。

「次は、料理同好会です。プレゼンターは顧問の宮本先生です。先生、よろしくお願いします」

放送部員に呼び込まれて、陽平はステージの中央に向かった。

イケメン料理人のコスプレで登壇した陽平に、生徒の笑い声は確かにあがった。だが、それは、期待していた爆笑ではなかった。手を叩《たた》き、ヤジを飛ばして、場が一気に盛り上がる、という展開でもない。笑い声の押し出しが弱いのだ。頬のゆるみ方が足りないのだ。なにより、生徒たちは皆、陽平と目が合うのを避けるようにうつむいている。

動揺、困惑、怪訝《けげん》、疑念、遠慮、逡巡《しゅんじゅん》、躊躇《ちゅうちょ》……画数の多い二文字熟語が次々に浮かんでは消え、それが「憐憫《れんびん》」へと至ったとき、三年生の女子同士で話す声が聞こえた。

「痛いよねー」「寒いよねー」「ミヤモトってさ、悪い先生ってわけじゃないんだけど、たまにスベるよねー、あ、いつもか」「いいヤツだけど、それ、ちょっとツラくね？」

……。

頬がカッと熱くなった。教師を呼び捨てにするな、「ヤツ」呼ばわりするな、「ね」の語尾を上げるだけで疑問形にするな……いや、そういうところじゃなくて……。

あせる。頭の中が真っ白になって、その白い霧の中に、事前に考えていた挨拶《あいさつ》が消えうせてしまった。演台を前に絶句したまま、貴重なPRの時間は刻一刻と過ぎていく。

しっかりしろ、と自分を奮い立たせて、あらためて生徒席――演台のほぼ真正面の二年生の席に目をやった。

ドンがいる。両膝《りょうひざ》をしっかり抱え込んだ体育座りで、こっちを見ていた。真剣な表情とまなざしは、陽平と目が合ったあとも動かない。『S・C・C』に興味を持っているのだろうか。よし、望むところだ。陽平も覚悟を決めた。全校生徒の中でただ一人、ドンにだけ語りかけることにした。

手に持っていたフライパンとパプリカを演台に置いた。こんな小道具に頼ろうというのが、そもそも間違いだった。『S・C・C』設立の志を思いだせ、と自分に命じた。その思いを伝えるべき相手は、まだ行儀の良い体育座りを崩さず、じっとこっちを見つめている。

いつもなら、こんなにおとなしく座っていられるはずのない生徒なのだ。すぐに退屈する。姿勢も悪い。まわりの友だちに話しかけたり、ちょっかいを出したり、ごそごそと手遊びをしたり、無遠慮な大あくびをしたり、もっと無遠慮にうんざりした表情を浮かべたりした挙げ句、「トイレ行ってきていいですか?」「腹が痛くなったんで保健室に行かせてください」などと、小学生レベルの嘘をついて外に出てしまうヤッなのである。

そんなドンが、いま、なにを思って、おとなしく座っているのだろう。父親の単身赴任中に母親の不倫を突きつけられた、その心の傷は、どんな形をして、どこまで深く刻まれているのだろう。

陽平はキャップを脱ぎ、シェフタイをはずした。生徒席はざわついたままだったが、かまわず、マイクに向かって第一声――。

「人間、誰だって、生きていれば腹が減る」

生徒たちは冗談だと思ったのか、少しだけ笑い声が聞こえたが、陽平はにこりともせず、まっすぐにドンを見つめて、つづけた。

「腹が減れば、メシを食わなくちゃいけない。でも、メシを食って腹一杯になっても、何時間かすれば、また腹が減る。腹が減ったらメシをまた食うしかない。でも、やっぱりまた腹が減ってしまう……。古今東西、老若男女、どんな人間も、そこはみんな同じだ」

要するに、と間を取って、まとめた。

「人生とは、腹が減ることとメシを食うことの繰り返しなんだ」

生徒席全体の反応は鈍い。陽平自身、強引で無茶な展開だというのはわかっている。

だが、ドンはうなずいた。小さなしぐさだったが、なるほど、と受け止めてくれたのは確かに伝わった。

「悲しいときにも腹は減る。悔しいときにも腹は減る。寂しいとき、楽しいとき、元気なとき、落ち込んでるとき……人間ってのは、どんな状況でも腹が減るようにできてるんだ」

なあ、そうだろう、とドンに言いたかった。お母さんの事故のことを知らされた次の日にも、やっぱり腹が減っただろう？

陽平の話はつづく。

「いま腹が減ってるひともいると思う。というより、中学生の頃は年がら年中、いつだって腹が減ってるんだ。極端な話、『ごちそうさま』って言った五分後には『あー、腹減った、なんか食うものない？』なんて言っちゃうのが、中学生なんだよ。それが育ち盛りっていうことなんだ」

だから、と進めた。

「空《す》きっ腹のときは元気が出ないよな。イライラしたりすることもあるよな。不快な状態だ。赤ちゃんが泣いたりぐずったりするときは、おっぱいが欲しいのか眠いのか、どっちかなんだから」

「おっぱい」という言葉に、さっきの三年生の女子が耳ざとく反応して、「やだぁ」

「いまのセクハラじゃね？」と言う。

そこはスルーしてくれよ、ひっかかるところはそこじゃないだろ……と嘆きつつ、「でもな」と話をひるがえした。

「人間は腹が減るから努力するんだ。空腹が俺たちを進歩させてくれたんだ。必要は発明の母、空腹は成長の母、そういうことだ。人間はずーっと、長い歴史の中で、『空腹を満たすにはどうすればいいか』ばかり考えてきたんだよ」

空腹を抱えて地面にへたり込んでいても、メシが勝手に出てくるわけではない。飢え死にしたくなければ、立ち上がるしかない。歩きだすしかない。森で木の実を拾うか、遠出をして狩りや釣りをするか。獲物を必ず仕留められるように工夫もするだろう。狩りの上手い奴は集団のリーダーになるだろう。一方で、遠出をしなくてもすむように、安定してメシが食えるように、と考える連中もいる。そんな連中は農耕を始めるだろう。収穫の季節以外でも食べられるように貯蔵の技術を覚え、収穫をみんなに分配することも覚えるだろう。そこに不公平が生じるときもある。たいがい生じるものだ。そうやって権力や貧富の差が生まれ、争いごとも起きて……人類の歴史は、そうやって紡がれていったのである。

「同じことは、個人の人生にも言えるんだ。人生の始まりは、みーんな、空きっ腹だ。生まれたての赤ちゃんのおなかの中にはなんにも入ってない。正真正銘、まっさらの空きっ腹なんだ。ここにいるみんな、誰一人として例外なく、腹ペコの状態でこの世に生まれてきたんだよ」

さあ、ここからが本題中の本題だぞ、と息を継いだ。ドンの表情やまなざしも、ひときわ真剣さを増してきたように見える。

「よく『おふくろの味』っていうだろ？　ミシュランだのなんだのっていう店は確かにうまい。先生は食ったことないけど、うまいんだと思う。でも、ミシュランで星がいくつ付いてても、子どもの頃に食ってきたメシには勝てないんだ」

それはそうだよな、と生徒席をゆっくりと左右に見渡してつづけた。

「ものごころついた頃から慣れ親しんだ味だ。生まれたときにはこんなにちっちゃかった体が、ここまで大きくなったのも、ウチで食べてきたメシのおかげなんだものな」

そう、「おふくろの味」とは、言い換えれば「食卓についたら出てくるメシの味」のことなのである。すなわち「つくってもらうメシの味」なのである。

でもな、と視線をピタッとドンに据えた。

「いつまでも『おふくろの味』に甘えてちゃダメなんだ。腹ペコになって食卓につくと、なにかをつくってもらえるっていうのは、確かに幸せだ。楽でいい。だけど、座ってればメシが出てくるのがあたりまえだと思ってると、いつか痛い目に遭うときが来るかもしれない。食卓について、『おなか空いたー』って言っても、いつまでたってもなにも出てこないことが、あるかもしれない」

わかるな、とドンに心の中で訴えた。それがいまのおまえの状態なんだぞ。

「そういうとき、どうするんだ？　ずーっと待つだけなのか？　待っても待ってもなにも出てこなくて、おなかはどんどん減ってきて、それでもまだ待つことしかできないのか？」

ドンは奥歯を嚙《か》みしめている。わかる。陽平の言葉をきちんと受け止めて、自分自身の現実と重ねて、心の体温を少し上げているのだ。

「なあ……もしかしたら、キッチンにはいま、誰もいないかもしれないんだぞ。それにも気づかないまま、いや、もっと言っちゃえば、気づいていても自分ではなにもできないから、ただ座ったまま、ムダだとわかっているのに『まだー？　まだー？　おなか空いちゃったよー』って言いつづけるしかないなんて……俺は、自分の教え子のそんな姿を想像すると泣けてきちゃうよ、悲しくて、悔しくて……『自分でキッチンに立て！　メシをつくれ！　がっつり食って、元気になれ！』って言いたくなっちゃうんだよ……」

だから、『S・C・C』をつくったのだ。

舞台袖《そで》から、チン、とチャイムが鳴った。あと三十秒でおしまいです、という合図だ。

早すぎる。まだ話し足りない。伝えたいことや訴えたいことはいくらでもあるのだが、教師がルールを破るわけにはいかない。しかたなく、陽平は話を締めくくりへと進めた。

「みんなもカップラーメンぐらいは自分でつくるよな？　お湯を沸かすことはできる。それだけでいいんだ、最初は。お湯を沸かせれば、ゆで卵をつくれる。ゆで卵だってトロトロから固ゆでまでたくさんバリエーションがある。お湯に酢を足して卵を割り入れればポーチドエッグだ。ゆでたブロッコリーにマヨネーズをかければサラダだ。ゆでたホウレンソウをキュッと絞って醬油《しょうゆ》をかければお浸しだ。カップラーメンや袋のインスタントラーメンもいいけど、パスタでもゆでてみたらどうだ？　ゆであがったパスタに醬油を垂らしてバターをからめて、パックのかつおぶしをパラパラッとかけたら、和風パスタのできあがりだ。おかずにはウインナーをゆでてもいいし、カレーのルウがあるだろ、固形のやつ、あれを沸騰したお湯に薄めに溶いて、牛肉でも豚肉でもいいから薄切りの肉を入れて、火が通ったらパッと食っちゃえ。カレーしゃぶしゃぶ、うまいんだぞ」

チンチンッ、とチャイムが鳴る。あと十秒。

「お湯を沸かすことのできるヤツなら、誰だって料理はできるんだ。火をいっさい使わない料理だって、いくらでもある。そして、料理のできるヤツは、少なくとも、食卓の椅子に座ったまま『ねえ、まだー？　ごはんまだー？』と言いながら飢え死にしちゃうようなことだけは、ない！」

最後の「！」の余韻を引き取って、放送部員が「料理同好会のプレゼンテーションでした」と言った。「宮本先生、ありがとうございました」

まだ足りない。連絡事項がある。陽平はやむなく一礼して演壇から下がり、舞台袖にひきあげながら、声を張り上げた。

「入部希望者は、今日の夕方六時、東ヶ丘駅のロータリーに来てくれ！　江戸信用金庫の前の『マリちゃん号』で待ってる！」

ルール違反ではない。歩きながらひとりごとを言っているだけなのだ。文句あるか。

三年生の女子が例によって、言った。

「ミヤモトってオヤジのくせにガキっぽいとこあるよねー」「精神年齢低いんじゃね？」

「で、その生徒はどうなったんだ？　ミヤちゃんの大演説のあと、なにか話をしたのか？」

『マリちゃん号』の厨房《ちゅうぼう》で新ジャガを素揚げしながら、康文が訊《き》いてきた。

「いえ、ホームルームが終わったらダッシュで部活に行っちゃったんで……」

車の外に立った陽平が言うと、「じゃあ、ダメじゃねえかよ」――あっさり笑われて、思わずムッとして「そんなことないです」と返した。

二人きりなら康文に「なに言ってんだ、甘い甘い」といなされて終わるところだが、今日の『マリちゃん号』の厨房にはもう一人、麻里がいる。康文の隣でホクホクに揚がった新ジャガに甘辛だれをからめていた麻里は、「だいじょうぶ、きっと来ますよ」と陽平の味方についてくれた。

実際、ステージに立つ陽平を見つめるドンのまなざしは、ひるんでしまうほど熱かったのだ。表情にも「やるぞ！」という意志がみなぎっていたのだ。

「だから……信じます、僕は」

「まあ、それはミヤちゃんの勝手だけどさ、約束は六時なんだろ？　もう五時半回ってるぞ」

そこを衝《つ》かれると弱い。サッカー部の練習は五時までだ。『S・C・C』に入るつもりがあるのなら、そろそろ姿を見せてもおかしくない……いや、見せてくれなければ困るのだ。

「だいじょうぶですよ、宮本さん」

麻里が言う。にっこり笑う。こっちを安心させてくれる、大らかな笑顔だ。決してオバサンっぽいという意味ではなく、まだ三十三歳とは思えないほどの不思議な貫禄《かんろく》がある。包容力がある。

「おい、第二陣、揚がったぞ」

康文は新ジャガをフライヤーから引き上げながら言う。微妙に声が不機嫌だった。いつものことだ。麻里が自分以外の男と話すのが嫌なのだ。たとえ相手が陽平でもヤキモチを焼いてしまうほど、十七歳年下の奥さんにメロメロなのである。

一方、麻里も、「ちょっと味をみて。コチュジャンもっと効かす？」と、たれをからめた新ジャガを箸《はし》でつまみ、康文の口元に持っていく。

「はい、康文さん、あーん……」

「あーん」

康文が熱々の新ジャガを口の中でハフハフさせながら指でＯＫマークをつくると、麻里はうれしそうにガッツポーズをつくる。

毎週金曜日の『マリちゃん号』のコンセプトは「昭和の味」——この時季なら、フキの煮物にアオヤギのぬた、若竹煮にワラビの卵とじ、めかぶとウニの和《あ》え物、スナップえんどうの胡麻《ごま》マヨネーズ和えに、菜の花とアサリのかき揚げ……といった旬の惣菜《そうざい》が何品も並ぶ。

さらに、『塾弁』で人気の『本日のスペシャル熱々メニュー』は、金曜日にももちろん登場する。今日は甘辛だれをからめた新ジャガ揚げだった。辛みはコチュジャンを効かせ、甘みのほうは水飴《みずあめ》を使うことで照りを出し、新ジャガならではの皮付きの魅力をアピールしている。

「はい、宮本さんもどうぞ。あーん……」

麻里は陽平にも新ジャガを味見させてくれた。それも「あーん」付きである。屈託のない性格なのだ。照れくさいが、ちょっとうれしい。ムスッとする康文の「おいおいコラ遠慮ぐらいしろよ、ひとのカミさんなんだからよ」という無言の圧力に気づかないふりをするのも、あとがおっかないものの、ちょっと楽しい。

だから——と、熱々の新ジャガで喉《のど》や食道を火傷《やけど》しないよう少しずつ飲み込みながら、陽平は学校の方角に目をやった。

早く来いよ、と幻のドンを呼んだ。メシをつくる楽しさを早く教えてやりたいんだ、と訴えた。

『S・C・C』の技術顧問でもある康文は、さっきドンの家庭の事情を説明すると、「よし、じゃあ、卵料理を極めさせるか」と言ったのだ。

闘う男のメシは、卵に始まり卵に終わるのだという。『ロッキー』でシルヴェスター・スタローンが見せた生卵の一気飲みしかり、『クレイマー、クレイマー』で奥さんに逃げられたダスティン・ホフマンがつくるフレンチトーストしかり、逆境に立ち向から男たちに力を与えてくれるのは、卵なのである。

「あれこれ手を広げるより、とにかく卵なら誰にも負けないっていうのが大事なんだよ。それが男の自信につながるんだ」

康文はきっぱりと言う。微妙によくわからない理屈ではあっても、迷いのない口調にこっちまで元気になる。

だから、とにかく——早く来いよ、ドン、と陽平は西の空を見つめた。

五時四十五分、五十分、五十五分、約束の六時になった。ドンはまだ現れない。

『マリちゃん号』には入れ替わり立ち替わりお客さんがやってくる。江戸信用金庫の駐車場は夜八時まで借りているのだが、たいがい七時過ぎには売り切れ御免になってしまう。

六時を少し回ったところで、麻里が一足先に電車でひきあげた。息子の真くんを保育園に迎えに行くのだ。そこからは康文が一人で店を取り仕切る。夕食時が近づいてきて、忙しさは倍増である。

六時半を過ぎた頃から、「はいよっ、若竹煮お待ちどうっ！　最後だからオマケしといたよっ！」と康文の声がひときわ威勢良くなってきた。「おかげさまで新ジャガ甘辛だれ、これにて打ち止めっ！」「ごめんよ、奥さん、ポテサラ売り切れなんだ。代わりにスナップえんどう、どう？　胡麻マヨ和え。旬だよ、旬。こっちもラストだからオマケしちゃうよっ！」……。

ふだんにも増して順調に売れている。客足も途切れることがない。この調子だと七時前には店じまいになりそうだ。

陽平は『マリちゃん号』の脇にたたずんで、じっとドンを待っていたが、もうさすがにあきらめるしかない。ため息を飲み込んで、ドンが姿を見せるはずの方角から目をそらしたとき、メイミーが自転車でロータリーに入ってきた。

私服に着替えた姿は、学校で見るとき以上におとなっぽい。「せんせーい！」と手を振ってくる、そのしぐさの幼さとのアンバランスが、いかにも、いろいろな意味で、危なっかしい。

メイミーの自転車は歩道に入って、陽平のすぐ前で停まった。

「先生がここに突っ立ってるってことは……ドンくん来てないの？」

メイミーはがっかりした顔になったが、すぐに気を取り直して「でも、まだわかんないよ」と言った。「明日《あした》、家庭訪問でしょ？　そこでもう一回誘えばいいじゃん」

「まあな……」

うなずいてはみたものの、手ごたえ十分だった演説が空振りしてしまったショックは、しばらく癒《い》えそうにない。

だが――。

「あきらめないでよ！」

メイミーに一喝された。「先生が生徒のことをあきらめるっていうのは、見捨てるっていうのと同じ意味なんだからね！」

ぴしゃりと言って、陽平が応《こた》える間もなく、自転車を漕《こ》いで走り去ってしまった。


「なるほど、みごとに一本取られちまったか」

康文は『マリちゃん号』の厨房《ちゅうぼう》やカウンターを片付けながら、おかしそうに言った。

車のまわりを掃除する陽平は「たまにあるんですよ」と苦笑する。「中学生って基本的には勢いでしゃべるだけなんですけど、そのぶん、出合い頭の一発みたいに、当たるとデカくて……」

「メイミーちゃんはその打率、高そうだな」

「ええ、ほんと、そうなんですよ」

生意気なことを言われた。だが、それは、言われてみれば確かにそのとおりの正論でもあった。

「まあアレだ、ドンくんのことはあせらず、あきらめず、ねばり強くやるしかないだろ。昔の学園ドラマだって、不良生徒をラグビー部に入れても、そいつが練習に出るようになるまで一悶着《もんちゃく》も二悶着もあるだろ？　それと同じだ」

「まあ……似てるかも、しれません」

「こっちは弟子入りはいつでも歓迎だから、俺のほうは気にせず、じっくりやれよ」

康文は店の片付けをすませると外に出て、膝《ひざ》の屈伸と腰のストレッチを始めた。狭い厨房にずっと立ちっぱなしなので、腰や膝の負担は相当なものになる。麻里がひきあげたあとの一時間は、とりわけ一息つく間もない忙しさがつづく。

そんな康文を見かねて、陽平が手伝いを申し出ることもある。だが、康文はいつも「だめだめ、ミヤちゃんは公務員なんだから、副業なんて誤解されるとマズいだろ」とはねつけて、外回りの掃除や看板の片付けまでは頼むことがあっても、車の中には決して入れてくれない。半分は陽平への気づかいで、残り半分は「プロ」としてのプライドだった。二人並ぶと立ち位置を変えられないほど窮屈な厨房は、康文と麻里の聖域なのである。

「それより――」

膝を曲げて腰を落とした康文は、陽平を見上げて「最近、タケと会ってるか？」と訊《き》いた。

「いえ、今週は忙しくて『クッチーナ』に顔を出せなかったんで……先週の金曜日が最後ですね」

ご機嫌に酔っぱらってエリカ先生とともに渋谷の雑踏に消えていく一博を見送った。

翌朝、「知らない女がいるんだよお……」とワケのわからない寝ぼけた電話がかかってきた。適当にいなして電話を切ったあとは忙しさに紛れて、一博からの連絡もなく、それっきりだった。

「そうか、じゃあ今週はなにがあったのか、ミヤちゃんにもわからないのか……」

康文は蹲踞《そんきょ》の姿勢のまま、話をつづけた。

ゆうべ、一博から康文に電話がかかってきた。

「レバーとプルーンを使った料理を教えてくれっていうんだよ」

「プルーンって、あの、果物の？」

康文はうなずいて、「レバーもプルーンも、鉄分たっぷりだ」と付け足した。

「じゃあ、貧血予防っていうことですか」

「でも、あいつが貧血だとか聞いたことないだろ、ミヤちゃん」

「ええ……」

「あと、カルシウムをたくさん摂《と》れるレシピも訊かれたんだ。おまけに、牛乳は苦手だからそれ以外にしてくれって言うんだよ」

「タケさんって、そうでしたっけ？」

康文は大きくかぶりを振って、「あいつはこだわりの健康野郎だぞ。牛乳はたしかアレだ、濃厚なヤツを北海道から定期的に送ってもらってるはずだ」と言う。

「じゃあ、鉄分もカルシウムも、つまり——」

「自分じゃなくて、誰かに食わせるための料理ってわけだ」

「ですよね」

「で、鉄分とカルシウムが特に必要なときっていうのは、どんなに考えてみても、一つしか思い浮かばないんだよなあ」

陽平は黙ってうなずいた。陽平もとっさに考えてみたのだ。鉄分が必要な状況、カルシウムが必要な状況、その二つが交わるところに——妊娠中の女性がいる。

康文は膝を伸ばして立ち上がり、右手の小指をピンと立てて、それからおなかがふくらんだ様子を手振りで示した。「コレがコレなもんで、ってやつか?」とおどけて言って、「信じられねえよなあ」と首をひねる。

「桜子さんですかねえ」

京都にいる妻の桜子が身ごもったというのなら、最も話がわかりやすく、最も穏便な展開になってくれるだろう。

「いや、でも、あいつら全然会ってないんだぞ。それで妊娠しちゃったら、もっとマズいだろ」

電話ではくわしい話はできなかったし、まともに訊いてもはぐらかされるだけだろう。

「来週のどこかで、レシピを伝えがてらタケのウチに行ってみようと思ってるんだ」

康文は「ミヤちゃんも付き合うよな？」と言った。とりあえず誘いの形を取っていても、断ることのできない口調だった。


八時前に帰宅した陽平を玄関で迎えたのは、ダイニングから聞こえてくる笑い声だった。

女性二人だ。一人は妻の美代子で、もう一人は——今日誰か友だちが来るって言ってたっけ、と大急ぎで記憶をたどりながら、挨拶《あいさつ》に備えてネクタイを締め直していたら、相手の声が聞こえた。

「やだぁ、もう、お母さん」

なんだよ、と拍子抜けした、と同時に、頬がゆるんだ。

一人暮らしをしている長女の葵が、ひさしぶりにわが家に顔を出したのだ。

連絡ぐらい入れろよ、気が利かないよなあ、と美代子に言いたい。メール一本受けてさえいれば、駅前でケーキでも買って帰れたのだ。いや、その前に、葵だ。昨日のうちに、いやせめて夕方あたりに「晩ごはんウチで食べるね」と言ってくれていれば、一人暮らしではなかなか食べられない手の込んだ料理をつくってやれたのに。

声に出さずにぶつくさ言いながら、しかし頬はゆるんだまま、ダイニングに入った。

「お帰りー、お邪魔してまーす。お父さんのぶんのおかず、食べちゃいましたーっ」

ご機嫌な声である。もともと陽気で朗らかな性格なのだが、それに加えて、食卓には赤ワインのボトルが置いてある。よく見るとボトルの中身は残りわずか――「お帰りなさい」と言う美代子の頰も、ほんのりと赤い。

「なんだなんだ、けっこう盛り上がってるんだなあ、お二人さん」

仲間はずれになった寂しさを押し隠してからかうように言うと、葵はすまし顔で
「だって、たまにはお母さんをバカ笑いさせてあげないと、ストレス溜《た》まっちゃうでしょ」と返した。「あと三日遅かったら、爆発してたかもしれないよ」

なに言ってんだ、と陽平は苦笑いでいなしたが、当の美代子は娘の放言をたしなめもせず、笑って打ち消すこともなく、それどころか、同意してうなずいたようなそぶりまで見せて、グラスのワインをグビッと吞《の》んだ。

その反応は葵にもじつは意外だったようで、一瞬、ぎごちない間が空いた。

「お父さん、なにかおつまみつくってよ。ひさしぶりにお父さんの手料理食べてみたいし」

ひとつよろしくっ、と葵はおどけて言った。

だが、美代子は「わたしはもうおなか一杯だから、つくるんなら葵のぶんだけね」と、陽平には目を向けず、真顔で言った。

陽平が葵のリクエストに応《こた》えてキッチンに立っている間に、美代子はささやかな家族の酒宴をあっさり切り上げて、風呂《ふろ》に入ってしまった。

「念のために確認なんだけど、べつにお母さんとケンカしてるわけじゃないんだよね？」

心配顔の葵に訊かれた陽平は、すぐさま「あたりまえだ」と返した。三月に偶然見つけてしまった署名捺印《なついん》済みの離婚届の用紙のことは——娘に言えるわけないだろ、と自分を叱りつけるようにして、黙っておいた。

「でもね、ぶっちゃけ言うと、お父さんが帰ってくる前は、すごくハイになって盛り上がってたの、お母さん。でも、なんか、お父さんの顔を見たら急にテンションが下がっちゃったみたいで……」

「毎日見てる顔だから飽きてるんだよ」

冗談のつもりで言ったのだが、葵は「二人暮らしだと逃げ道がない感じするもんね」とうなずいた。「お父さんが帰ってくるまでは一人だし、帰ってきてもお父さんしか話す相手いないし……選択の余地がないってことだもんね」

確かに、帰宅したときに美代子の笑い声が聞こえてきたのは、長男の光太が家を出て以来初めてだった。美代子が誰かとおしゃべりしているのを横で聞くこともなくなった。要するに、子どもたちがいなくなると、わが家の会話は「夫婦のやり取り」か「ひとりごと」だけになってしまうのだ。

陽平は小皿のチーズに爪楊枝《つまようじ》を立てて口に運んだ。キューブ形のクリームチーズに、黒胡椒《くろこしょう》をまぶして一品、明太子をまぶして一品、青海苔《あおのり》をまぶして一品、じつにお手軽で、じつにワインに合うのである。あとは冷蔵庫の野菜室にあったエリンギをバター醬油《しょうゆ》で炒《いた》めた。さらに、缶詰のツナをマヨネーズで和えて餃子《ギョーザ》の皮に載せ、オーブントースターで焼いた。

料理の手際はどんどん良くなり、レパートリーも着実に増えている。だが、夫婦の会話のほうは、最近は昔に比べて話が盛り上がるまでに時間がかかるようになった気がするし、話題そのものも狭まってきたようにも思う。光太が大学に受かって受験ネタが出せなくなってしまったのが痛い。

「新婚の頃とは違うのかなあ、やっぱり」

「そりゃそうでしょ」

あきれて笑った葵は、「あ、新婚で思いだした」とグラスを置いて、陽平に向き直った。「お父さん、最近、ウチの編集長と会った？」

またもや、一博のこと――。

月曜日からずっと、一博の様子がおかしいのだという。

「……ひょっとして、鉄分とカルシウムか？」

探るように訊《き》くと、葵は「え？」ときょとんとした顔になった。「なんなの、それ」

「いや、そうか、だったらいいんだ……で、どんなふうにおかしいんだ？」

葵は仕切り直しにワインを一口呑んでから、話をつづけた。

一博と葵のいる音羽《おとわ》出版は、業界トップクラスの総合出版社である。発行している雑誌の数も多く、その分野も多岐にわたる。それぞれの編集部では、最新号ができあがると、お披露目のような格好で社内の各部署に配るのが習わしなのだ。

「でも、ウチは男性誌でしょ？　しかも、富裕層のオヤジ狙い。読者層も編集の切り口も偏ってるから、同じ音羽の雑誌でも、資料としてバックナンバーを揃えておきたいのもあれば、持って来てもらっても処分に困るのもあるんだよね」

処分に困る雑誌の代表格が、育児雑誌——音羽出版でも『たっち』という老舗《しにせ》の月刊誌を出している。育児雑誌の分野ではライバル誌を抑えて長年トップの部数を誇っているが、安定しているぶん雑誌としての刺激には欠ける。

「読者層もカブらないし、企画の参考にもならないから、届いたらすぐに赤ちゃんのいるライターさんとかカメラマンさんに『よかったら、どうぞ』って持って帰ってもらってたわけ」

特に一博は「こんな所帯じみた雑誌、俺の視野に入れるんじゃない！」と、『たっち』編集部がかわいそうになるほどの冷たい扱いをしてきた。

ところが、月曜日の午後、取材から帰ってきた葵は、信じられない光景を眼にした。

「編集長が席で読んでたのよ、届きたての『たっち』を。それも、とりあえずパラパラ……っていう感じじゃなくて、熟読、みたいな」

ほかの編集部員は取材や打ち合わせで出払っていた。

「みんながいない隙に、好奇心っていうか、デキゴコロで、こっそり読んでるんだと思ったのよ。で、あれほど悪く言ってる『たっち』を読んでみたら、つい夢中になっちゃったんだなあ、って」

デスクにそーっと近づいた葵は、いきなり声をかけた。

「あのー、編集長……ちょっといいですか？」

驚くはずだった。うろたえるはずだった。あたふたと『たっち』を閉じるはずみに、椅子から転げ落ちてもおかしくないし、じつを言うと、それを狙って不意打ちをかけたのだ。

「葵、おまえなあ……仕事は遊びじゃないんだぞ、アルバイトが編集長に、なにやってるんだよ」

陽平は葵をにらんだ。たとえ話の腰を折っても、ここは親として叱らざるをえない。

だが、葵はケロッとした顔で「でも、しょうがないのよ」と言う。「編集長ってお洒落《しゃれ》だけど意外と『天然』入ってるから、誰かがイジってあげないと」

「……使命っぽく言うな」

「でも、みんな言ってくれるよ。葵ちゃんのおかげで編集長のイジられ芸の才能が開花した、って」

陽平はため息をついて、「まあいいや、つづき教えてくれ……」と言った。

「でね、とにかくあせると思ったわけ。期待してたわけ」

ところが、一博は平然としていた。最初から葵に気づいていて、それでも『たっち』を閉じなかったのだ。それどころか、「ちょっと待ってて」と、きりのいいところまで読んでから顔を上げた。恥ずかしがったり悪びれたりする様子はまったくなかったし、「で、なに？」と訊く声には、さっさと用をすませて早くつづきを読みたい、という思いが露骨なほどににじんでいた。

逆に葵のほうが困惑して、あせって、「すごいの読んでるんですね……」とうわずった声になってしまった。

「ああ、これな、うん」

照れない。逃げも隠れもしない。

「面白いんですか？」

その問いに、一博は迷う間もなく「最高だよ」と大きくうなずいて答え、「ああ、そうだ、ちょうどよかった」と葵に用事を言いつけた。

『たっち』編集部に行って、一年分のバックナンバーを貰《もら》ってきてくれないか――。

育児雑誌にハマっただけではない。

今週の一博はとにかくヘンだった。

たとえばねえ、と葵は言った。

「編集長って、いままでは『仕事中にウチの話をするな』が口癖だったのよ。生活臭っていうのが大嫌いなひとだから」

たとえ一息ついたときの世間話でも、所帯じみたことを話していると、それが仕事にもにじみ出て、『おとなの深呼吸』の誌面から「非・日常」「脱・しがらみ」の遊び心が消えてしまう――。

「でも、今週は、自分からどんどん話しかけてくるわけ。『きみのウチのお子さんはいくつなんだっけ』とか、『年頃の娘さんがいるんじゃ、いろいろ大変だろう』とか……思いっきり生活臭ふりまいてるんですけど、って感じ」

表紙のデザインの打ち合わせでアートディレクターの事務所を訪ねたときも、女性アシスタントの一人が産休明けで復帰したばかりだと知ると、本題もそっちのけで育児のことで彼女を質問攻めにした。放っておかれたアートディレクターはすっかりむくれてしまい、その後のフォローがいろいろ大変だったという。

「ね、おかしいでしょ？　いつもと違うでしょ？」

陽平は黙ってうなずいた。

「あと、昨日は試写会で事件があったの」

「事件？」

「うん、ギョーカイ騒然、話題沸騰……」

編集部には封切り映画の試写会の案内がたくさん来る。ふだんはカルチャーページの担当者にそのまま回すのだが、一博が「俺、この映画観てみようかなあ」と言い出した。

「それがねー、フランスかベルギーの地味な映画で、幼い頃に離ればなれになった娘とお父さんが再会して、二人で旅をするっていう、まあ、よくある親子モノで、いつもの編集長だったら、あらすじを聞いただけで『はい、ボツ！　紹介する価値なし！』なのよ、絶対に」

そんな映画を自ら望んで、配給会社の試写室まで出向いて鑑賞して――。

「泣いちゃったの、うおんうおんって声あげて大泣き。クールな武内サンが鼻水垂らして泣いてたっていうんで、ほかの雑誌のひとがツイッターとか写メしちゃって……配給会社の宣伝担当のひと、もう、大喜びしてたって」

葵は事件を語り終えると、「やっぱり、どう考えてもヘンでしょ？」と言った。陽平は今度もうなずくしかなかった。

「それでね……まあ、ここからは報告っていうより、編集部のみんなはこう思ってるんだけど、お父さんの考えはどう？　ってことなんだけどね……」

いままで面白おかしく話していた葵の口調が変わる。表情も少し真剣になった。

「ちょ、ちょっと待て」

陽平は手で通せんぼうをするように話をさえぎって、席を立った。「なんかもう一品つくるよ」

葵の様子からすると、一博の「おかしい」の原因について、『おとなの深呼吸』編集部でも方向性が固まりつつあるようだ。そして、その方向性は、陽平の推理と、きっと同じだろう。

だからこそ——落ち着け、と自分に言い聞かせた。結論をあせるな、と自戒した。とりあえず料理で間をとって、頭を整理させなければ。

冷蔵庫の野菜室に春キャベツがあった。乾物や缶詰のストッカーからコンビーフを見つけた。

「すぐできるから、ちょっとだけ待っててくれ」

「はーい」

ざく切りにした春キャベツを、オリーブオイルとニンニクで軽く炒《いた》めてから鍋《なべ》に入れ、コンビーフと白ワインとニンニクのスライスを足して、蓋《ふた》をして蒸す。それだけである。味付けは、食べるときにほぐしてキャベツにからめるコンビーフだけ。それでびっくりするほどの旨《うま》みがあるのだから、コンビーフ、あなどるべからず。

もともと春キャベツは柔らかいので、熱の通しすぎは禁物である。蓋の空気穴から漏れる香りを嗅《か》いで、よし、いまだ、と火を止めようとした、その瞬間――。

「それでね、みんな言ってるわけ」

ちょっと待てと言っておいたのに、葵は陽平の背中に話しかけてきた。

「編集長、ひょっとして、子どもが生まれたんじゃないか、って」

陽平と康文の推理とほぼ同じ。違いは、こっちが「生まれる」と未来形にしていただけだ。

「でもさー、編集長って奥さんとずーっと別居中なんだよね。ってことは――」

咳払《せきばら》いで止めようとしたが、その前に、葵は屈託も遠慮もなく言った。

「隠し子なんじゃないか、って」

「お父さんはどう思う？」

と、訊《き》かれても――。

「編集長、これで奥さんと離婚しちゃうのかなあ。するよね、ふつう」

と、言われても——。

「お父さんはなにも聞いてない？」

「ああ、全然」

「口止めされてるとか」

「違うよ、なに言ってるんだ」

陽平はムッとしてワインを啜《すす》った。

「でも、ほんとうに隠し子だったら、マジすごいよねー」

感心した顔で言った葵は、熱々の蒸しキャベツを口に運んで、「ねえ、悪いけど、キャベツがクタッとしすぎてない？」と眉《まゆ》をひそめた。

わかっている。熱を通しすぎた。だが、それは陽平のせいではない。火を止めるタイミングを探る最も大切なときに「隠し子」などという言葉を聞かされたら、ゴードン・ラムゼイでも失敗するはずだ。いや、しないか。

「お父さんは今度、編集長といつ会うの？」

「来週のどこかで会おうと思ってる」

「料理教室で？」

「もしかしたら、ウチに行くかもしれない」

「じゃあ、ちょっと様子を見といてよ。バツイチのライターさんに聞いたんだけど、愛人がいると、部屋の空気が違うんだって。たとえ一緒に住んでなくてもわかるし、ウチに来たことが一度もなかったとしても、愛人の存在って、部屋の空気に溶けてるんだって」

「そんなこと言われても、お父さんにはわからないよ、わかるわけないだろ」

「そう？」

葵はいたずらっぽい笑みを浮かべて、ダイニングを見回しながら、鼻をヒクヒクさせた。

「このウチにも愛人さんの気配……あるんじゃないかなー、なんて」

目が合った。陽平は思わず視線をはずし、「もう寝るぞ、お父さん」とグラスに残ったワインを呑《の》み干した。

「ねえ、お父さん」葵の口調があらたまる。「さっきと同じ質問して悪いんだけど……お母さんと、ほんとうにうまくやってる？」

「だいじょうぶだ、心配するな」

「でも、どうなの？　ちゃんと話題とかあるの？」

「まあ、いちおうは」

テレビを観ながら、「あのタレントの前の奥さんって誰だっけ」「ねえねえ、いま映ったの、ジャニーズのなんていうグループ？」「なんでこう、民主党ってのはピリッとしないのかなあ」「自民党だって似たようなものだけどね」……などなど、言葉のやり取りは、決して少ないとは思わない。

だが、葵は「テレビが三人目の家族ってことだね」と本質をずばりと、あっさり、容赦なく衝《つ》いてきた。「テレビを切ったらどうなるか、試してみれば？」

陽平は黙り込んでしまった。

葵にも予想はついていたのか、やれやれ、と苦笑した。

「光太の存在って、予想以上に大きかったみたいだね」

確かにそうだった。葵が一人暮らしを始めたあとも、わが家にはまだ光太がいた。特に口数が多いというわけではないし、外で夕食をすませてくることもしばしばだったし、リビングで家族三人揃って過ごすことはむしろ珍しいほうだったのだが、それでも「いる」と「いない」とではまったく違う。さっき葵から聞いた愛人の気配の話ではないが、光太の帰りが遅い夜の夫婦二人きりと、光太が仙台に引っ越してしまってからの夫婦二人きりとでは、わが家に流れる空気の質がまったく違うのだ。

「お母さん、ゴールデンウィークに仙台に行ってみる、って言ってたよ」

「そうなのか？」

きょとんとする陽平に、葵はため息交じりに「そういう話もしないんだね……」と言った。

第四章

葵は翌朝、一人暮らしをしている都心のマンションに帰っていった。陽平が起きてきたときには、もういない。六時前に朝食もとらずにひきあげたのだという。

「午前中に鎌倉《かまくら》で撮影があるんだって。いったんウチに帰って服を着替えて、それから鎌倉に電車で行くっていうから、大変よね」

美代子が朝食の支度をしながら、半ばあきれながら感心して言った。「大学生の頃は、放っといたら夕方まで平気で寝てたのに」

「仕事なんだから当然だ。学生とは違うんだぞ」

陽平はしかつめらしく応《こた》えたものの、じつを言うと、てっきり週末はわが家で過ごすものだと思い込んでいたので、いささかがっかりしている。

「そんなに忙しいんだったら、遠回りになるんだから、ウチに帰ってこなくてもよかったのにね」

「たまには親の顔が見たかったんだよ」

冗談めかしてみたものの、本音では、あいつは俺たちのために帰ってきてくれたのかな、とも思う。光太が仙台に行って二人きりになってしまった両親の様子を見るために、顔を出してくれたのかもしれない。いや、もう一歩進んで、美代子の話し相手になるためだったのか。さらにもう一歩、愚痴の聞き役をつとめる覚悟で訪ねてきたのだろうか。

「卵、オムレツにする？　目玉焼き？」

フライパンを熱しながら訊く美代子の声は、なんだか昨日までよりすっきりとしているように聞こえる。ストレスが解消されたのか。だとすれば、そもそも、そのストレスはどこから生まれてしまったのか……。

考えをめぐらせるとツラい結論になりそうなので、陽平は「卵は自分でやるよ」と席を立った。

「だったら、わたしのもお願いしまーす」

顔も声も、やはりご機嫌である。

陽平は冷蔵庫の野菜室からトマトを出した。

「卵とトマトで炒《いた》めものをつくるから」

「じゃあ、あとはバナナヨーグルトにしようか。そっちはわたしがやるから」

調理台に夫婦で並んだ。向き合うよりもそのほうが話しやすい。

「葵が言ってたけど、連休に仙台に行くって？」

言外に「俺は聞いてないけどな」という抗議を込めたつもりだったのだが、美代子はあっさり、悪びれることなく「うん、そうなの」と言った。

あなたももちろん一緒に行くでしょ——という一言は、なかった。

卵とトマトの炒めものは、和洋中どんな朝食にも使えるおかずである。塩胡椒《こしょう》と醤《しょう》油《ゆ》、日本酒、さらに隠し味に砂糖を入れたレアの炒《い》り卵をつくり、そこに湯むきしたざく切りのトマトを軽く炒めたものを加え、ごま油を垂らして混ぜ合わせれば、おしまい。今朝は和食なので、醬油を少し効かせた。隠し味の砂糖がトマトの酸味を適度にやわらげて、起き抜けの胃にもじつに優しい一品なのだ。

しかも、ビギナーにも易《やさ》しい。コツのような大げさなものはなく、トマトの湯むきと、強火でトマトの水気を飛ばすことさえ忘れなければ、まず失敗はない——はずなのだが……。

食卓についた陽平は、先回りして「悪い、卵が固くなった」と謝った。火を通しすぎて、ふわふわとろとろの食感が消えうせてしまった。

「平気平気、ごま油も使ってるんだし、ちょっと焦げ目がついてたほうが香ばしくていいわよ」

そこまでは励ましてくれた美代子だが、卵を一口食べると、眉《まゆ》をひそめた。

「ねえ……お塩、多くない？」

あわてて箸《はし》を伸ばした陽平も、卵が舌に載った瞬間、がっくりと肩を落とした。

「珍しいじゃない、こんなに派手に失敗するの」

「……トマトだけ食べて、卵は捨てちゃうか」

「なに言ってんの。もったいないじゃない」

美代子は炒り卵だけを選《よ》り分けて別の皿に移し、中華だしのスープをつくって、鍋《なべ》にその卵を入れた。白髪ネギと白ごまと刻み海苔《のり》を浮かべれば、即席の中華風卵スープができあがる。

「スープのお塩は薄くしてあるから、卵と一緒にすればちょうどよくなると思う」

確かにそのとおりだった。

「主婦の料理はリカバリーが大事なの。あとはハンパな残りものをどうするか、冷めてもおいしいものや日持ちがするもののレパートリーをどれだけたくさん持ってるか……。そういうところダンナさんの趣味とは違うんだよね」

これも確かに、返す言葉はない。

朝からすっかり自信喪失である。しかも、午後からは大仕事——休日手当てを請求したいほどやっかいな、ドンのウチへの家庭訪問が待っているのだ。

美代子は午前中のうちに外出した。お昼前にスポーツクラブで軽く汗を流し、午後は都心の美術館で桜をテーマにした作品展を鑑賞して、夕方からは英会話教室、授業のあとは同じクラスの有志で新学期の食事会を開くのだという。

帰りは夜十時を回る。今夜の夕食は、陽平一人で適当にすませることになる。

いつものことでしょ、と言うように、美代子は「じゃあ、よろしくね」と軽く声をかけただけで家を出た。確かに、英会話教室もスポーツクラブも去年から通っている。さすがに終電まではいかなくても、帰りが十時や十一時になることはときどきあった。

だが、三月までは光太がいた。去年の三月までは葵もいた。二人とも夕食の時間には帰宅していないときのほうがずっと多かったが、それでも、ゆうべ葵と話しているときにしみじみ嚙《か》みしめたとおり、「いる」と「いない」とではまったく違う。「帰りが遅い子ども」は、心配したり怒ったりしながら待てばいい。しかし、「ウチにいない子ども」は、待つことすらできないのだ。

美代子が出かけたあと、ためらいながらも寝室に入り、さんざん迷ったすえに美代子の本棚に手を伸ばした。アン・タイラーの小説――たしかこれだ、と『歳月の梯《はし》子《ご》』という単行本を取り出して開くと、三月のあの日と同じように、美代子の署名捺《なつ》印《いん》済みの離婚届が挟んであった。

なぜ——を考えると迷路にはまりこんでしまいそうなので、あえて別のことを思った。

いつ——美代子はこれを書いたのだろう。日付は空欄のままだった。筆跡や万年筆のインクの色合いからすれば、書いたのはさほど昔ではないはずだが、『歳月の梯子』は古い本だった。一九九六年刊行の初版本である。葵は小学校に上がっていたかどうかで、光太はまだ三歳だった。まさかこの本を買ったのと同時に離婚届を挟んだわけではあるまい。もともと本棚に置いてあったこの本に離婚届を挟んだのだろう。

偶然この本を選んだというだけなのか。この本でなくてはならなかったのか。

皺《しわ》を寄せないよう気をつけて離婚届をサイドテーブルに置き、本を手に自分のベッドに寝ころんだ。いままでアン・タイラーの小説は敬して遠ざけてきた。だが、もう逃げるわけにはいかないんだ、と覚悟を決めて、本を開いた。

『歳月の梯子』は、主婦が行方不明になったことを報じる新聞記事から始まっていた。

ミステリーなのか？　と思って読み進めていくと、ほどなく、そうではないことがわかった。

主人公は、その失踪《しっそう》した主婦——四十歳になるディーリアである。彼女は事故や事件に巻き込まれて行方不明になったのではなく、自らの意志で家を出てしまったのだ。

夫のサムは十五歳年上の開業医で、子どもは大学生の長男と長女、高校生の次男の三人。はた目には幸せそのものである。ただ、ディーリア自身は、子どもたちの成長に従って子育てという大きな役目が終わり、わが家で自分の居場所がなくなったように感じていた。数ヶ月前には、父親を亡くした。サムの医院は、もともとは父親が開いたものだったのだが、父親の死後、ディーリアは、サムが自分と結婚したのはその医院目当てだったようだ、と勘づいてしまった。

なるほどなるほど、と陽平はベッドに寝ころんでページをめくりながらうなずいた。ディーリアは高校を卒業してすぐにサムと結婚したので、歳はまだ若いものの、子どもの年齢は美代子と似通っている。子育てが終わった寂しさのようなものも、きっと共通しているのだろう。

「いや、でもさ……」

陽平はつぶやいて、さっきうなずいたのと同じ回数、首をひねった。ディーリアの寂しさはわかる。しかし、それがなぜ、いきなり家出へとつながってしまうのか。ディーリアは家族で休暇を過ごしていた海辺の町で、コテージの屋根を修理していた職人の車に乗って、家を出てしまった。そして、適当な町で車を降りて、そこで新しい生活を始めるのだ。

なんとなく——としか言いようがない。

ふとした思いつき、もしくは気まぐれで、彼女はわが家を捨て、家族に背を向け、十七歳でサムと出会って以来営々と築きあげてきた幸せをあっけなく否定してしまったのだ。

「それって……いいのか？」

ディーリアの行動をどう思っているのか、美代子に訊《き》いてみたい。だが、あっさりと「すごくよくわかる」と答えられたらどうする。「あなた、彼女の気持ちがわからないの？」と意外そうに訊き返されたら、どうすればいいのか。

「訊けないよなあ、やっぱり」

あえて声に出してつぶやくことで、逆に自分の臆病《おくびょう》さをごまかした。

『歳月の梯子』は単行本で五百ページ近い長編小説だった。午前中をまるまる読書にあてても、物語はまだ中盤にも至っていない。

今度また隙を見て読み進める？　いや、それよりも自分用に一冊買ったほうがいいだろうか。東ヶ丘中学の図書室に入っていれば話は早いのだが、四十歳の主婦が家を出て自分探しをする小説に読みふける中学生というのも、なんだか無気味だ。

陽平は『歳月の梯子』に離婚届を挟み直して本棚に戻し、キッチンに向かった。今日の家庭訪問は午後から三軒回る。ドンの家は最後。次の約束の時間を気にしなくてもいいので、じっくりと向き合うことができる。だが、それはつまり、こちらがスケジュールの都合を言い訳にして逃げるわけにはいかない、ということでもある。

しっかり腹ごしらえをして、ドンの家を訪ねるまで心身のスタミナを保《も》たせなければならない。

冷蔵庫の中を覗《のぞ》いて、昔ながらの赤いウインナーを見つけた。ブロックベーコンもあるし、タマネギとピーマンもある。ストッカーの棚では、マッシュルームの水煮缶詰も出番を待ちわびている頃だろう。ならば、パスタ――いや、オヤジ一人のときぐらいスパゲティと呼ぼうではないか。スパゲッティー、スパゲッチも「あり」である。

鍋にお湯を沸かし、ウインナーと野菜の下ごしらえをした。ナポリタンをつくる。昭和のナポリタンである。ウインナーはタコさん。ここで照れてはいけない。タコさんの脚には、表面積を広げることでウインナーの旨《うま》みを出し、ソースとも味をからみやすくするという、まことに理知的かつ深遠な効能がひそんでいるのだ。

沸騰したお湯に塩を加えようとしたとき、ふと思い直して、コンロの火を切った。

携帯電話を手に取った。電話帳から光太を呼び出して電話をかけると、数回のコール音のあと、「どうしたの？　なにかあったの？」と勢い込んだ光太の声が耳に飛び込んできた。

「いや、そんなのじゃなくて……ひさしぶりだし、元気かな、と思って」

陽平が答えると、「びっくりして、心臓止まるかと思った」と抗議するように言う。

「なんでいきなりお父さんのケータイから電話かかってくるんだろう、って思うじゃん」

電話というのは、たいがいの場合、いきなりかかってくるものなのだが――それを言うと、息子の機嫌がさらに悪くなるだろうな、ということぐらいはわかる。

光太は午前中の授業を終えて、ついさっき下宿に帰ってきたところだった。

一瞬、陽平の脳裏を「五月病」という言葉がよぎった。

「なんだなんだ、土曜日の午後に下宿でゴロゴロしててもしょうがないだろ」わざと、明るくあきれてみせた。「天気もいいんだから、どこかに遊びに行けよ」

「違うよ、すぐに行かなきゃいけないから、ソッコーで服だけ着替えに帰ってきたんだ」

光太はムッとして返す。口をとがらせた顔が浮かぶ。少し安心したところに、つづけて言われた。

「それに、こっち雨だよ」

「そうなのか？」

「うん、昨日から天気悪くて」

仙台と東京との距離を思い知らされた。

「それで、いまからどこに行くんだ？」

「うん、ちょっとね、石巻《いしのまき》のほうに」

「石巻って……あの石巻か？」

「石巻って一つしかないと思うけど」

光太は苦笑交じりに、もう少しくわしく説明してくれた。

仙台から車で一時間余りの石巻市は、東日本大震災で特に甚大な被害を受けた街の一つだった。震災から一年を経て、市街地は震災前の面影を取り戻しつつある。だが、牡鹿《おしか》半島の旧・牡鹿町や旧・雄勝《おがつ》町のあたりは、ビルの屋上に津波で運ばれたバスがつい最近まで載っていたありさまだという。

「僕も先週の土日で初めて行ってみたんだけど、はっきり言って、大ショックだった」

「一人で行ったのか？」

「じゃなくて、サークル」

入学してすぐに、被災地でのボランティア活動をおこなっているサークル『ハンド・イン・ハンド』に入ったのだという。週末に被災地に出かけるのも、先週につづいてこれで二度目。

「なんだ、お父さん、そんなこと全然知らなかったぞ」

思わず叱るように言うと、逆に不服そうに反論された。

「休みの日になにやってるとか、誰と会ってるとか、いちいち報告しなきゃいけないわけ？」

「いや、まあ……そんなことはないけど……」

「お父さんだって学生時代は下宿でしょ？　ぜんぶおじいちゃんやおばあちゃんに報告してた？」

　していない。するわけがない。自分の学生時代を思いだせばすぐにわかることなのに、親の立場になると、それがすっぽりと抜け落ちてしまう。

　もともと特に用事があって電話をしたわけではなかったので、「風邪ひいてないか？」「ちゃんと野菜を食べてるか？」「足りないものがあれば言ってくれよ」といった決まり事のようなやり取りが終わると、言葉が途切れてしまった。

　すると、意外にも光太のほうから「あのさー、ちょっとまだ話す時間ある？」と言ってきた。

「ああ……いいけど？」

「さっきはお母さんからも電話があったんだよ」

「……なんだって？」

　声が震えないよう気をつけて、陽平は訊いた。

「ゴールデンウィークのこと」

　光太はあっさり答えた。

美代子は連休の後半——五月三日から五日まで、二泊三日で仙台を訪ねる予定にしていた。三月は引っ越しの手伝いだけで終わったので、五月は日帰りでもいいから被災地に出かけてボランティアに参加したい、と張り切っているらしい。

お父さんもそれは知ってると思うけど、という口ぶりだったので、陽平も調子を合わせて相槌《あいづち》を打つしかなかった。

俺はどうなるんだ、とほんとうは訊きたいのだ。お母さんはお父さんのことをなにか言ってたのか、という質問は喉元《のどもと》まで出かかっているのだ。

「でもさあ、だいじょうぶかなあ」

「……なにが？」

「だってほら、お母さん、一人で旅行するのって初めてでしょ」

そうだったのか。美代子はすでに勝手に一人旅の筋書きをつくっていたのか。ガクゼンとして、腹立たしさよりもむしろ寂しさが胸に込み上げてきた。

「東北新幹線で一本っていっても、やっぱり少し心配だし、二泊三日ずーっとお母さんとツーショットっていうのもアレだから、お父さんが一緒のほうがこっち的には助かるんだよね。連休中、仕事あるの？　一日だけでも休めない？」

「休めるよ」

思わず言ってしまった。最初はヒヤッとしたが、光太に「マジ？」と訊き返されて、かえってハラが据わった。

「心配しなくていいよ。だいじょうぶだいじょうぶ、二泊三日な、うん、ぜんぶ休めるから」

もうどうなっても知るもんか、と開き直った。


さて、一方——。

こだわりのナイスミドル・一博も、土曜日の昼食時を迎えていた。

「またレバー？」

うんざりした声で、ひなたちゃんに言われた。

一博もムスッとして返す。

「とにかく鉄分とカルシウムが大事なんだ。薬と思って食べなきゃダメだよ」

鉄分が特に豊富な豚レバーで、パテをつくったのだ。ゆうべから牛乳に浸して臭みを取り、ブランデーを少々加えたお湯でタマネギと一緒に煮て、ハーブ入りの塩で味付けをしたあと、クリームチーズと混ぜ合わせてフードプロセッサーにかける。レバーの鉄分にチーズのカルシウムが加わった、最強マタニティメニューなのである。

「妊娠終盤は便秘に注意すべし」と『たっち』にあったので、カルシウム補給も兼ねて、いまが旬の桜海老《さくらえび》を練り込んだ全粒粉百パーセントの、えびせん風クラッカーも焼いた。特製レバーパテをそのクラッカーに載せたら、もう絶品——おなかの赤ちゃんのことさえなければ、赤ワインも勧めたいほどだった。

さらに、これまた鉄分豊富なアサリをサフランスープにして、メインのおかずは、旬のシラスとニラとヒジキのオムレツである。

至れり尽くせり、牛乳が苦手なひなたちゃんのために、文字通り手を替え品を替えして、一週間を乗り切った。

やるじゃないか、俺——。

われながら、思う。

もっとも、肝心のひなたちゃんは、五月五日の出産予定日まであと三週間という自覚などまるでなく、「お昼なんてパッとできるやつでいいの、凝ることなんてないのよ」がポリシーのエリカ先生がスプーンで行儀悪く掻《か》き込んでいる卵かけご飯を、うらやましそうに見ている。

揚げ玉入りである。卵の黄身と白身はあえて混ぜ合わせない。サクサクした揚げ玉とトロトロの黄身、プルプルの白身の食感のアンサンブルを楽しむわけだ。味付けは醤油《しょうゆ》ではなく、めんつゆ。食べるラー油を一さじ。二段にした熱々のご飯でとろけるチーズを挟んで、後半は洋風で攻める。さらに茶碗《ちゃわん》の底には「忘れた頃にうれしいオプション」の刻んだ白菜キムチも敷いてあるらしい。

負けてるかもしれない、俺――。

正直に、思う。

ついさっき、レンタルのベビーベッドが届いた。いま、配達員が組み立て中である。夕方には寝具やベビーバスも届く。明日はベビーカーと、肌着や哺乳《ほにゅう》瓶から紙おむつまでの小物あれこれが届くことになっている。

予定日まで三週間ともなれば、いつ産気づいても不思議ではない。準備を怠ってはならない。備えあれば憂いなし。生まれたあとは、もう待ったなし――その緊迫感は、のんきなエリカ先生やひなたちゃんに代わって、一博が一人で引き受けている。

『たっち』の綴《と》じ込み付録だった買い物チェックシートが手放せない。スマホに取り込んだ特集記事の『赤ちゃんの健康Q&A』や『わが家には危険がいっぱい！』『赤ちゃんのあせも対策』を何度も読み返しては、これはまさに人生の一大事だぞ、と痛感する繰り返しだった。

もちろん、こっちがそこまでするスジなどどこにもないことは、誰に言われるまでもなく、一博自身よーくわかっている。リビングの一角を埋め尽くした赤ちゃんグッズを見るたびに、どうしてこんなことになっちゃったんだろう……と、ため息が漏れてしまう。

そもそも最初は、出産まで預かるという話だったのだ。それが「首が据わらないうちは、あちこち動かないほうがいいから」となってしまった。面倒を見るのもひなたちゃん一人のはずだったのに、なぜかエリカ先生まで毎日毎晩ウチに来て、泊まって、平気な顔で洗濯機を回しているのだ。

ベビーベッドの配達員が「組み立て終わりました」とリビングに顔を出した。「チェックしてもらえますか」

エリカ先生とひなたちゃんは、ごく自然な物腰で「はいはーい」と応《こた》えた。「いま行きまーす」

配達員は、この二人がただの居候だとは、夢にも思っていないだろう。

ベビーベッドは、ひなたちゃんが寝泊まりしている和室に置いた。服の着替えを入れるベビー箪笥《だんす》もレンタルした。いままでは、ひなたちゃんの「荷物」しかなかった部屋に、ついに「家具」が置かれたわけだ。

ベッドのチェックを終えて配達員を玄関で見送った二人が、リビングに戻ってきた。

「レンタルでもけっこうきれいだったね」「だから言ったでしょ、買わなくてもいいのよ」「だねー」「でしょー?」と、大きな声でおしゃべりをする二人を見ていると、このままわが家を乗っ取られてしまうんじゃないか、という気もしてしまう。

一博はベビーベッドのフレームや柵《さく》を除菌シートで拭《ふ》きながら、哀れな青年を思って、何度もため息をついた。

エリカ先生のもとへは、いまもコージーから毎日欠かさず連絡が来ているのだという。

最初のうちは、とにかくひなたちゃんと復縁をしたい、の一点張りだったらしい。赤ちゃんの父親になりたいのだ。そのために、離婚の憂き目に遭っても捨てられなかった音楽の夢を、すっぱりと断ち切った。染めていた髪を切り、顔のメイクも落として、派遣の仕事も始めた。

しかし、ひなたちゃんには、とりつく島もない。いまさらどんなに悔い改めようとも遅い。赤ちゃんをシングルマザーで産んで育てる覚悟もできている。その固い決意をコージーに伝えるエリカ先生も、「わたしもひなたに一票」と言って、とても元・娘婿の味方に付いてくれそうにはない。

話し合いの機会だけでも与えてほしい、とコージーがねばっても、エリカ先生の反応は「無理無理、あの子は自分で決めたら、ひとの言うことなんか絶対に聞かないんだから」とケンもホロロだった。

最近では、コージーが懇願する内容は「せめて、ひなたちゃんの幸せな姿を遠くから一目見せてほしい」になっているらしい。だが、エリカ先生とひなたちゃんは情にほだされることは一切なく、それどころか「遠くから」の一言に、二人してほくそ笑む始末なのだ。

「もうすぐ『遠くから幸せをお祈りしてます』に変わるわよ。そうなったら安心してウチに帰ってくればいいから」「ねえねえ、ママ、それって『草葉の陰』っていうんだっけ?」「勝手に殺さないの」「あ、そっか、てへっ」……。

調子に乗って世の中をナメていると、いつか痛い目に遭うんじゃないか、と心配になる。俺は知らないぞ、知らないからな、と思う一方で、万が一そういう事態になったら、やっぱり行きがかり上は俺が守るしかないのかなあ、とも思う。

想像するだけでげんなりする。なに甘やかしてるんだ、と自分を叱りつけたくもなる。だが、げんなりしたあとで、なぜか、不思議と、ビミョーに、頬がゆるんでしまうのも確かだった。

ベビーベッドの拭き掃除を終えた。「業者さんのほうで消毒してますよ」とエリカ先生には言われたが、やはり自分の手で隅々まできれいにしておきたい。

十二枚入りの除菌シートを一箱使いきったことも、エリカ先生とひなたちゃんに二人揃ってあきれられてしまった。「もったいないですよ、わたしだったらシート一枚でダイニングぜんぶ拭けちゃいますよ」「ママが除菌シート使ってるところなんて、わたし見たことないけど」——そんな二人だから、一博が自分で、丁寧にやるしかないのだ。

「ついでに廊下も拭いちゃうから」

雑巾《ぞうきん》シートをモップにセットしながら、一博は言った。エリカ先生はテレビから目を離さずに「はーい」、ひなたちゃんはスマホをいじりながら「お疲れーっす」——手伝うつもりは、これっぽっちもない。いつものことだ。一博も期待はしていない。人間の姿形をした猫が二匹いると思えばいいんだ、と最近では達観もしている。

掃除のついでに、桜子の部屋に入った。窓を開けて空気を入れ換えて、ベッドに腰を下ろし、「ついで」というのは嘘だよな、と本音を認めた。

ベッドが置いてあるだけのがらんとした部屋の風景にも、いつの頃からか目が慣れてしまった。

別居生活も、この九月で丸五年になる。桜子が要介護の母親と二人で暮らしている京都の実家では、彼女の家具もそれなりに増えてきただろう。

こちらの家具や家電製品だって、五年前とまったく同じというわけではない。雑誌編集という仕事柄、そういうものの買い換えのサイクルは速いほうだと自分でも思う。

それでも、わが家の雰囲気は変えないよう心がけていた。桜子が「ただいま」と帰ってきたら、すぐに元通りの生活を始められるように——桜子のためにそうしているのか、じつは自分自身のためなのか、よくわからないのだが。

いずれにしても、いまはもはや、わが家の雰囲気がどうこうという話ではなくなった。居候が一人、実質的には二人、間もなく三人になろうとしているのだ。桜子が知ったらどうなってしまうのか。ヤバいことにならないうちに、先手を打っていきさつを説明すべきではないか。理屈ではわかっているのだが、なかなか勇気が湧かない。なにより、正月に電話でお互いの近況を報告したきり、桜子からはなんの音沙汰《おとさた》もない。こちらからも、連絡は取っていなかった。

リビングに戻ると、ひなたちゃんはソファーでうたた寝をしていた。妊娠中はホルモンの関係で、すぐ眠くなってしまうのだという。

エリカ先生は和室からブランケットを持ってきて、ひなたちゃんに掛けた。リビングの戸口にいる一博に気づくと、少し照れくさそうに「布団で寝ればいいのにね」と苦笑して、「三時のお茶にしませんか？　紅茶いれますよ」とつづけた。

「いや、それは自分で……」

「家賃代わりに、やらせてください」

エリカ先生はにっこり笑って、「テオドーのダージリン、一度飲んでみたかったんです」と付け加えた。「あと、ジャン＝ポール・エヴァンのボンボンショコラも出しますね」

要するに、エリカ先生は紅茶をいれてお菓子を出すだけで、リーフもショコラも一博のもの——それで家賃代わりとは、ずうずうしい話だった。

密封袋に入れて冷蔵庫の野菜室で保存しておいたショコラも、一博が掃除をしている隙に無断で外に出して、室温となじませていた。ショコラの温度が低いうちに袋を開けると、表面が白くなってしまうのだ。そのあたりの細かい配慮が、よけいにずうずうしさを際立たせてしまう。

「でも、ほんとに武内さんって、おいしいものやいいものにこだわりますよね。ひなたもラッキーですよ、武内さんにお世話になれて」

そういう問題じゃないだろう、と言いたいのをグッとこらえて、ひなたちゃんが眠っていなければ言えないことを口にした。

「コージーっていう奴……ほんとうに、このままでいいのかなあ。復縁はともかく、赤ちゃんの父親ではあるわけだから、まったく会わせずに、居場所も教えないっていうのは、どうなんだろう」

「いいんじゃないですか？」

「そうかなあ……」

「いいんですよ。ひなたもわたしも、あの子には愛想が尽きてますから」

口調は軽かったが、それ以上の反論は許さない響きもあった。言葉に詰まった一博にかまわずショコラを頬張ったエリカ先生は、「おいしーい」と満面の笑みを浮かべて、のんびりと窓の外を指差した。「雨、降ってきたみたいですけど」

一博は立ち上がる。テラスにクーファンを出して陽にあてていたのを忘れていた。

あわててテラスに出る一博の背中を、エリカ先生は「よろしくお願いしまーす」と見送って、二個目のショコラに手を伸ばした。

ワイパーのスイッチを入れた。少し車を走らせたあとで、首をかしげて停めた。ワイパーなしでしばらく走って、また首をかしげてスイッチを入れ直す。

なんとも中途半端な雨脚だった。ワイパーなしの運転をつづけるにはフロントガラスに当たる雨粒が気になるが、ワイパーを使うと、今度はワイパーの動きそのものが目障《めざわ》りになってしまう。

どうせなら夕立みたいにバーッと降って、パッとあがってくれればいいのに。ため息交じりに、陽平は思う。ヤバいところに落ちさえしなければ、この際、雷も「あり」にしたい。風雲急を告げてくれればいい。それだけの緊張感は胸にある。いよいよ家庭訪問の大トリ——ドンの家に向かっているところなのである。

ただし、ペース配分をしくじってしまった。気が急《せ》いていたぶん、それまで回った二軒での滞在時間が予定より短くなってしまったのだ。あらかじめドンに伝えておいた訪問時刻は午後四時だったが、いまは午後三時。ここからだと、あと十分もかからず着いてしまうだろう。

最初は車で適当に近所を流しながら時間調整をするつもりだったが、この中途半端なにわか雨ではドライブ気分にもなれそうにない。

中央分離帯のついた片側二車線の幹線道路に出た。ニュータウンの道路は、平日の昼間は閑散としているのに、土曜日や日曜日には車の通行量が増えて、渋滞まで起きてしまうことがある。今日もそうだった。ファミリータイプのワゴンに前後を挟まれて、のろのろ運転になってしまった。

もっとも、陽平の車も同じである。5ナンバーの車体に少々無理をしてサードシートを設けた六人乗りのワゴンである。いまでは夫婦二人暮らしなのに六人乗り――車に乗るたびに「地球温暖化」という言葉が浮かび、申し訳なくなってしまう。

幹線道路沿いには、家電や紳士服やメガネの量販店が建ち並んでいる。ディスカウントストアにファストフード店に、ファミリーレストランも。

どの店も遠目にも目立つ大きな看板を掲げ、広い駐車場を擁しているが、どこもさほどにぎわっているとは思えない。立ち入り禁止のチェーンが張り巡らされた空き店舗や、テナント募集の紙がべたべた貼られたビル、もう何年も更地のままの場所もある。長引きすぎて、もはやそれが前提になってしまった不況に加え、東日本大震災の落とした暗い影が――カネ、モノ、そしてココロも含めて、震災から一年をへて、じわじわとボディブローのように効いているのかもしれない。

いや、それとも、ニュータウンのロードサイドに大型店舗を展開するというビジネスモデルじたいが、もはや成り立たなくなったのだろうか。平成に入ってから開発された東ヶ丘ニュータウンはまだ住民の平均年齢も若いが、昭和時代のニュータウンは、住民の高齢化と建物の老朽化が進んで、もはや「ニュー」という言葉を冠せなくなっているほどだった。生徒数が激減して廃校になった小学校や中学校も多い。過疎である。陽平が子どもの頃には地方の農村の話だったはずの過疎問題が、まさか都心から電車で一時間以内の圏内が舞台になってしまうとは、昭和の教師や生徒は夢にも思っていなかっただろう。

陽平は車をファミリーレストランの駐車場に入れた。看板を見たときに「あれ？」と首をひねった。店のつくりは同じなのだが、看板のデザインと店名が変わっていた。それまでの店は高級志向のブランドネームだったのだが、同じグループのカジュアルなブランドになったのだ。このデフレ時代には、ニュータウンの家族が週末に外でごちそうを食べるレベルの贅沢《ぜいたく》すら敬遠されてしまう、ということなのだろうか。

店内はそこそこの客の入りだったが、ドリンクバー目当てが大半で、どのテーブルにも料理の皿はほとんど載っていない。これで長居をされたら店のほうもかなわないよなあ、と案じる陽平にしても、注文はドリンクバーだけなのである。

店内を見渡してまず目につくのは、若者のグループと老人のグループだった。さらにカレシとカノジョ、おばさんたち、仕事の話をしている中年のおっさんたち、赤ちゃんや小さな子どもを連れたママのグループ……。

ファミリーレストランと名乗っていながら、テーブルが二十以上あるうち、親と子どもの純然たる家族連れの客は二組しかなかった。夫婦らしきツーショットを加えても、わずかに四組である。ちょうどご飯どきの狭間《はざま》の時間帯とはいえ、土曜日の午後というのを思うと、やはり少なすぎるのではないか。

今日だけではない。たまにファミリーレストランを利用すると、そのたびに感じる。そして、これも毎度のことなのだが——一人客が意外と多い。今日も十席ほどあるカウンター席は満席だったので、窓際のボックス席に回されたのだ。

一人暮らしなのか、たまたま一人で外出して寄ったのかはわからない。中年の男性が多い。お洒落《しゃれ》とは言えなくても、くたびれすぎている様子でもない。みんなスマホをいじったり本を読んだりしているので手持ちぶさたではないし、寂しさや人恋しさも感じられない。陽平自身、四人掛けの席を独占していても、それをべつに気詰まりに感じているわけではなかった。

この広さがいいのだろうか。店員は客にこまめに目を配っていても、気はあまり配っていそうにない。その独特の無関心さが居心地の良さにつながっているのだろうか。値段はリーズナブルでカロリー表示も明解、なにを頼んでも味にあたりはずれのない手堅さが、「メシでも食うか」「なにか腹に入れとくか」「ちょっと一息入れるか」という、張り切りすぎない一人メシにはちょうどいいのだろうか。さらに、牛丼やカレー、ラーメンといったカウンターだけの店と違って、少々の長居はおとがめなしである。食後にのんびり過ごせる。余裕があるのだ。デザートなどという贅沢は言わずとも、ささやかな「ゆっくりしていってもいいんですよ」のゆとりが、話し相手のいない一人客には、なによりうれしいことなのだ。

そう考えてみると、ファミリーレストランは、じつは「おひとりさま」仕様なのではないか？

コーヒーを啜《すす》りながらの、陽平のとりとめのない思索はつづく。

わが家がファミリーレストランを家族で利用していたのは、いつ頃までだっただろう。

葵の就職が決まったときも、光太が大学に合格したときも、「せっかくのお祝いなんだから」と奮発して、都心に出向き、ネットやガイドブックで評判のレストランで食事をしたのだ。二人の高校や中学時代にまでさかのぼっても、焼肉レストランや回転寿司に出かけたことはあっても、和洋中なんでもありの正統派ファミリーレストランは、意外と利用しなかった。

「外食といえばファミリーレストラン」の公式が成り立っていたのは、子どもたちが小学校を卒業するまで——家族の歴史の前半だけになってしまうのだろうか。いま

「おひとりさま」で座っている中年男性の面々も、かつてはカミさんや子どもたちとファミリーレストランのテーブルを囲んだことがあったのだろうか……。

窓の外に目を移すと、雨はいつのまにか本降りになっていた。かなり強い雨脚だ。さっきまでの中途半端な降り方よりも、いっそこのほうがすっきりする。

若い連中は「あーあ、けっこう降ってきちゃったよ」「サイテー」「梅雨入りじゃね？」「まだ早えよバーカ」とぼやいている。ベンチシートにヘルメットが見えているから、バイクで来ているのかもしれない。小さな子どもを連れたママのグループも困っている様子だったし、お年寄りの皆さんも、やれやれ、と外を眺めていた。

だが、「おひとりさま」たちは嘆かない。あせらない。にわか雨ごときでおたおたするな、という達観なのか、諦念《ていねん》なのか、ただ無気力なだけなのか、困惑も動揺もなく、コーヒーを啜り、ハンバーグを頬張って、若い連中よりもずっとぎこちない手つきでスマホを操作する。

そんな彼らを見ていて、ふと思った。ファミリーレストランの略称「ファミレス」は、ほんとうは「ファミリーレス」――家族なし、という意味なのではないか？

なんてな、と苦笑しながらコーヒーを飲み干して、席を立った。

そろそろドンのウチに行こう。

あいつが最後に家族でファミリーレストランで食事をしたのは、いつだったのだろう。

車を時間貸し駐車場に入れ、ドンの家まで二、三分歩いただけで、服がじっとりと湿ってしまった。雨が強くなっていた。

陽平は門の前で姿勢を正した。ジャケットの肩についた雨のしずくをハンカチで軽くはたいて、さあがんばろう、とインターホンに手を伸ばしかけたとき――いかん、と気づいた。ノーネクタイのままだった。車の中でネクタイを締めてから外に出ようと思っていたのだ。ドンはともかく、おばあさんとは初対面である。だらしない印象を持たれてしまってはいけない。

カバンの中にネクタイは入っているが、傘を差してカバンを提げて、それでネクタイを締めるのはかなりの難度である。しかし、車に戻る時間はない。約束の時間に遅れるのは論外だろう。

ならば、やはりここで締めるしかない。

傘を肩に掛け、カバンを股《また》に挟んで、ネクタイをなんとか首に巻き付けた。よし、あとは締めていくだけだ、と気をゆるめたら、肩に掛けた傘が落ちそうになって、あわてて顎《あご》で押さえた。雨をしのげるよう傘の角度を調整し直していたら、意識が上半身に集中しすぎて、股に挟んだカバンが、太ももから膝《ひざ》のほうへずり落ちてしまう。

いかん、と脚を内股にしてギュッと締めた。ネクタイ、ネクタイ、カバンも忘れるな、傘の角度もチェックしろ、がんばれ、がんばれ、がんばれ俺……。

大失敗だった。ネクタイの結び目がねじ曲がって、しかも前の大剣より後ろの小剣のほうが長くなってしまった。ネクタイ初心者の若者のような哀れな失敗である。

もういい。思いきってネクタイをはずした。こっちがかしこまってしまうと、おばあさんもかえって気詰まりで、本音が出せないかもしれない。これぞまさに胸襟を開くというやつではないか。

無理に自分を納得させて、あらためてインターホンに手を伸ばした、そのとき――。

玄関のドアが内側から開いて、ドンが「先生、さっきからなにやってんの？」と顔を出した。

モニターに映っていたらしい。

おばあさんに見られてしまったらしい。

「ばあちゃんが、なんかアブないひとが来てるわよ、って」

初対面の印象、最悪である。

家の中はきちんと片付いていた。おばあさんがきれい好きなのだろう。陽平と挨拶《あいさつ》をするしぐさからも几帳面《きちょうめん》な性格は伝わってくる。

白髪を染めて、青い差し色もつけた、上品ではあっても活動的な雰囲気だった。「普段着で申し訳ありません」と謝ってはいるが、サマーカーディガンの胸にブローチをつけ、首にシルクのスカーフを巻いたいでたちは、このままホテルのティーラウンジにいても、なんの違和感もないだろう。もう七十歳を過ぎているはずなのに、背筋はピンと伸びて、妙に目ヂカラが強い。

「あのね、先生。ウチのばあちゃん、元・婦人警官だったんだよ」とキッチンからドンが言う。

なるほど、と陽平がうなずく前に、おばあさんは「なんですか、先生にそんな口のきき方をして」とドンを叱った。「それに、いまは婦人警官じゃなくて、女性警察官。いいかげんに覚えなさい」

声の一つひとつが、ぴしゃり、ぴしゃり、と強く響く。説教にうってつけの声質なのだ。

ドンは冷たい麦茶を持ってきてくれた。陽平は軽く「おっ、サンキュー」と応《こた》えてグラスを受け取ったのだが、おばあさんはまたドンを振り向いて「目上のひとやお客さんにお出しするときには、お盆に載せて、コースターも敷いて持ってくるの。それくらい常識でしょ」と言う。

その常識を見過ごしてしまった自分まで叱られた気がして、陽平は「すみません」

と頭を下げた。

するとおばあさんは「あらやだ」と口に手で蓋《ふた》をして、「こういうのは先生のようにお若いひとにはピンと来ないでしょうから」と笑う。

お若いひと——五十代を間近に控えたベテラン教師が若造扱いなのである。困惑して目が泳ぐ陽平をよそに、おばあさんはドンに「あっちに行ってなさい」と言って、リビングのソファーに二人きりになると、あらためて自己紹介した。

「克也の祖母の井上マサコと申します。マサコは正義のセイに子どものコ、正しいのタダに子育てのコです」

いかにも元・女性警察官らしい説明である。そして、母親としての、祖母としての、なにより姑《しゅうとめ》としての毅然《きぜん》とした姿勢もうかがえる。

陽平は緊張をたたえた顔でうなずいた。自己紹介の時点で早くも気おされている。ノーネクタイの負い目が、じわじわとのしかかってくる。

「このたびは、ヨメの入院で先生にもご心配をおかけしました」

正子さんは、前置き抜きで本題に入った。

「ワタクシも田舎でのんびり隠居暮らしを楽しんでたんですよ。心配事があるとすれば、一人でベトナムに行かされた息子ぐらいのことで、東京のほうはヨメにぜんぶ任せて、安心してたんです。なにせ、ダンナさまを単身赴任させてまで東京に残ったんですから、やっぱりそれなりの覚悟もあったでしょうし、自信だって……ねえ、留守宅をしっかり守るんだっていう自信がなければできませんよ、ダンナさまを一人で海外赴任させるなんて。ワタクシなんて、とてもとても、夫唱婦随っていうんですか、三歩下がってダンナさまについていくのがあたりまえだった世代ですからねえ……」

なんなんだ、このひとは。

とりあえず形だけ相槌《あいづち》を打ちながら、陽平は腹立たしさを必死にこらえていた。教師の仕事を長年やっていると、身勝手な親や常識の通じない親——いわゆるモンスターペアレンツとは、嫌でも出会ってしまう。話の受け流し方もそれなりに場数を踏んで覚えてきた。

しかし、ここまでトゲのある話し方をするひとには、そうざらにお目にかかれるものではない。「ヨメ」や「ダンナさま」という時代錯誤な言葉がいちいち耳に障る。上品さを装った気取った笑顔に、底意地の悪さが透けて見える。

もちろん、正子さんの気持ちはわからないわけではない。息子の単身赴任中にヨメが不倫をした挙げ句、不倫相手と一緒に交通事故を起こして入院中なのである。怒るのは当然だろう。イヤミの一つや二つはぶつけたくもなるだろう。許してあげてほしい、とこちらが言う筋合いでもない。

だが、正子さんの言葉は、キッチンにいるドンにも聞こえているはずなのだ。もしかしたら、二階の自分の部屋にいるという妹のくるみちゃんの耳にも届いているかもしれない。多感な中学二年生のドンや、まだ幼い小学三年生のくるみちゃんが、こんなふうにお母さんの悪口を聞かされてしまうときの悲しさを、このばあさんは、まったく想像できていない様子なのである。

しかも——。

「山菜採りに一人で出かけて、山道を運転しててスリップでしょう？　恥ずかしいやら情けないやらですよ。ダンナさんの留守を守る身なんですから、もうちょっと責任感を持って、行動も考えてくれないとねえ」

正子さんは、陽平がまだ事情を知らないと思って、最も肝心なところを「なかったこと」にしようとしているのだ。

正子さんは最後までシラを切りとおし、最後まで陽平にはほとんど口を挟ませずに、「とにかくそういうわけですので、しばらくワタクシが克也とくるみの面倒を見ます」と話の締めくくりに入った。「先生にもご心配やご迷惑をおかけしてしまうこともあろうかと存じますが、なにとぞよろしくお願い申し上げます」

頭を深々と下げられてしまうと、陽平も「いえ、こちらこそ、よろしく……どうぞ」と困惑したままお辞儀を返すしかない。

しかたない、今日のところはこのまま引き上げるか、と顔を上げた。

だが、正子さんはお辞儀をしたままだったので、陽平もあわててうつむいた。

と、視線が下に落ちる寸前、ドンがキッチンからこっちを見ていることに気づいた。なにかを訴えかけるような表情だったような気もする。

そして、その一瞬の残像を追いかけるように、メイミーの怒った顔が浮かんだ。声も聞こえる。昨日言われた「先生が生徒のことをあきらめるっていうのは、見捨てるっていうのと同じ意味なんだからね！」という一言だった。

陽平は、あらためてゆっくりと顔を上げる。正子さんはまだお辞儀をつづけていたが、かまわず声をかけた。

「克也くんたちの食事はいかがですか？」

「……え？」

予想外の質問だったのだろう、つい思わず、といった様子で正子さんは顔を上げた。

「ウチの学校には料理同好会があるんですよ。もしよかったら克也くんも、お母さんが入院している間だけでも同好会に入って、料理を覚えて、ウチでもつくってみたらいいんじゃないかな、と思うんですが……」

きょとんとしていた正子さんの顔が、たちまちにしてこわばった。

「ちょっと待ってください、いまのそれ、どういう意味なんですか？　ワタクシの料理ではダメだとおっしゃるわけですか、先生は」

口調も変わった。刑事ドラマでおなじみの取り調べの場面の口調になっていた。

正子さんには正子さんの正義があり、正しさがある——という一文だけで「正」が四つ、選挙ならクラス委員当確である。

「ワタクシ、こう見えても管理栄養士の資格を持っております」

警察を退官後に料理学校に通ったのだという。それも、陽平や一博の通う『クッチーナ』のような趣味のクッキングスクールではない。プロを目指す生徒がモヤシのヒゲ取りやダイコンの桂剝《む》きから特訓をする、本格的な学校である。

「地域で『ばっちゃま会』というのをつくって、伝承が途絶えていた郷土料理を復活させたり、地元の小学校や中学校の給食に地産地消の『ふるさとをいただきますの日』を設けたりと、子どもたちの食育に自分なりに貢献してきたつもりです。もちろん、ただのロマンやノスタルジーではありません。栄養のこともちゃんと考えていますし、生活習慣病の予防については、東洋医学のほうもいささか学んでおります」

ドンと妹のくるみちゃんの食事は、そんな正子さんが意地とプライドをかけて、徹底して正しくつくっているのだ。カロリー、栄養のバランス、塩分、糖質、食物繊維に各種ミネラル、すべてにおいて考え抜いているのだという。正確にして厳正、「子どもの体調というのは正直なもので、食事の影響がすぐに出るんです」と、まことに正論、正鵠《せいこく》を得たことをおっしゃって――「正」がさらに五つ、二十五票の上積みでである。

「ですから、子どもたちの食事にかんしては、はばかりながら、ヨメが台所に立っていた頃よりもきちんとできているという自負はございます」

きっぱりと言い切られると、陽平はうなずくしかない。大げさだとも自信過剰だとも思わない。このひとなら、やる。どんなときでも、どんなことでも、誰にも文句をつけられないほど完璧《かんぺき》な正解を出すのだろう――行きがけの駄賃のように、また一つ「正」を増やして。

だが、なぜだろう、さっきから連発される正しさを受け容《い》れたくはない思いも、陽平の胸の奥には確かにあるのだ。

正子さんの話はつづく。

「ワタクシ、正直に申しまして、いまのお母さんがたはちょっとおかしいと思いますの。甘ったれてるとでも言えばよろしいんでしょうか、家のことはどんどん楽になってるのに、ダンナさまや子どもにちゃんと愛情を注いでない気がするんですよ。警察に奉職しながら家を切り盛りして、息子を育ててきたワタクシにとっては、もう、ウチのヨメなんて贅沢《ぜいたく》としか言いようがございません」

自慢話に再びトゲが交じりはじめた。

ここでヨメの不倫のこともぶちまけることができるなら、もっと気分はすっきりするのだろう。それができないもどかしさが、正子さんの言葉をイヤミにねじ曲げてしまうのだろう。

じつはボクも事情は全部知ってるんです、だからもう、そんな見栄を張って「なかったこと」にしなくてもいいんですよ……と言ってあげたほうがいいのだろうか。知らんぷりをして相槌を打ちつづけるほうが、ずるくて残酷なのだろうか。

迷っていたら、正子さんの話は思いがけないところに向かった。

「そういえば、ここは駅前にお惣菜《そうざい》の屋台が出てるんですねえ。なんだか冴《さ》えない中年の男のひとと、奥さんなのか娘さんなのかわからないような若い女のひとが来て……ご存じですか、先生も」

陽平は黙ってうなずいた。

『マリちゃん号』だ。康文と麻里である。

「あんなのが来るから、家庭の主婦がどんどん手を抜くことを覚えちゃうんですよ。水は低きに流れるものなんです」

あんなの、という言い方に、さすがに陽平もカチンと来た。

「天下の公道で堂々と商売するなんて、ずうずうしいったらありゃしない。あの屋台、警察の許可を取ってるのかどうか、今度おまわりさんに訊《き》いてみなくちゃと思ってるんですよ」

このばあさんなら、必ず、やる。警官抜きで直接文句をつけてくることも、大いにありうる。

陽平は思わず「あのですね、それ、ちょっと勘違いです」と言った。「車が駐《と》まってるのは道路じゃなくて、江戸信用金庫の駐車場なんです。もちろん、信用金庫の許可は取ってます」

話の腰を折られ、勘違いを指摘された正子さんは、頬をカッと赤くして、「あの屋台には生徒も来てるんですよ、教師として、それでいいんですか？」と食ってかかった。「見て見ぬふりするんですか？」

黙認は黙認なのだ、確かに。職員室でも買い食いに眉《まゆ》をひそめる同僚がいないわけではないことも、知っている。

「いえ、あのですね――」

陽平が言いかけると、正子さんはそれをはねのけるように「言い訳はけっこうです」と言った。こっちが弁解を並べ立てるのだと一方的に決めつけられ、「まさかとは思いますけど、あの屋台からリベートをもらってるなんてことはないでしょうね」とぶしつけに疑われた。

それでも陽平はグッとこらえた。人柄の温厚さと冷静さには自信がある。コトを荒立てるのが嫌いで、こちらが我慢をすればすむのであれば、なるべくそうすべきだと思っている。ましてや教師たるもの、個人の感情で言動が左右されるようなことはあってはならないのだ。

しかし——。

「育ち盛りの時期に、あんな不潔そうな屋台で、なにが入ってるのかわからないようなものを食べてたら、ろくなおとなになりませんよ。それに、あの主人、なんですかアレ、ハゲてて、小太りで、妙に愛想をふりまいて……ああいうのが一番怪しいんです。ワタクシにはわかるんです。年頃の女子生徒もいるのに、心配にならないんですか？」

義憤は別である。友情に根差した感情の爆発は、あっていい。いや、なくてはいけない。友人の名誉を守るための憤りすら捨ててしまっては、もう二度と国語の授業で『走れメロス』を扱えなくなるではないか。

「ちょっと待ってください」

覚悟を決めて、ぴしゃりと言った。「いまの言葉、取り消していただけませんか」

「なっ、なんですか、あなた……」

「『マリちゃん号』の食材は、原価率を度外視してでも、安全なものや安心なものしか使っていません。それは僕が保証します」

「業者との癒着を認めるわけですか？」

「癒着ではありません。信頼です」

そして、胸をグッと張ってつづけた。

「店の主人の小川康文さんの人柄や人間性についても、僕が保証します！」

唖然《あぜん》とする正子さんにかまわず、「お邪魔しました！」と席を立った。


夕方になって少し冷えてきたようだ。傘を差して降りしきる雨の中を歩きだすと、肌寒さについ肩がすぼんだ。

やってしまった……。

言ってしまった……。

啖呵《たんか》を切ったというほどの剣幕ではなくても、正子さんにガツンと言い返したのは確かだ。尚美さんのピンチヒッターとはいえ、いまは正子さんがドンの保護者である。保護者と初対面でぶつかってしまったのは、新人教師の頃までさかのぼってみても初めてのことだった。

正子さんはすっかり怒ってしまって、見送ってもくれなかった。ドンもいつのまにかキッチンから二階の自分の部屋にひきあげていたようで、最後まで顔を見せなかった。

こっちも家を出るまでは憤りの余韻を残していたのだが、外の冷たい風に触れると興奮が醒《さ》めて、引き替えに後悔がじわじわと湧いてきた。

そうでなくても、これからドンのことはきめこまやかにフォローしていかなくてはならない。もちろん、それはクラス担任の陽平一人だけでは無理な話だ。保護者と緊密に連絡を取り合って、死角のないようにしなければ、中学二年生になりたての多感な心は、あっという間に暗がりにもぐり込んで、外から見えなくなってしまうのだ。

その保護者と、正面衝突なのである。

正子さんの性格からすれば、こちらが謝ってもそう簡単に関係修復はできないだろう。早まった。いくら康文の名誉を守るためとはいえ、もう一呼吸の我慢をすべきだった。

落ち込みながら歩いていたら、「せんせーっ」と背中にドンの声が聞こえた。走っていた。腕を振るはずみで傘が揺れ、雨が服を濡《ぬ》らすのもかまわず、陽平を追ってきた。

「ちょっと待ってよ、先生、歩くの速すぎー」

「……ああ、悪い……うん」

追いついて、息を切らしたまま、言った。

「先生、さっきのキレ方、カッコよかったよ」

いや、べつにキレたわけじゃなくて、もっと冷静に言ったつもりなんだが……と困惑する陽平に、親指を立てて、「グッジョブ！」と笑った。

雨の中で立ち話をするのもナンなので、時間貸し駐車場に駐めたワゴンにドンを乗せた。

陽平は運転席に座る。ドンはてっきり助手席に座るものだと思っていたら、「へーっ、この車、三列目もあるんスねー」と勝手にセカンドシートを倒して、サードシートに座った。並んで座るのは照れくさいのだろう。気持ちはわかる。幼いヒネクレっぷりが、くすぐったくもある。

その気持ちを汲《く》んで、前を向いたまま「井上くん」と声をかけた。「おばあさん、なかなか真面目そうなひとだなあ」

「サイテーでしょ？」

さらりと、ずばりと、言う。「オレも妹も、マジうざくて、ばあちゃんのこと」

「でも……おばあさんが来てくれて、助かったじゃないか」

ドンの返事はない。陽平もつづく言葉を探しあぐねてしまった。尚美さんのことに触れたほうがいいのか、よくないのか、触れるとするなら、いつ、どんな言い方をすればいいのか……。

「まあ、ばあちゃんもサイテーだけどさっ」

不自然に明るい声でドンは言って、「ほら、ウチにはもっとサイテーがいるから」と笑った。

尚美さんのこと——なのだろう。

「あのな、井上……先生な、その、お母さんの交通事故のことなんだけど……じつは——」

「知ってるんでしょ？　不倫のこと」

まるでボールを床にポンとはずませるようなテンポで言った。絶句する陽平に、さらに軽い口調で「メイミーが先生に教えたって言ってた。あいつマジなんでもしゃべるから」と笑う。

「びっくりしたよ……」

「先生がびっくりしてもしょーがないじゃん。そんなこと言ったら、オレとか親父とかのほうがもっとびっくりしてるんだしさ」

「うん……それは、そうだよな……」

「あ、でも、妹にはまだ言ってないから」

「わかった、うん、わかってる、黙ってる」

「先生が妹に会うときって、べつにないと思うけどさ」

「……だな、うん」

思いがけないドンの明るさに戸惑っていた。その明るさが虚勢だというのはわかるから、よけいに、どうすればいいかがわからない。

車の最前方と最後方に分かれて座ったことで救われたのは、じつは俺のほうだ——。

苦い思いとともに、認めた。

「ばあちゃん、母ちゃんのことを先生に言わなかったでしょ」

「ああ……」

「近所とか親父のほうの親戚《しんせき》にも全然言ってないし、オレにも絶対に誰にも言うなって。家の恥をさらすな、ってさ」

ドンの口調に悔しさや腹立たしさはにじんでいない。さばさばとして、まあ、そういうものだよね、と割り切っている。だからこそ——ほんとうは思いっきり悔しくて、たまらないほど腹を立てているんだろうな、と陽平は思う。

「じゃあ、おばあさんはお母さんの病院には行ってないのか？」

「全然。いっそ死んでくれたほうが生命保険のカネが入って助かった、なんて言ってるんだから」

「……おまえの前でそんなことまで言うのか」

「だってほら、オレの体にも母ちゃんの血は半分流れてるわけだし、けっこうオレの顔って母ちゃん似だし、ヘタすりゃ、じつは親父のタネじゃないかも、って……やっぱ、ばあちゃんとしても、オレの顔見てたらムカつくんじゃね？」

敬語のズサンさは許す。許すから、せめて他人事《ひとごと》のような口調はやめてくれ。「妹の顔は親父に似てるから、ばあちゃん的にはセーフみたいな？」と語尾を上げるな。

「まあ、しょーがないか、今回は百パー、母ちゃんが悪いんだし」――頼む、そんな乾いた笑い方をしないでくれ……。

「お母さんのお見舞いはどうしてるんだ？」

「身の回りのことは、メイミーの母ちゃんがいろいろやってくれてて」

「井上くんは？」

「あ、ドンでいいんですよ、そのほうが自分らしいし……母ちゃんと一緒に追い出されたら、いつまで『井上』でいられるかわかんねーし」

本気とも冗談ともつかないことを言って、「それでね」と話を戻す。「オレもたまには病院に行ってるから。ばあちゃんに文句言われてもシカトして、妹を連れて」

一瞬ホッとした――のも、つかの間だった。

「でも、オレとか妹が顔を出すと、かえって母ちゃん的にはキツいみたいなんスよね。合わせる顔がない、ってやつで。オレも母ちゃんを苦しませるのって、やっぱ、ツラいじゃないっスか。だから、病院に行っていいのかどうか、最近よくわかんなくなっちゃって……」

最後についた深いため息に、悩んでいる本音がやっと素直に覗《のぞ》いた。

ベトナムにいる父親の信也さんは仕事の都合がつかずに、尚美さんの事故のあとまだ一度も帰国していない。今度の大型連休も帰れないらしい。

「まあ、ゴールデンウィークなんて日本だけの話で、向こうでは全部平日だもんね」

ドンはさばさばと言う。落胆や寂しさを押し隠しているというより、最初から期待していないというか、むしろそのほうがいいと思っているような、納得した様子でもある。

赴任先のホーチミン市から成田《なりた》までは六時間ほどだ。ホーチミンを深夜に発《た》つ便を使えば、機中で一泊の実質的な日帰りだって可能なのだ。たとえとんぼ返りでも、帰る気になれば帰れる。いや、妻が交通事故で全治数ヶ月の重傷を負い、自宅には中学生と小学生の子どもが残されてしまうのだ。仕事が忙しかろうがなんだろうが、ここは夫として、父親として、絶対に帰るべきだし、なにがあろうとも帰らなければならないはずではないか。

それをしないのは「あえて」なのだろう。「帰国できない」のではなく、自分の意志で「帰国しない」のだろう。ドンにもわかっているから、父親の決断を冷静に受け止めているのだろう。

「ウチのことは全部ばあちゃんに任せるから、って」とドンはつづけた。「親父がそう言ったっていうより、ばあちゃんの立候補みたいな感じだったんだけど」

そこまでは陽平にとっても想定の範囲内だった。あのばあさんなら言うだろう。そして、あのばあさんに育てられた息子なら、母親の意見を受け容れるしかないだろう。「教育ママ」や「ママゴン」「過保護」という言葉が流行《はや》ったのは陽平の少年時代だったが、一世代ほど下になる信也さんの頃には、その言葉はつかわれなくなっていた。しかし、それは決して死語になったわけではなく、もはやあらためて言葉に出すまでもないほど当然のことになってしまったからなのだ。パソコンで言うなら、ある世代から下のニッポン男児は、「母親の存在感」が初期設定からMAXになっているのだ。

ドンはさらにつづけて言う。

「これからのことも、キホン、ばあちゃんが考えて決めるみたい」

「たとえば、どんな?」

「親父と母ちゃんのこと。だって、こうなったら離婚も思いっきり『あり』じゃん」

そんなことまで母親に任せきりにするつもりなのか——。

第五章

まばゆいライトに照らされた一博は、番組のオープニングこそ表情が固かったが、司会を務める人気お笑いタレントの軽妙なトークに乗せられて、途中からは緊張もほぐれ、「新時代のオトナのライフスタイルを提案する敏腕編集長」という役回りを無難にこなしていた。

日曜日の朝である。四月二十二日――〈GW直前スペシャル〉の情報番組のゲストコメンテーターとして出演する一博を、陽平と康文はスタジオの隅で眺めていた。

「タケもそれなりに歳を食って、場数を踏んだってことなのかなあ。たいしたもんだよ、生放送であれだけ平気な顔でしゃべれるっていうのも」

康文はしみじみと陽平に言って、ホッとした笑みを浮かべた。さっきまで「あいつ、ガキの頃は緊張すると声が裏返って、しゃっくりみたいになってたんだよ」と幼なじみならではの心配をしていた。そもそも先週、鉄分とカルシウムの豊富なメニューを一博に訊《き》かれ、リクエストの背後にアヤしげなものを嗅《か》ぎ取ったのも、康文だった。

電話やメールですませればいいものを「直接会って教えてやるよ」と言い出し、陽平まで付き合わせて……三人の都合が今日ようやく揃ったのだ。

二時間の生放送は終盤に差しかかり、番組の目玉企画〈達人が教えるとっておき古都の旅！　番組があなたに代わって老舗《しにせ》旅館に予約を入れておきました！〉のコーナーが始まった。

鎌倉、金沢《かなざわ》、飛騨《ひだ》高山《たかやま》と来て、真打ちは当然ながら京都。司会者の前口上にも力がこもる。

「さて、京都の街を案内してくれるのは、ミヤコ生まれのミヤコ育ち、京都のことなら隅から隅まで知り尽くしている和菓子ライター、春山《はるやま》桜子さんです」

陽平と康文は目を見合わせた。スタジオに設えられたカフェのセットでは、一博が凍りついていた。

モニターの映像がVTRに切り替わる。和服姿の桜子が、楚楚《そそ》とした京美人の趣たっぷりに春の京都の名所を紹介していく。

「武内さん、中高年のご夫婦にもやはり京都は人気の観光地なんですか？」

「ひゃいっ、しょーでしゅっ」

康文は「ここで出ちゃったか……」と天を仰いだ。

その後の一博はボロボロのありさまだった。司会者に質問をされてもトンチンカンな受け答えしかできず、「すみません、聞いてませんでした」とコメンテーター失格の禁句を口にして、しまいには、タブー中のタブー——気の利いた譬《たと》え話をするつもりで、番組スポンサーのライバル企業の商品を「僕も愛用してるんですけど」とポロッと言って……。

最後はもう司会者から話を振られることも、カメラで顔をアップにされることもなく、生放送が終わった。スタッフの冷たい視線を背に、一博はがっくりと落ち込んでスタジオを出る。陽平と康文が待っているのも忘れてしまっていた。

二人はあわててあとを追う。「タケ、しっかりしろよ」と康文が背中を叩《たた》き、「ウーロン茶とか缶コーヒーとか、買ってきましょうか？」と陽平が廊下の自動販売機を指差しても、反応は鈍い。目が泳いでいるし、足取りも危なっかしく右に左にと揺れている。

そんな一博を見て、康文は、ははーん、とうなずいた。

「よお、タケ」今度は肩をグイッと抱く。「おまえ、アレだな、桜子さんに負い目があるんじゃねえのか？　それでビビったんだろ、どうせ」

ドキッ——という、音とも気配ともつかないものが一博の全身からたちのぼったのを、陽平も康文も確かに感じた。

「……違うよ」

一博は康文の手を振り払って「ワケのわかんないこと言うなよなあ」と笑ったが、その笑い方も見るからにぎごちなかった。

「タケ、おまえってほんとに、ガキの頃からわかりやすい奴だったもんなあ」

ツンツン、と肘《ひじ》で脇腹をつついて、「浮気でもしてるんじゃねえのか？　うん？」と流し目でからかいながら、さらに強く肘打ちをつづける。

「違うよ……違うってば、やめろよ、痛いよ、肘、痛いって……」

テレビ局を出た。「とりあえず、まだお昼前だし、どこかでコーヒーでも飲みますか」と陽平が言うと、康文はきっぱりとかぶりを振って「いや、こういうときは酒だ、うん、ここは昼酒だ」と言った。「そうだろ、タケ。どうせシラフじゃしゃべれないことをたくさん抱えてるんだろ？」――一博も不承不承ながらもうなずいた。康文自身はアルコールを一滴も受け付けないのに、そういう酒の必要な場面のツボははずさない男なのだ。

表通りに出た。「昼酒とくれば蕎麦屋《そば》だな。中休みのない店で、じっくり腰を据えて愚痴を聞いてやるとするか」と康文が笑い、「なんで愚痴って最初から決めつけるんだよ、まったく……」と一博がしょぼくれた声で文句を言った、そのときだった。

康文が足を止めて、一博に「タケ、あそこの若い奴、知り合いか？」と訊いた。通りの少し先に、二十代半ば頃の若い男が立っている。上下スウェット姿に、ボサボサの髪――とるものもとりあえず大急ぎでここに駆けつけた、という感じだった。

「じーっとこっち見てるけど、どうなんだ？　知り合いじゃないのか？」

一博は黙って首を横に振った。「ミヤちゃんはどうだ？」と訊かれた陽平にも心当たりはない。

だが、男は確かにこっちをじっと見ている。にらんでいる、と言っていいほど強い視線だった。

「まさか――」

一博がつぶやくのとタイミングを合わせたように、男がこっちに向かって駆け出した。「うおおおおーっ！」と大声で怒鳴って、拳《こぶし》をふりかざし、一博に殴りかかってきた。

男は憤怒《ふんぬ》に満ちた形相だった。

しかし、腕っぷしは、からきし弱かった。

殴りかかった拳は一博にあっさりかわされ、勢い余ってつんのめると康文に腕をつかまれ、後ろ手に締め上げられてしまった。

「痛いっ、痛っ、イタタタタッ、痛いって、やめて、ギブ、ギブ……ギブアップ！」

根性もないのである。

だが、康文に右腕をキメられたままでも、一博をにらむ表情からは怒りは消えていない。

「兄ちゃん、おまえ、いま誰を殴ろうとしたんだよ」と康文が訊くと、「決まってるだろ」と、さらに怖い顔をして一博をにらみつける。

だが、陽平に「知ってるんですか？」と訊かれた一博は、いや、まあ、っていうか、べつに……と歯切れ悪く答え、一歩あとずさる。

「おいタケ、逃げるな」

康文は一博を一喝して、「この兄ちゃん、本気でおまえに怒ってるみたいだぞ」と言う。「本気の相手の言いぶんは本気で聞いてやれ」

「……おまえ、どっちの味方なんだよ」

「スジの通ったほうだ」

きっぱりと、迷いなく言う。「料理の下ごしらえはスジを取らなきゃいかんが、人生のスジは残さなくちゃダメなんだ」――これは少々スベり気味だったが、気持ちはわかる。

思わぬ援軍を得た男は、困惑しながら「あんた、自分のやってること、わかってるのかよ」と一博に言った。すると、康文は一転、「言葉づかいが悪い！」と男の右腕をグッとキメる。男は「痛い痛いっ、すみません、ごめんなさい、痛いですぅ……」と半べそをかいて、「だって、このひとのやってること、監禁とか、誘拐なんですよ」

と子どもがオトナに言いつけるように訴えた。

それを聞いて、一博は天を仰ぎ、やっぱりそうか、とため息をついた。

「兄ちゃん、物騒なこと言ってるんじゃないよ」

「いや、いいんだ、オガ」

覚悟を決めたのだろう、落ち着きを取り戻した口調になって、あらためて男と向き合う。

「きみ……コージーだよな。コージー・マッケンジーだっけ？」

本人は不機嫌そうにうなずいたが、康文と陽平は声を揃えて「はあ？」と聞き返した。この醤油《しょうゆ》顔の青年が、コージー？　マッケンジー？

唖然《あぜん》とする二人に、一博は「話せば長くなるんだよ」と肩をすくめて、力なく笑った。

話は確かに長かったが、あらすじとしてまとめてしまえば、シンプルきわまりない。

「要するにおまえは前のカミさんに復縁を迫って、ケンもホロロに断られた、と」

康文が言うと、コージーは悔しそうにうなずいて認めた。

「それで、彼の前の奥さん……ひなたちゃんは、いまタケさんのウチに無理やり居候してて、もうすぐ赤ちゃんが生まれそうだ、と」

陽平の言葉に、一博は「そうなんだよ……」とため息交じりにうなずいた。

「で、ひなたちゃんの母親が、タケとミヤちゃんの通ってる料理学校のエリカ先生で、おまえが何度直談判《じかだんぱん》しても、ひなたちゃんに会わせてくれなかった、と。そうだな、青年」

引き取って、陽平もつづける。

「で、やっと昨日、エリカ先生からタケさんの名前と『おとなの深呼吸』の編集長ってことを教えてもらったわけだよな」

「でも、住所は教えてくれなかったから、明日《あした》、タケの会社に押しかけるつもりだったんだな」

「ところが、さっきたまたまテレビを点《つ》けたら、生放送の番組にタケさんが出てたから、大あわてでマンションを出て、ここに来た、と」

答え合わせをするように交互に言った陽平と康文は、二人同時に結論へと至った。

この話、どこからどう見ても、一博は巻き添えをくった被害者ではないか――。

陽平はコージーに向き直り、「きみは怒るかもしれないけど、冷静な第三者のオトナとして言わせてもらうぞ」と、諭すように語りかけた。

「もう、ひなたちゃんと離婚したんだろ？　たとえきみが赤ちゃんの父親だとしても、彼女は復縁せずに一人で赤ちゃんを育てようとしてるわけだから、はっきり言えば、彼女と赤ちゃんのこれからの人生に、きみはもう関係ないわけなんだよ」

そこは認めなきゃダメだ、とつづけた。

コージーはうつむいて、返事をしない。ただ、話を聞いていないわけではなさそうだった。

「このままだと、ストーカーだぞ。犯罪になっちゃうんだぞ。わかるだろう？」

すると、コージーはキッと顔を上げた。怒りと悲しみの入り交じった目は、赤く潤んでいた。

ボサボサの髪に手をやって、前髪をギュッとつかみ、その手を乱暴なしぐさで下げると──青々としたスキンヘッドが出てきた。

「おまえ……ヅラだったのかよ……」

康文が唖然として言うと、コージーは「悪いっスか」と涙声で言い返す。陽平が「この青さだと、昨日とかおとついとか、ごく最近剃《そ》ったんじゃないのか？」と訊《き》くと、「ゆうべっス」と手の甲で涙を拭《ふ》きながら言う。「オレの覚悟と気合、ひなたに見せようと思って」

その言葉を聞いた一博は、がっくりと肩を落とし、「そこなんだよ……」と、途方に暮れた顔でつぶやいた。「そこが、そもそも、まるっきり間違いなんだよ……」

「え？」とコージーが振り向いたが、一博はそれにはかまわず、陽平と康文にコージーの過去――「小島健次」が「コージー・マッケンジー」になった所以《ゆえん》について説明していった。

ビジュアル系バンドのことは、陽平は中学教師という仕事柄、かろうじて理解できる。

だが、康文は話の途中で「ちょっと待てよ、なんで男が化粧しなくちゃいけないんだ？」と初歩的かつ根源的な質問をする。「で、なんで日本人なのにガイジンみたいな名前にしなきゃいけないんだ？」――まことに正論である。

それを陽平と一博の二人がかりで「まあ、いろいろあるんですよ」「そうだよ、難しいんだ、音楽ってのも」とかわして話を先に進めていった。

「要するに、コージーとしては、よかれと思ってバンドをやめて、化粧もやめて、金髪も黒く戻したわけだ。生まれてくる赤ちゃんとひなたちゃんのために、良き父親、良き夫になろうと思って、就職もしたんだ。でも、ひなたちゃんとエリカ先生に言わせれば、それが大失敗、大間違いなんだよ。赤ちゃんができたぐらいのことでバンドをやめるような奴はサイテーだ、って……」

コージー本人もエリカ先生からそのことを言われているのだろう、一博の言葉に反論はせず、しょんぼりとうなだれて聞いていた。

一博は諭すようにつづけた。

「なんでスキンヘッドなんかにしちゃうんだよ。よけい状況が悪くなるだけだろう？覚悟と気合なんて、見せれば見せるほど逆効果になるだけなんだよ。いいかげんに学習しろよ、なあ」

嫌いではないのだ。同情を寄せてもいるのだ。しかし、エリカ先生母子を説得できる自信は、まったくない……。

落ち込んでカツラをかぶり直したコージーに、今度は康文が声をかけた。

「なあ青年、俺には音楽のことはよくわからないんだが、おまえ、最初は音楽でメシを食いたいと思ってたんだろう？」

妙に切々として、しみじみとした、感慨深そうな口調だった。

「青春を音楽に賭《か》けたわけだ。そうだな、青年」

「はあ……」

「カノジョと結婚しても、やっぱりその夢は捨てられずに、言ってみりゃオンナよりも夢を選んだってわけだ」

「そう……なりますね、はい」

「ひとごとみたいに言うんじゃない」

「……すみません」

「なんでも謝るんじゃない。胸を張れ、青年」

　ほら、こうだ、こう、と康文は腕組みをして胸を張る。そのお手本に倣《なら》って、コージーも同じポーズをとる。腕組みは要らないんじゃないかと陽平は思うのだが、康文は満足そうに、そうそう、それでいい、とうなずいて話をつづけた。

「そんなおまえが、生まれてくる赤ちゃんのために音楽を捨てたわけだ。青春の夢よりも赤ちゃんを選んで、ママになるカノジョを支えようとしたわけだ。そうだよな、青年」

「……うっす」

　腕組みのせいなのか、頼りなかったコージーの受け答えの声が、急に低く、シブくなった。

「えらいっ！」

　康文は声を張り上げた。「青年、おまえは間違ってない！　俺が保証する！　おまえはいい奴だ！」と力強くコージーを肯定して、その勢いのまま一博を振り向いた。

「おう、タケ！　そのヒナタだかヒカゲだかっていう子は、いま、おまえんちにいるのか！」

　気おされた一博がうなずくと、よしっ、とコージーに向き直る。

「行くぞ、青年」

「押忍《おす》っ！」

康文はタクシーをつかまえるために車道に出た。コージーもはじかれたようにあとにつづく。

一博はあわてて二人を追って車道に出ると、右手を挙げる康文の前に立ちはだかった。

「行っちゃだめだ！」

「なに言ってんだよ、タケ、邪魔だからちょっとどいてくれ」

「オガは関係ないだろ」

「それを言うなら、おまえだって無関係じゃねえか。いいから、ここは俺に任せろ。本人同士を会わせて直接話をさせるのが、一番早いんだよ、こういうときは」

「だめだ、絶対にだめだって！」

一博は康文の前に仁王立ちしたまま、コージーに目をやって、「ひなたちゃんのことをそこまで思ってるんなら、いまはあきらめろ！」と言う。

出産予定日の五月五日まで、あと二週間――。

「精神的に動揺したり興奮したりすると、万が一のことだってあるんだ！　いまはよけいな刺激を与えないでくれ！」

「赤の他人のおまえが守るスジなんてないだろう！」

「赤の他人でも、あの子はいまウチにいるんだ、ひとのウチでよけいなゴタゴタは起こすな！」

「じゃあ外におっぽり出せよ！」

「そんなことできるか！」

タクシーが停まると、一博が乗り込んだ。「あ、おい、こら、待て……」とあわてる康文に、窓を開けて「押しかけてきたら警察を呼ぶからな。本気だぞ、わかったな」と釘《くぎ》を刺し、車を出すようドライバーに伝えた。

康文はタクシーを追いかけなかった。意外とあっさり歩道に戻ってきて、未練がましく車道に残っていたコージーに「おい青年、そんなところに突っ立ってたら、車にはねられても知らねえぞ」と言う。

「……え？」

「いいから、こっちに来い」

手招いて、陽平に向き直り、「タケの野郎、すっかりじいさん気取りだ」と苦笑した。

「あいつはガキの頃から、お洒落《しゃれ》でスカしてるんだけど、じじい臭い奴だったんだ。ミヤちゃんの生徒にもいるだろ、『長老』とか『じい』とかっていうあだ名の似合う奴。妙に落ち着いてて、冷静で、目配りもできて、それなりに頼りになるんだけど、悲しいぐらい若さがないんだ」

「わかります、なんとなく」

「まさにタケがそうなんだ。女子がらみの話だと特に生真面目になって、道徳とか礼儀とかにやたらとうるさくなるんだよ。同級生でスカートめくりをしなかったのってタケだけだったし、学級会で手を挙げて、スカートめくりはよくないと思いますなんて言い出したこともあった」

「それ、女子のみんなは喜んだんですか？」

「気色悪がられてた。そんなのを言う人が一番エッチとか、むっつりスケベとか」

「ですよね……」

「まあ、だから、あいつはいま、生まれてくる赤ちゃんのひいじいさんだ。そういう目線で、赤ちゃんやひなたちゃんのことを心配してるんだ」

「ひいじいさん？　おじいさんじゃなくて？」

「だってそうだろ、ひなたちゃんの父親の目線になると、エリカ先生のコレってことだぞ」

小指を立てて、「エリカ先生に対してもどうせ自然に父親目線になってるよ、あいつはどうせ」と笑う。エリカ先生の父親は、すなわちひなたちゃんのおじいさんで、生まれてくる赤ちゃんのひいおじいちゃん――そのポジションを、一博は自ら望んで選び取ったのだ。

「要するに、臆病《おくびょう》ってことだ。オトコとオンナのプレッシャーに耐えきれないんだよ」

康文はそう言って、「桜子さんとも、意外とそんな感じだったんじゃないのかな」と真顔で付け加えた。さっきのスタジオでの狼狽《ろうばい》ぶりを思いだしながら、陽平もうなずく。桜子さんが別居生活を切り上げる日を待ちわびている一方で、実際に彼女が京都から帰ってきたら、じつは一博は困り果ててしまうのではないか……？

「そこでだ、青年」

康文はコージーを振り向き、「将を射んと欲すればまず馬を射よ、って言葉は知ってるな？」と訊《き》いた。

きょとんとするコージーに「勉強しろ」と短く言って、さっさと本題に入る。

「ひなたちゃんに会うには、その前にエリカ先生をなんとかしなきゃいけない。そうだよな？」

「はい……」

コージーは早くもひるんでいた。

「ただ、ミヤちゃんやタケの話を聞いてると、エリカ先生ってのは、とてもじゃないが青年の太刀打ちできる相手じゃなさそうだ」

「なに涙目になってるんだ。胸を張れ、青年」

「おっ、押忍！」

「ということは、狙い目は一つしかないわけだ」

ひなたちゃんとエリカ先生を乗せた馬――。

「タケを狙え」

「押忍っ！」

返事が力強くなる。

「あいつなら、なんとかなる。与《くみ》し・やすし……漫才のコンビじゃないぞ」

康文の小ボケは不発に終わった。コージーは困ったように頬をゆるめるだけだった。

おそらく「与しやすし」の意味を知らなかったのだろう。

康文はまた「教養つけろ」と短く言って、話をつづけた。

「幸いにして、あいつはいま、じじいさんモードに入って、じじいの目線でひなたちゃんを見てる。そこを衝《つ》けば話が早い。青年、じじいの心を揺り動かすにはなにがいいと思う？」

「……肩でも揉《も》みますか」

「体を揺り動かしてどうする！」

「そうなんです……」

「すみませんっ」

「年寄りってのは、けなげな心には弱いものだ」

たとえば、あいつの場合なら——と康文は遠くを見る目になって言った。

「『ごんぎつね』だな」

「……それって、あの、国語の教科書の？」

康文はうなずいて、「ガキの頃のタケは、学校で『ごんぎつね』を読んでるときに号泣したんだ」と言って、目をコージーに戻し、「な？　じじいだろ？」といたずらっぽく笑った。

康文は自ら立てた作戦を『オペレーション・ごん』と名付けた。

「要するに、ひなたちゃんへのプレゼントを毎朝タケんちの前に置いて行くんだ。ついでにひなたちゃんに会おう、なんて思っちゃいけない。プレゼントを置いたらすぐにひきあげるんだ。わかるな、青年。善意百パーセント、見返りなし、あなたのお役に立つことだけがワタクシの願いです、って感じだ」

コージーが「でも……」と言いかけるのを手で制して、「玄関のチャイムを押さないところがミソだ」と言う。「そーっと来て、プレゼントだけ置いて、そーっと帰る、それを来る日も来る日もつづけるわけだ」

『ごんぎつね』のごんが、いたずらをしたお詫《わ》びに兵十《ひょうじゅう》の家に栗やマツタケをこっそり置いて立ち去ったように――。

「どんなものを贈ればいいんですか？」

「さあ、そこだ、青年。なにを贈るかで、おまえのオトコとしての器量が問われるんだ。ひなたちゃんへの愛が試されるんだよ」

「押忍《おす》……っ」

「カネで買えるものじゃ意味がない。贈るのはモノじゃなくてココロなんだ。正確にはココロの見えるモノ、モノに託したココロ、それをなるべく向こうに負担のかからない形で贈るわけだ」

「負担のかからない、って？」

「オリジナルのラブソングなんて贈られてみろ。惚《ほ》れた腫《は》れたの時期を過ぎたあとは、呪いのカセットテープと同じじゃないか」

コージーは頬をカッと赤くしてうつむいてしまった。どうやら贈ったようである。

「俺のお薦めは――」

ゴホンと咳払《せきばら》いして、「食いものだ」と言う。

「これなら食ってしまえば終わりだ。あとに残るものじゃないから向こうの負担も少ないし、『おいしい』っていうストレートな喜びもあるし、腹が減ったときには理屈抜きにありがたいものだ。クリスタルガラスのビーズなんて、役に立つのか立たないのか、よくわからんだろう」

コージーはまたもや頬を赤く染める。どうやら、それも贈ったようである。

「でも……ココロの見える食べものって……」

「そんなの簡単だ。青年、おまえがつくるんだよ。手料理を毎朝届けるんだ」

康文はこともなげに言って、「心配するな、俺がコーチしてやる」と笑った。


高架になった私鉄の駅を降りてしばらく歩くと、「昭和」の香り漂う商店街に出た。

鍋釜横丁商店街——字面どおり、庶民的で活気あふれる商店街である。チェーン店はほとんどなく、大型店舗もない。家族経営の店が八割を超えているのだという。どの店も飛び抜けて割安だったり品揃えがユニークだったりするわけではないのだが、その平凡であたりまえなところが底力でもあるのか、日曜日の昼前だというのに、早くも自転車では通りづらいほどにぎわっている。

「東京にも、こういうところって、まだあるんですねえ」

コージーは珍しそうにきょろきょろと見回しながら言う。テレビ局の前から地下鉄と私鉄を乗り継いで、ここまで来た。最初は「オレ、ジャージのままで平気ですか？」とひるんでいたが、康文は「安心しろ。ジャージでも上下揃いなら、スーツと同じだ」と言った——その言葉の意味をやっと理解したようだ。

もっとも、初めて訪ねたコージーには自慢げな康文も、ひさしぶりに鍋釜横丁を歩く陽平には少し気弱な本音を覗《のぞ》かせる。

「ミヤちゃんも気づいてると思うけど、シャッターの下りてる店もけっこうあるだろ」

「ええ……」

「この半年で三軒つぶれたし、やってるのかやってないのかわからなくなった店も何軒もある。いまはまだそれなりに活気はあるけど、空き店舗や更地は少しずつ増えてるから……将来はわからないよな」

しゃべりながら、通りかかる店の一軒一軒を覗き込んで、店主と挨拶《あいさつ》を交わす。買い物客にも顔見知りは多い。この町に生まれ育った生え抜きである。多くの店が後継者問題に悩むなか、商店街の若きリーダーとしての重責を担っている——五十歳の男が「若き」になってしまうところが、なによりの問題ではあるのだが。

商店街の真ん中あたりで、康文は「あそこだよ」と足を止めた。数軒先が『ニコニコ亭』の店舗兼厨房《ちゆうぼう》兼自宅だった。築四十年近い平屋建てである。次々にビルに建て替えられる周囲の店舗をよそに、「商売人はひとさまを見下ろすべからず」という先代・兵吉さんの遺訓を頑として守りつづける千春さんが、店番をしているのが見える。

「いいか青年、よく聞け」

康文はコージーの肩を抱いて「あのばあさんが今日からおまえの師匠だ」と言った。

「話が違うじゃないですか」

コージーはあわてて言った。「小川さんが料理教えてくれるんじゃないんですか？」

だが、康文は肩を抱いたまま、すまし顔で「言っただろ、俺がコーチしてやる、って」と返す。「コーチは俺で、師匠はあのばあさんだ。文句あるのか」

肩を抱く腕の角度が深くなる。肩というより首に腕を巻きつける格好になった。

「いや、だって、ヤバいじゃないですか、ダメですよマジ、あのばあさん怖そうじゃないですか、見るからに頑固一徹って感じじゃないですか」

「ひとのおふくろを悪く言うな、若造」

呼び方を「青年」から格下げして、グッと腕に力を込める。首を絞められて苦しそうにうめくコージーに、康文は「コケシみたいに細い首だなあ」あきれ顔で言って、腕の力をゆるめた。

「心配するな、おふくろは意外と怖くない」

「そうですか？」

「ああ。ひとにも自分にも厳しいだけだ」

「……それを怖いっていうんじゃないですか」

康文は「でもな」と、コージーの頭からカツラを取った。「おふくろは、思いあってこんなことをする間抜けのことは、決して嫌いじゃない」

それに、とカツラをかぶせて、つづける。

「あのばあさん、ワケありで子どもに会えない親の気持ちは、よーくわかってるはずだからな」

陽平は心の中で深くうなずいた。そういうことか、と納得して、少しせつなくなった。わが子に会えないのは、康文自身の立場でもある。前妻との間に生まれた一人息子とは、離婚以来十年、一度も会っていないのだという。そんな事情もあって、コージーに肩入れする気になったのだろう。

「よし行くぞ、しっかり修業して、師匠に可愛がられるんだぞ」

歩きだすと、陽平はすぐ先の電柱の貼り紙に気づいた。〈アルバイト急募――『ニコニコ亭』〉とある。康文は電柱の脇を通り過ぎるとき、その貼り紙をなに食わぬ顔でビリッとはがして、丸めてズボンのポケットにつっこんだ。

ちょうどその頃、一博は――エリカ先生とひなたちゃんの母子を、二人そろって叱りつけていた。

「何度言ったらわかるんだよ、まったく……」

テーブルの上に並んだスナック菓子の箱や袋を指差して、「どう考えたってカロリーオーバーじゃないか」と、腹立たしさと情けなさの入り交じった顔で、ひなたちゃんをにらむ。

「だって、おなか空《す》いてたんだもん。武内さんが朝ごはんつくってくれなかったせいだよ」

ひなたちゃんが言い返すと、エリカ先生も横から「起きてみたら、食べるものなーんにもないんだもん。びっくりしちゃうわよ」と口をとがらせる。「信じられない、無責任すぎるわよ」

「なに勝手なこと言ってるんだ。ぐーすか寝てたのはそっちじゃないか」

和室で寝入っている二人に、襖《ふすま》越しに何度も何度も「起きろよ」「朝だぞ」「俺、そろそろ出ないと遅刻しちゃうんだよ」と声をかけたのだ。テレビ局に出かけるぎりぎりまで待ったが、むだだった。

「それより、もうお昼過ぎてるでしょ。おなか空いちゃった。お昼ごはん、よろしくお願いしまーす」「楽しみにお待ちしてまーす」

頼み事をするときだけは、二人そろって満面の笑みを浮かべるのだ。それも、なんというか、なかなか魅力的な笑顔というところが、いっそうタチが悪いのである。

負けるものか、と気合を込めて言った。

「エリカ先生、あなたも仮にも料理教室の先生なんだから、ひなたちゃんのごはんぐらい、たまにはつくってあげたらどうなんだ」

だが、エリカ先生はすまし顔で「プロは仕事以外では技を見せないものです」と言う。ひなたちゃんもすかさず「武内さんのごはんのほうがママのより一万倍おいしいんだもん」とヨイショをして、ふくらみきったおなかをさすって、とどめの一言「赤ちゃんのためにも、おいしくて栄養があってカロリーオフのごはん、よろしくお願いしまーす」――気合を込めたはずの一博の形相は、もろくも負け犬モードになってしまった。

しかたなく、水菜とトマトと鶏《とり》のササミでサラダをつくった。ササミは軽く醤油《しょうゆ》にくぐらせてから焼いた。味付けはそれだけ。焦げ目の香ばしさが薄味を補って余りある風味をつけてくれる。

つづいて、中骨入りの鮭缶と冷凍のフライドポテトを使ってミルクスープをつくった。昼食なのだから、少しは楽をさせてもらいたい。

メインは、豆腐丼――居候二人もお気に入りの一品である。細かく砕いて明太子と混ぜ込んだ木綿豆腐を、少し冷ましたご飯の上に載せ、ごまとシラスと大葉を散らして、だし醤油をひとしずく垂らしただけ。あとはスプーンで掻《か》き混ぜて、わしわしと食べていけばいい。

気をつけるのは、豆腐の水切りをしっかりやっておく程度で、あとはつくるのも食べるのもシンプルそのもの。シラスを刻みタクアンやクリームチーズに変えてもいいし、カリカリに焼いたベーコンを載せると若者にも向く。大葉の代わりは海苔《のり》やおぼろ昆布だって悪くない。夏場にはミョウガやオクラでさっぱりと、というのもいい。さらに、例によってエリカ先生が「こんなのどーかなっ？」とポテトチップスや柿の種やベビースターラーメンをパラッと散らしてみると、これがまた、意外と、悔しいほどによく合うのである。

エリカ先生とひなたちゃんは、さっそく昼食を食べながら、一博そっちのけでおしゃべりを始めた。午後から買い物に出かけるつもりらしい。

やれやれ、と一博はソファーでため息をついた。のんきなものだ。いいかげんなものだ。でたらめじゃないか、まったく……。

出産予定日まであと二週間を切ったというのに、本人にも親にも緊張感はまるでない。自覚もなければ反省や向上心もなく、そもそもまっとうな社会人としての常識や良識や見識というものが、これっぽっちも感じられない。

そんな二人にコージーの悲壮な決意を話していいものかどうか迷っていたら、エリカ先生が「あ、そうだそうだ」と声をかけてきた。「武内さんが出てたテレビ、録画してるんですよね。いまから一緒に観ましょうよ」

「なんだ、オンエアで観なかったのか」

「だって寝てたんだもん」

悪びれもせずに言って、さっさと自分でリモコンを操作する。

画面に一博が映し出されると、二人そろって「やだぁ」「出たーっ」と笑った。

「武内さんって、テレビだと意外とシブくて、ハードボイルドっぽいですよね」

エリカ先生が言うと、ひなたちゃんも「そうそう、お洒落《しゃれ》だし、やっぱりカッコいいよ」とうなずく。半分ヨイショだとわかっていても、一博も悪い気はしない。実際、ヒット雑誌の編集長として時代の潮流を分析する姿は、われながらキリッとしていて、知性と経験とダンディズムあふれるナイスミドルの理想像を体現していると思う。

「でも」ひなたちゃんが声をかけてきた。「ウチにいるときの武内さんっていつもショボいじゃないですか、イメージ、全然違うんですけど」

誰のせいだと思ってるんだ——と言い返そうとしたら、エリカ先生が「なに言ってるの」とひなたちゃんを軽くにらんだ。「ウチに帰ったときぐらい気をゆるめないと疲れちゃうでしょ」

「ってことは、ショボいほうが武内さんの『素《す》』なわけね」

「そうそう、わたしやひなたがいるから、武内さんもウチに帰ると安心して『素』に戻れるの」

「じゃあ、わたしたちのおかげで、武内さん、ストレスが溜《た》まらずにすんでるんだね」

　違うだろ、逆だろ——。

　番組は〈達人が教えるとっておき古都の旅！〉のコーナーに入った。桜子との再会まで、あとわずか。画面の中の一博は、数分後の展開など知る由もなく、気取った顔で座っている。それが自分でも情けなく、痛ましい。

「ねえママ、こういうコーナーのレポーターのひとって、地元の有名人なんでしょ？」

「まあね、たとえ自分が有名じゃなくても、いろいろと人脈はあるだろうね。だから『達人』ってことでしょ」

　そう、きっと桜子もそうなのだ。番組では「和菓子ライター」と紹介されていた。いつからそう名乗るようになったのか。親の介護のかたわら和菓子を勉強して、その片手間にアルバイト感覚で雑誌の取材の仕事をしているというだけではなかったのか？「ミヤコ生まれのミヤコ育ち」とも紹介されていた。東京で俺と過ごした日々は「なかったこと」にされてしまったのか？

　画面に桜子が映った。すると、エリカ先生は「わたし、このひと嫌いだなー、なんとなく」と顔をしかめて言った。

エリカ先生もひなたちゃんも、一博の奥さんが京都に住んでいることは知っている。だが、顔や名前については、少なくとも一博が教えた覚えはない。

だから、「京都の人ってスカしてるのよね、どうせ京都以外はみんな田舎者って思ってるのよ」と画面の中の桜子をにらむエリカ先生も、「春山桜子なんて、なんか百人一首みたいだよねー、平安時代じゃないっての」と笑うひなたちゃんも、決して一博の奥さんの悪口を言っているつもりはないのだ。

むしろ逆に、エリカ先生は「奥さんも大変なんじゃないですか？　京都ってよそ者に厳しいんでしょ？」と一博に言う。「いや、その、彼女はもともと京都の生まれだから……」と一博が訂正すると、今度はひなたちゃんが「いったん東京に出て行っちゃった人のほうが、かえって帰ってきたあと居心地が悪かったりして」と、同情するように眉《まゆ》をひそめる。

そして、また二人そろって——まるでそれが一博へのサービスだと思っているみたいに、テレビに映る桜子を悪く言いつのるのだ。

「この人、結婚してるのかなあ」「してるわよ、だってオバサンじゃない。若作りしてるけど、五十近いわよ、絶対に」「和服だと歳や体型がわかんないもんね」「あと髪を上げると、目尻《めじり》のシワも伸びるの」「和服って便利なんだね」「ずるいのよ、ひきょうなのよ、和服のオバサンっていうのは」「京都ってそんな人ばっかりでしょ」「そうよ、テレビに出てチャラチャラしてるようなオバサンのくせに、なにが和菓子ライターよ。和菓子の世界をナメるんじゃないっての」……。

横から口を挟みたいのをグッとこらえて、一博は黙っていた。奇妙な気分だった。知らぬこととはいえ自分の妻を悪く言われるのは、もちろん不愉快である。しかし、その一方で、なにか溜飲《りゅういん》が下がるというか、もっと言え、もっと言え、と煽《あお》りたくもなってしまうのだ。

「あんなオバサンのダンナって、どんな奴なんだろうね」「どうせ尻に敷かれてるのよ」「でも、意外と仕事はデキるのよね」「そうそう、でも『素』はヘタレなの」「わかるーっ」……。

ムッとする。悔しい。しかし、当たっている。「彼女のダンナが俺だ！」と真相を明かして二人を絶句させたい。しかし、もっと聞いていたい。

俺って、ちょっといま、ヘンなのか――？

京都案内のコーナーが終わって、画面はコマーシャルに切り替わった。エリカ先生はリモコンを手に取った。てっきりコマーシャルを早送りするものだと思っていたら、画面が逆戻りして、再び桜子の顔がアップになって、リモコンのポーズボタンで止まった。

そして、エリカ先生とひなたちゃんはキッと一博を振り向いた。にらんでいた。怒っていた。でも――なんで？

「見損ないました」とエリカ先生が言った。

「フォローあるかと思ってたのに」と、ひなたちゃんがつづけた。「武内さんがこんなに冷たい人だと思わなかったなー」

「……どういうことだ？」

「このレポーターのひと、奥さんですよね」とエリカ先生が言った。

絶句して固まってしまった一博に、ひなたちゃんが「ネットに出てたよ、ツーショットの画像」と教えてくれた。「ワン・プラス・ワンのパートナー夫婦とかなんとか、って」

ほら、これ、とiPadを何度かタップして、画面を一博に見せた。十年ほど前に雑誌のグラビアに載った写真だ。「自立したオトナ同士の夫婦が友人たちを招いてホームパーティーを楽しむ秋の休日」という趣向のページだった。

「今朝のテレビ、ママと生放送で観たとき、びっくりしちゃいました。夫婦共演じゃん、って」

「いや、だって、さっきはオンエアで観てない、って……」

「観ないわけないじゃないですか。家主さんの晴れ姿なのに。で、桜子さんが登場したあとはずっと目が泳ぎまくってたでしょ？　だから、ママと二人で、武内さんって奥さんのことどう思ってるのかなあ、って」

「それで、いま……試したのか？」

「はい」

あっさりうなずいて、「少なくとも武内さんには、もう夫婦の愛はないんだってこと、確認させてもらいました」と、いきなり決めつけた。

「ちょっと待てよ、待ってくれ、そうじゃなくて、それ、誤解っていうか――」

言い訳をさえぎって、エリカ先生がぴしゃりと言った。

「武内さん、離婚したほうがいいですよ」


離婚――。

それは、いままで一度も考えなかったというわけではない。

別居して四年半もたっている。桜子が東京に戻ってくる気配はさっぱりないし、こちらから京都に足繁く通うのもスジが違う気がして、今年は正月に電話で話したきり、まだ一度も連絡を取っていない。夫婦の将来のことを話す以前に、近況報告すら満足にできていないのだ。

桜子に帰ってきてほしくないわけではない。できれば一緒に暮らしたい。あたりまえだ。夫婦なのだから。その思いはある、もちろんある、心の真ん中にずっと居座っている。しかし、ときどき思ってしまう。「夫婦なのだから」は確かに心の真ん中にあっても、それはもはや抜け殻ではないのか？　外から見たらわからなくても、中を覗《のぞ》いてみると、もはやそこは空っぽになってしまっているのでは……？

深刻な顔をして黙り込んだ一博に、ひなたちゃんはあわてて言った。

「武内さん、あのですね、いまの離婚とかなんとかって、あんまりガチにしないでほしいんですけど……サラッと笑って流してもらっていいですか？」

だが、エリカ先生は一博に調子を合わせるように眉間《みけん》に皺《しわ》を寄せ、腕組みをして、

「ガチにしてもらっていいんじゃないの？」とひなたちゃんに言った。「バツ2の経験上、言わせてもらうと、かなり重症だから、この二人。ほとんど終わり」

一博に向き直って、「自分でもそう思ってるんでしょ？」と、確信に満ちた様子でつづける。

思わず一博が目をそらしたとき、テーブルの上のスマートフォンが鳴った。逃げ道ができた。ほっとして画面を覗き込むと、そこには〈桜子〉と出ていた。

着信メロディーの『天国と地獄』が鳴り響くなか、椅子の脚にスネをぶつけ、つんのめって戸口の壁に頭をぶつけそうになり、スリッパも片方脱げたまま、桜子の部屋に駆け込んだ。

「もしもし、俺、俺、俺だけど……」

息をはずませたまま、声を裏返らせて電話に出ると、桜子は「あたりまえじゃない、あなたの電話なんだから」と笑った。

もともと桜子にとっては「どすえ」「おへん」の京都弁こそがネイティブのはずだが、東京にいた頃はずっとつかっていなかった。いまでも一博と話すときには東京の言葉――そのことに地理的な距離を超えたよそよそしさを感じてしまうのは、被害妄想なのだろうか……。

「今朝の番組にあなたも出てたのね。わたし、オンエアは観てなかったから、さっきお友だちから聞いて、びっくりしちゃった」

「俺も……驚いたよ」

「世間って狭いのね」

いや、俺たちは「夫婦」なんだから、「世間」のスケール感で語ってはならないのではないか。

「お友だちから聞かされたときは外にいたんだけど、それで急いで事務所に戻って、録画しておいたのをいまチェックして、懐かしくなって電話したってわけ」

いや、だから、「夫婦」に「懐かしさ」が介在してはいけないのではないか。

だが、その前に――。

「事務所って？」

「あれ？　言ってなかった？　ウチで仕事をするのも手狭になったし、アシスタントさんもバイトで入れたから、今月からマンション借りてるの」

「……お金は？」

やだぁ、とあきれて笑われた。「ワンルームだから家賃も知れてるし、わたしだってそれくらいは稼いでるわよ」

「お義母《かあ》さんの介護のほうは……」

「あ、それもなんとかなったの。いいヘルパーさんが来てくれて、お母さんとも打ち解けて、すっかり仲良くやってるから」

冗談じゃない、だったらもう京都にいる理由なんてないじゃないか――。

喉元《のどもと》まで出かかった言葉をグッと呑《の》み込んだとき、リビングのほうから、エリカ先生の悲鳴が聞こえた。

「ねえ、いま、なにか声がしなかった？　誰か遊びに来てるの？」

「そう、そうそうそう、そうなんだ……日曜日だから、うん……」

うわずった声でごまかしながらも、スマホをあてていないほうの耳は懸命にリビングの様子を探っている。

悲鳴はひと声だけだったが、ばたばたとした大きな物音がつづいている。なにかあったのだ。なにかが起きたのだ。その「なにか」とは――想像を巡らせる間もなく、背筋がひやっとした。

「会社のひと？」

「あ、いや、っていうか、まあ、そんな感じなんだけど……」

「ホームパーティーとか？」

「違う違う違う違うってっ」

声が裏返ってしまい、ひゃうひゃうひゃうひゃうううっひぇっ、としか聞こえない。

「やだぁ、ムキになって打ち消すほどのことじゃないでしょ。日曜日に遊びに来てくれる部下がいるなんて、編集長冥利《みょうり》に尽きるんじゃない？」

桜子はのんきに言って、のんきに笑う。以前から早口でしゃべることはめったにない性格だったが、京都暮らしが長くなったせいか、いっそう口調がおっとりしてきた。

そのテンポが、いまの一博には、もどかしくてしかたない。リビングからは物音に交じって、またエリカ先生の声も聞こえるようになった。なにかを、誰かに、強い調子で言っている。叱るような、励ますような、落ち着かせるような……。

ひなたちゃんの声は聞こえない。それがよけいに一博をやきもきさせ、いらだたせて、もう限界だった。

「悪い！　いま取り込み中なんだ、ごめん！」

電話を切るのと同時に、ドアがノックされた。

思わずその場で身をすくめ、「ひゃいっ！」と甲高い声で返事をすると、意外にもドアはゆっくりと開いた。

「もう電話いいんですか？」

エリカ先生の表情に狼狽《ろうばい》した様子はない。だが、髪をひっつめたおでこには、汗がじっとりと浮かんでいた。

「電話はいいんだ、そんなのいいんだ、それより、いまの悲鳴──」

「産気づいちゃったみたいです、あの子」

口調はさっきの桜子に負けないぐらいのんびりしていたが、頬は見るからにこわばっていた。

リビングに駆け戻ると、ひなたちゃんはおなかを押さえてソファーにいた。背筋を伸ばすのもつらいのだろう、腰にクッションをあてて、背もたれに体を沈めるようにして、うめいている。

一博には「おい、だいじょうぶか？」と声をかける以上のことはなにもできない。経験がない──あたりまえである、というだけでなく、知識そのものがない。陣痛とはどんなものなのか。「産気づく」とは、いったいどういう状態なのか。言葉はわかっていても、中身はなにも理解できていない。おなかの痛みはどんな感じなのか。シクシク痛むのかキリキリ痛むのかズキズキ痛むのか。陣痛が始まってから出産まではどれくらいかかるのか。なにより、予定日の二週間前の出産というのは、かなりヤバいことなのか、そうでもないのか……。

「救急車、呼ぼうか？」

エリカ先生に訊くと、「だいじょうぶですよ」とあっさり返された。

「早産っていうんだっけ……」

「臨月ですから、早産の時期は過ぎてます。もうここまで来れば、いつ出産しても、まず平気ですよ。だいじょうぶ、心配なしっ」

最後の「だいじょうぶ、心配なしっ」は、ひなたちゃんに向かって、だった。

「それより、ご飯かお餅《もち》、ありますか？」

「は？」

「お産は長丁場ですから、ちょっとおなかに入れておいたほうがいいんです」

ご飯はちょうど冷凍モノを切らしてしまっていたが、餅ならパックの切り餅がある。

「焼いて、磯辺巻きとか？」

「もっとボリュームあったほうがいいかも。卵とかチーズとか足して。わたし、いまから入院の支度をしますから、その間にお餅でなにかつくっててくださいね」

じゃあよろしく、と和室に入りかけたエリカ先生は、すぐに戻ってきて「豚バラ、今日までですから、使い切っちゃってください」とだけ言って、また和室に引き返す。

こういうときに消費期限——？

あきれる半面、それで一博もやっと冷静になれた。エリカ先生はその効果を狙って、わざわざ戻ってきてくれたのかもしれない。いいかげんなのか頼りがいがあるのかわかんないひとだなあ、と苦笑いを浮かべながら、一博は切り餅をパックから取り出した。

「餅」「お手軽」でインターネットを検索して、餅のピザ風お好み焼きのレシピを見つけた。

あらかじめ電子レンジで加熱してやわらかくしておいた餅をフライパンに移し、お玉の底で押し広げるようにして焼きながら、卵を割り入れて箸《はし》で黄身をつぶす。その上に豚バラ肉とピザ用チーズを載せて、蒸し焼きにするだけ。焦げつかないよう、卵を入れたあとの火加減にさえ注意しておけば、あとはまず失敗はないのだという。

「男のこだわり料理」にこだわる一博にとっては、拍子抜けするほどのシンプルな料理だったが、いまは凝ったものをつくっている場合ではない。せめてソースぐらいは……と、ウスターソースにオイスターソースを混ぜていたら、その前にエリカ先生が「早く食べちゃいなさい」と、お好み焼き用のソースをかけてしまった。

それでも、ひなたちゃんは「痛いよー、おなか痛いよー」と半べそをかきながら、餅一枚ぶんのピザ風お好み焼きをたいらげた。

エリカ先生はその間に入院の支度をして、病院に電話をかけて、いまから向かうことを告げた。

「じゃあ、行ってきまーす」「産んできまーす」

玄関に向かう二人を、一博は思わず呼び止めた。

「あの……俺は行かなくても——」

「留守番に決まってるじゃないですか」とエリカ先生は笑って言った。「武内さんが赤ちゃんに対面したってしょーがないでしょ？」とひなたちゃんも脂汗を流しながら、頬をゆるめる。

「でも、病院まで、俺の車で連れて行くよ」

「どんな車でしたっけ、武内さんの車……ワンボックスとか、ワゴン？」

訊かれて、ああそうか、と思い知らされた。一博の愛車は、桜子が東京にいた頃から大事に乗っているツーシーターのコンバーチブル——おなかの大きなひなたちゃんを乗せるには、あまりにも不向きだった。

「じゃあ、せめて、赤ちゃんが生まれそうなことを連絡する相手、いるんだったら、俺が伝言するけど……」

エリカ先生とひなたちゃんは顔を見合わせた。

「で、本人は伝言を頼んだわけじゃないんだな」

康文に念を押して訊《き》かれた。

「断るどころか、最初からコージーのことなんて、頭の片隅にも浮かんでなかったみたいだ」

一博は憮然《ぶぜん》として応《こた》え、「ひなたちゃんもエリカ先生も、二人とも」と付け加えた。

「だから、俺の一存で電話しようと思ったんだけど、俺はあいつのケータイの番号を知らないから……」

こういうところに気の回る康文なら訊いているのではないかと、一縷《いちる》の望みを託して電話をかけたのだ。

「青年なら、いるぞ、ウチに」

康文はあっさり言った。

「なんで？」

「いろいろあるんだ、世の中ってのは」

「……じゃあ、ちょっと代わってくれよ」

「それはできないんだよなあ」

「はあ？」

「いろいろあるんだ、人生ってのは」

「なんなんだよ……」

「いーのいーの、赤ちゃんが生まれたら、また電話してくれ。あとは俺のほうから適当にタイミングを見計らって、青年に伝えとくから」

一方的に言って、じゃあな、と電話を切った。

そうかそうか、産気づいちゃったか、さて作戦はどうするか……と息だけでの声でつぶやきながら、店舗の奥の自宅スペースに戻っていった。

コージーが風呂《ふろ》掃除をしている。

間もなくオノレが「父親」になるというのもつゆ知らず、「なんで日曜日にこんなことしてるんだろうな、オレ……」と首をひねりながらも、千春さんに命じられたま、タオルを頭巾《ずきん》巻きしたスキンヘッドで、せっせとタイルの目地のカビを落としているのだった。


康文に軽くあしらわれたまま電話を切られた一博は、ソファーにぐったりと体を沈め、何度もため息をついた。そのたびに、肩が落ちていく。

エリカ先生からの電話はない。

せめて「病院に無事に着いたから」ぐらいは連絡してくるのが常識だろう、とぼやきかけて、でも、まあ、俺にいちいち連絡する筋合いもないよな、と自分で自分を突き放して、また肩を落とす。

桜子からの電話もない。

さっきは狼狽《ろうばい》したまま電話を切ってしまったから、きっと心配しているだろう。こちらから電話をかけて、「さっきはごめん、ちょっとバタバタしてたから」と言ったほうがいい。エリカ先生やひなたちゃんのいない隙に、ひさしぶりに夫婦の会話の時間を持ったほうがいい。いや、持つべきなのだ。持たなければならないのだ。離れているからこそ言葉が大切になる。そこをおろそかにしてしまうと、ほんとうに俺たちはもう終わりだぞ……。

わかっている。いまの俺たちは夫婦の危機を迎えつつある。ちゃんとわかっているのに——いや、わかりすぎているから逆に後込《しりご》みしてしまう。

テレビを点《つ》けた。バラエティ番組の再放送をぼんやり眺めているうちに、眠くなった。

ソファーに横になって、スマホに手を伸ばしてみた。眠気で頭がぼうっとしたおかげで、ようやく踏ん切りがついたのだ。

だが、桜子は電話を不在モードにしていた。

「よかったら電話ください」とメッセージを残してみたものの、電話が鳴るのを待ちわびるのもなんとなく悔しい。それになにより、時間がたつにつれて不安に駆られてしまうことに耐えられる自信がなかった。

スマホをサイレントモードにして、着信音もバイブ機能も停めた。目を閉じると、平日の疲れが一気に出て、昏々《こんこん》と眠り込んでしまった。

夜中、日付が変わった頃に目を覚まして、電話をチェックした。夜十一時に、エリカ先生から不在着信があった。留守番電話には「生まれましたー、二千九百グラムの女の子でーす」と、のんきな声で吹き込まれていた。

着信はそれだけ——桜子からは、なかった。

第六章

ドンが倒れた。

月曜日――四月二十三日の朝、体育館でおこなわれた全校朝礼の最中に、立ちくらみを起こしてしまったのだ。

陽平に付き添われて保健室へ向かう足取りもふらついて、何度も廊下にへたり込みそうになる。

「おい、しっかりしろ、もうちょっとなんだからがんばれ」

「キツいっス……ダメっス……」

確かに顔色が悪い。声にも張りがない。ぐったりして、げっそりして、体力も気力も使い果たしてしまったような感じだった。

陽平はドンの前に回り、背中を向けてしゃがんだ。保健室までおんぶで連れて行くしかない。

「いいっスよ、そんなの」

「なに言ってるんだ、遠慮するな」

「だってマジつぶれるって。先生がつぶれちゃったら、こっちまでケガするかもしれないし」

確かに、いくらドンが小柄なほうだとはいえ、中学二年生の男子を一人で背負って歩くのは、やはり、さすがに無謀だろう。

「それより、先生」

「なんだ？」

「保健室にバナナとか、ないっスか」

あとチョコとか、アンコ系とか、パンでもおにぎりでもなんでもいいんスけど……とつづけた言葉に合わせるように、ドンのおなかがキュウッと鳴った。

「おまえ、腹が減ってるのか？」

「……そっス」

「腹が減って、ぶっ倒れちゃったのか？」

半分あきれて、半分ほっとした。

「朝メシ食わないとだめだって、いつも言ってるだろ。ゆうべの晩メシはなんだったんだ？」

ドンは力なく首を横に振る。

「……食べてないのか？　ゆうべも、今朝も」

ドンは「昨日の昼も、朝も、なーんにも食ってねーし」とつづけ、そのまま、また廊下にへたり込んでしまった。


恐れていた事態がついに起きてしまった。

ドンと正子さんが衝突したのだ。

「だってさー、あんなに上から目線でガンガン言われまくったら、マジ、ムカつくって。あれでキレなかったら人間じゃねーし」

ドンは生徒相談室の個室で、陽平の弁当をガツガツ頬張りながら、憤懣《ふんまん》やるかたない様子で訴える。日曜日の朝に正子さんとケンカしてから丸一日、冷蔵庫の麦茶をがぶ飲みするだけで、固形物はなにも口に入れていないのだという。

「おばあさんにメシをつくってもらえなくても、コンビニで買えばいいだろ」

「だって、そんなの『負け』じゃん」

「腹ぺこでぶっ倒れるほうが、もっと『負け』じゃないのか？」

あきれてため息をついたが、陽平だって元・男の子である。その意地はわからないでもない。

「でも……この弁当、マジうまいっス」

ドンは弁当箱からブロッコリーを箸《はし》でつまみ上げて、「いままで食ったブロッコリーの中で、これが一番好きかも」と言う。

料理というほど大仰なものではない。小房に分けたブロッコリーをゆでて、顆粒《かりゅう》のままの中華スープの素《もと》をごま油と混ぜたもので和《あ》えるだけ。要は超簡略化したナムルである。しかし、ごま油の香りがじつに魅惑的に食欲をそそってくれるのだ。

「これもうまいっスよね。カレー味でしょ？　オレ、マジこういうの好きなんスよ」

コロコロに切った鶏肉とジャガイモをカレー粉と醤油《しょうゆ》で炒《いた》めた。確かに味の前面に立つのはカレーである。しかし、ドンにはまだ弁当の奥深さがわかっていない。熱々で食べるならカレー粉と塩胡椒《こしょう》だけでいいのだが、冷めてから食べる弁当のおかずは、醤油味の下支えがあるかないかで、ご飯との相性がてきめん違ってくる。駅弁に小さな醤油が添えてあるのは、ダテではないのだ。

「この弁当って、奥さんのお手製っスか？　愛妻弁当ってやつ？」

「違う違う、自分でつくってくるんだ」

鶏肉とジャガイモのカレー炒めに、冷凍の焼売《シューマイ》を電子レンジでチンしたのを二つ、ブロッコリーのナムル、つくり置きしている切り干し大根の煮物に、キャベツの浅漬け、白いご飯。

「ゆうべつくったの？」

「今朝だよ、十分もあれば軽くできるから」

ふうん、とドンは食べかけの弁当箱をあらためて見つめ、真顔でうなずいた。

弁当をたいらげたドンは、ようやく人心地ついた様子で「生き返ったーっ」と笑った。

「なんでおばあさんとケンカしちゃったんだ？」

急須《きゅうす》のお茶を湯呑《ゆの》みに注ぎながら、陽平は訊《き》いた。あのばあさん相手ならケンカのタネはいくらでもありそうだけどな、と心の中でつぶやいて、ドンの湯呑みを、ほら、と手元に置いてやった。

「だって……」

声が沈む。悔しさがよみがえったのだろう、吐き出す息がかすかに震えていた。

そもそものきっかけはドン自身のことではなかった。リビングにオモチャを出しっぱなしだった妹のくるみちゃんが叱られていたのだ。

「ばあちゃんの叱り方って、サイテーなんだよ」

体罰をふるうわけではない。頭ごなしに怒鳴り散らすこともない。ただひたすら理詰め。お説教の合間合間に「おばあちゃんの言ってること、どこか間違ってる？」「もし間違ってたら言ってちょうだい」と言って、くるみちゃんがうつむいてかぶりを振ると、「そうでしょ？」とうなずいて、またお説教をつづける。

うーん……と陽平は渋い顔をして自分のお茶を啜《すす》った。同僚の教師の中にも、正子さんのように逃げ道をふさいでしまう叱り方をする人は少なくない。確かにそれは正しい。正しいのだが、優しくない。教師でも親でも祖父母でも、とにかく子どもと向き合う立場のオトナがベースにすべきものは「正しさ」ではなく「優しさ」なのではないか、と陽平は常々思っていて——管理こそ教育だと譲らない同僚からは「それは『優しさ』じゃなくて『甘さ』なんじゃないですか？」と反論されてしまうのだ。

「ばあちゃんの説教、オレも横で聞いてて、だんだんムカついてきたわけ。もうヤバい、キレる寸前、ってところで……」

正子さんは聞こえよがしのため息をついて、「ほんとにねえ、尚美さんもどんなしつけ方をしてきたのかしらねえ」と言った。

「母ちゃんなんて関係ないじゃん……関係あるけど、悪口言わなくていいじゃん……」

ドンは湯呑みを手に取り、お茶を覗《のぞ》き込んで、「オレがキレなきゃ、妹が泣いてたよ、絶対に」と言った。「妹が泣いたらばあちゃんはもっと怒って、最後は母ちゃんの秘密も……言っちゃったかもしれなくて……」

お茶を見つめたまま、まばたきをする。まつげに涙の粒が載って、光っていた。

「暴力をふるったわけじゃないんだな?」

陽平が念を押して訊くと、ドンは「それはだいじょうぶ」と言った。「『くそばばあ』とか『死ね、てめえ』とか『田舎に帰れ』とか言っちゃったけど、殴ったりとかは、してないから」

「メシのことは?」

「……ばあちゃんが『あなたたちのお世話をしてあげてるんじゃないの』とか、『おばあちゃんがいなかったら、ごはんはどうするの』とか、恩着せがましいこと言うから、『じゃあ食わねーよ、絶対に食わねーから』って」

「おばあさんのほうも、ごはんつくってくれなかったのか?」

「つくってたみたいだけど」

少しだけホッとした。正子さんにもその程度の優しさがあってよかった——本人に言わせると、それも「正しさ」のうちなのかもしれないが。

「でも、そんなの食ったら『負け』だから、絶対に食えるわけないじゃん」

陽平は苦笑した。ドンの気持ちはわかる。わかるのだが、もっと、なんというか、こう……。

「もうちょっとオトナになれよ」

「……ばあちゃんの言ったこと、スルーしろ、っていうわけ?」

「そうじゃない。怒るときは怒っていい。ほんとうは怒っちゃだめなんだけど、でも、いい、そこは先生も許す。でも、メシを抜くのはだめだ。おまえはそれで勝ってるつもりかもしれないけど、そんなのはなんの意味もない。ぶっ倒れたわけだから、結局は負け、惨敗だよ」

ドンは不承不承ながらもうなずいた。

「なんでメシを自分でつくらなかったんだ。本格的な料理なんてしなくていい。カップラーメンならお湯を沸かせばすむじゃないか。電子レンジでチンするだけのものも、いくらでもあるだろ」

「だって……」

「メシをナメるな！」――一喝した。

「いいか、メシを食わなきゃ、勝ち負けどころか戦うことすらできないんだ。腹が減っては戦はできぬ。メシを食わなかったら不戦敗だよ」

そして、とどめの一言を。

「メシを食うことの重みがわからないうちは、おまえはまだ駄々をこねてるだけのガキなんだよ」

昼休みに学校の外に出て、必要なものを買いそろえた。家庭科の教師に頼み込んで調理実習室の使用許可を取ったし、サッカー部の顧問の教師にも話を通しておいた。

『S・C・C』――サバイバル・クッキング・クラブの緊急出動である。

「いいな、絶対に来るんだぞ」

夕方の『終わりの会』のあと、ドンを教卓に呼んで念を押した。

だが、ドン自身は微妙に腰が退《ひ》けている。料理まで覚えなくても、コンビニや冷凍食品、もしくはファミレスでなんとかなるじゃないか、と言いたげな顔で、「はあ……」「まあ……」と煮え切らない反応しか見せない。

もちろん、それは陽平にもわかっている。当座の空腹をしのぐ方法ならいくらでもある。手間暇はかからないし、コストパフォーマンスは手料理よりもむしろ優れているほどだし、なによりうまい。コンビニも冷凍食品もファミレスも、ほんとうにたいしたものだと感心している。

ドンがいまから料理を覚えても、とてもそのレベルには達しないだろう。お金もかかるし、時間もかかる。

それでも、いや、だからこそ――。

「メシをつくることは、それを食べる相手の笑顔を見たいと思う、ってことなんだ。優しさなんだ。料理を覚えることは、優しさを覚えることでもあるんだ」

「一人暮らしでつくるメシも？」

「ああ。自分自身への優しさだ。今日は疲れたからインスタントラーメンに卵を入れようとか、野菜モノも食わなきゃとか、たまにはメシのときにジュースも飲んじゃうかとか、あるだろ？」

「あるけど……それ、コンビニで弁当買うときも同じなんじゃないっスか？　あと、ラーメン屋でトッピング増やすとか」

「同じだ。同じだけど、違う」

「なんで？」

「メシをつくるのは時間がかかるんだ。棚から弁当を取ってレジに持って行くようなわけにはいかないんだ。でも、時間がかかるってことは、それだけ相手を思いやる時間が増えるってことでもあるだろ？　優しさがコトコト煮込まれるわけだ」

「そういうもんっスかねえ……」

「やればわかる。だから、とにかく——」

教師としてどうかとは思ったが、「来なかったら、国語の補習やらせるぞ」と脅した。

師匠と弟子といえば、陽平にとっては、やはり『燃えよドラゴン』——ブルース・リーが弟子の少年の頭をひっぱたきながら諭す、冒頭の名場面がすぐに思い浮かぶ。

調理実習用の白衣と調理帽をかぶったドンが、実習室に入ってくる。ワイシャツに自前のエプロン姿の陽平は、ホワイトボードの前でドンを迎え、しかつめらしく語りかけた。

「料理とはなんだ」

「へ？」

「料理の『理』は、理屈の『理』じゃない。理想の『理』なんだ」

「はあ……」

「できあがった料理を一口食べて、『おいしい！』と声をあげる瞬間を頭の中に浮かべておくんだ。そのビジョンさえ持っていれば、途中経過の少々のつまずきに右往左往せずにすむ。うまくできた料理と、うまい料理っていうのは違うんだから」

「……って？」

「耳で聞くと同じになるんだけどな」

陽平はホワイトボードに大きく書きつけた。

〈巧《うま》さは旨《うま》さにあらず〉

要するに、同じ「うまさ」でも、目指すべきものは料理の「巧さ」ではなく「旨さ」なのだ。

「……ダジャレっスか？」

「いいんだ、うるさい、いまはとにかく手を動かして覚えていくしかないんだ。いいな、考えるんじゃない。感じるんだ」

　そして右手を高々と掲げ、虚空を指差す。

「それは、はるか彼方《かなた》の月を指差すようなものだ」

「そっち方面、廊下っスけど」

「指先にとらわれると、全体を見失ってしまう」

　ブルース・リーになりきるのは、ここまで——ちっともウケなかったところに世代の違いをしみじみ噛《か》みしめつつ、虚空をさしていた指先を調理台に載せた水切りボウルに向けた。

　ボウルには、冷蔵庫から出したばかりの卵がいくつも入っている。

「ドン、きみなら、この卵でなにをつくる？」

「っていうか、いや、まあ、なんでも……」

『おいしい！』の瞬間を思い浮かべろ。そのとき、きみはなにを食ってるんだ？

それをつくればいいんだ」

「……じゃあ、卵かけご飯」

　いきなり、手抜きで来た。だが、それも想定の範囲内である。炊飯器の中には、昼休みに炊いておいた白いご飯がたっぷり入っている。

　ドンはご飯を茶碗《ちゃわん》によそって、ボウルの卵をさっそく割り入れようとした。

「違ーう！」

陽平の一喝が飛んだ。

「卵、冷蔵庫から出したばかりで、まだ冷たいだろ。熱々のご飯とキンキンに冷えた卵の組み合わせなんて、もったいないと思わないか？」

卵を冷蔵庫に入れるのは、あくまでも長期保存のためなのだ。肉と同様に、調理をする前には室温に戻しておくのが原則である。焼くにしてもゆでるにしても、温度差がありすぎると火加減が難しくなるし、風味も損なわれてしまう。

「三十分前には冷蔵庫から出しておきたいところだけど、卵かけご飯なんて、三十分前から準備するようなものじゃないよな」

「そうっスよねえ」

「だったら、お湯だ。小さな鍋《なべ》に沸騰させて火を止めてもいいし、面倒だったら、少し熱めに設定した給湯のお湯を使ってもいい。そこに冷たい卵を入れれば、室温になる」

「ゆで卵になったりしないの？」

「平気平気、沸騰したお湯なら四十五秒ほどで、給湯のお湯でも一分ちょっとでいい。だまされたと思ってやってみろ。てきめん味が違うから」

「はい……」

「で、そうやって考えると、じゃあお湯の中にもうちょっと長く浸《つ》けて白身にほんのり火を通してみたらどうだろう、とも思うよな。どうせお湯を沸かすんなら、いっそ半熟でやってみるか、とか。半熟にすると洋風な味付けも似合うから、醬油《しょうゆ》以外も試してみるか、とか……ご飯だって熱々がいいか、少し冷ましたほうがいいか、完全に冷やご飯がいいのか、いろいろあるだろ」

ちなみに陽平のお気に入りは、五分間ゆでた「白身ぷよぷよ、黄身とろとろ」の卵を熱々のご飯に載せて箸《はし》でざっくりと割り砕き、一滴の醬油に、黒胡椒《くろこしょう》とマヨネーズ——うまいのだ、これが。

「どんどんやってみろ。思いつくアイデアを試してみろ。卵もご飯もたっぷりあるし、調味料もひととおり揃えてある」

「でも、つくっても食べきれないと……」

「心配するな。小峰《こみね》先生にお願いして、サッカー部みんなで食ってくれることになってる」

「マジっスか、それ」

「マジに決まってるだろ。みんなの『おいしい！』っていう笑顔を思い浮かべて、がんばれ」

「はいっ！」

サッカー部員の厳しい審査を勝ち抜いて、堂々のトップに輝いた『ドンの卵かけご飯』――略してドンタマは、発想の転換というか中二男子ならではの屁理屈《へりくつ》炸裂《さくれつ》というか、卵かけご飯の食歴が四十数年になる陽平も「なるほど」と思わず膝《ひざ》を打つものだった。

「オレ、前からずーっと思ってたんスよ。日本語の意味、違うじゃん、って」

いま世の中で食べられているのは、ほんとうに「卵かけご飯」なのか――？

正しく表現するなら、あれは「卵混ぜご飯」と呼ぶべきではないのか――？

「だからオレ、ここは一発、基本に戻って、『混ぜない』ことにこだわってみようと思って」

そうして何度もの試作をへて完成したドンタマのつくり方は、以下のとおり。

茶碗一杯ぶんのご飯を小さめの丼によそい、食べるラー油を混ぜ込む。味加減は少し辛め。いったんボウルなどに移してからしっかり混ぜ込むのではなく、窮屈な丼の中で箸先で混ぜる。当然ながら、均一にはならない。それでいい。いや、そうしなければドンタマの魅力は生まれない。

卵も同様に、じかに割り入れる。それを箸でざっくり溶く。「混ぜる」のではなく「切り刻む」感覚である。黄身と白身は分かれたままでよし。ご飯と一緒にまとめなくてもよし。まだらな混ざり具合になった黄身と白身は、ご飯への染み込み方にもムラがある。ということは、ピリ辛のご飯の味が卵によってマイルドになっていく度合いも、大げさではなく一口ごとに違う。それが、なんというか、じつに楽しいのである。

「フツーの卵かけご飯って、最初の一口目からずーっと味が変わんないじゃないっスか。それってつまんなくないっスか？」

見た目はいかにも大ざっぱそうで、決して良いとは言えない。ラー油も卵もない「はずれ」の箇所を食べてしまうリスクもある。それでも、「白身&ピリ辛・強」と「黄身&ピリ辛・弱」、「白身七割・黄身三割&ピリ辛・微」などなど、均一に混ぜないからこそ生まれる味や食感の多彩な個性は、なんだか陽平に教育の原点まで教えてくれたような気がする。

なによりサッカー部員たちの「うまいじゃん！」「お代わり！」の笑顔と歓声に勝る評価はない。

「うそ、マジかよ、おまえら、ふだんろくなもの食ってねーんだよ」と照れ隠しに憎まれ口を叩《たた》くドンも、ほんとうにうれしそうだった。

『マリちゃん号』のキッチンで手早くドンタマをつくった康文は、一口食べて、ふむふむ、とうなずくと、あとは無言で食べ進めていった。目を閉じて、味覚に全神経を集中させ、しかし、わしわしと休むことなく口と箸を動かして……空になった茶碗を置いて、ゆっくりと目を開けた。

固唾《かたず》を呑《の》んで見つめる陽平とドンに、ニヤッと笑いかける。

「なるほどな、悪くないぞ」

プロが認めたその一言に、陽平は相好《そうごう》を崩し、ドンもガッツポーズをつくった。

「俺たちは味の安定感でお客の信頼を得るわけだから、混ぜ方にあえてムラを残すのは度胸が要るんだよ。ビギナーズ・ラックとはいっても、いやあ、たいしたもんだぞ、少年」

絶賛である。「なにか『こうしたほうがもっといい』っていうアドバイス、ありませんか」と陽平が訊《き》くと、真顔で「ない」と断言する。

「あとは薬味でネギを足すぐらいのものだけど、これは凝りすぎないほうがいい料理だな。シンプルというか、アバウト・イズ・ベストだ」

代わりに、「こういうのもいいんじゃないか？」と応用型のドンタマを教えてくれた。

まずは、醤油にひたしたオカカとご飯で「猫まんま」をつくる。その上にスライサーで薄切りにして水にさらしたタマネギを敷き詰め、チューブの豆板醤《トウバンジャン》かコチュジャン、もしくは食べるラー油を足す。そこに生卵の黄身だけを落として、箸の先で崩せば、タマネギのシャリシャリ感に黄身のねっとり感が相まって、これもまた、うまい。
「白身はお椀に入れて、『猫まんま』に使ったオカカと醬油を足して、そこに熱々のお湯を注げば、かき玉汁っぽいのができる。ご飯に汁物が付くと、一気にメシらしくなるだろ？」

試食したドンは「いま思いついたんスか？　アドリブっスか？　マジっスか？」と興奮して——いや、感動して、さっき学校の調理室でさんざん試食してきたというのに、きれいにたいらげた。

その感動の余韻とともに、ドンは陽平を振り向き、姿勢を正して言った。

「じゃあ、オレ、帰ります。今度ばあちゃんとケンカしたら、オレ、妹のぶんもメシをつくってやります。それで……あの、オレ、卵かけご飯だけじゃなくて、もっといろんなのを妹に食わせてやりたいんで……明日《あした》も放課後、料理させてください！　お願いします！」

『S・C・C』待望の部員誕生——である。

ドンがひきあげたあとは、オトナの時間である。小走りに帰っていくドンの背中を笑顔で見送った康文は、その笑顔を微妙にこわばらせて、陽平に言った。

「けさ、タケから電話がかかってきたんだけど、例の居候ムスメ、ゆうべ赤ちゃん産んだらしいぞ。女の子で、母子ともに元気だ、って」

「そうですか……」

陽平も複雑な表情で相槌《あいづち》を打った。

「まあ実際、喜んでやればいいのか同情してやったほうがいいのか、よくわかんねえんだけどな」

「ですよね……」

康文の一存で、まだコージーには赤ちゃんが生まれたことを話していない。「これ以上話をややこしくすると面倒だからな」——しかし、もちろん、いつまでも黙っておくわけにはいかない。

「コージーは、今日は会社ですか？」

「ああ。ただ、派遣だから、いまの会社は今月の末で契約が切れるらしい」

「今週の金曜日までですか？」

康文はうなずいて、「その後の見通しは、なーんにも立ってないんだってよ」と肩をすくめた。

「就職難ですからね、いま」

「若い奴らは特に大変なんだろ？」

「ええ、それに彼の場合は、四大卒でもないし、資格やスキルを持ってるとも思えないし……」

ビジュアル系ロックバンドで何年がんばってきたのかは知らないが、結局はすべてが回り道だったということになってしまう。いや、たんに遠回りをしたというだけでなく、その間にさまざまな可能性を逃し、まわりの連中が手にしているものをつかみそこねてしまい、せっかく持っていたものも自ら手放して……「ふりだし」よりさらに後退したところにしか戻れないことのほうが、現実には多いのかもしれない。

「ミヤちゃん、俺は思うんだけどな、若気の至りっていうか、『やっちまったなあ、まいったなあ』っていう失敗を許してくれない世の中ってのは、ずいぶんキツいよな」

「ええ、僕もそう思います」

「若いうちに失敗ぐらいさせてやれって」

俺を見ろ、この俺サマを、とおどけても、康文の表情は真剣だった。

「笑って振り返ることのできる後悔は人間の器をでっかくしてくれるけど、取り返しのつかない後悔ってのは、絶望しか生まないからなあ……」

康文は寂しそうに言って、「まあ、それはそれとして」と話を本題に戻した。

いまから一博と会うのだという。

「けさの電話でチラッと訊いたら、今夜は遅くまで会社にいるらしいから、そこに乗り込もうと思ってるんだ」

「約束してるわけじゃないんですか？」

「『行く』なんて言ったら、『来るな』って言われるに決まってるだろ。奇襲しかない」

平然と応《こた》え、「タケはガキの頃から予定外のことにはとことん弱い奴だったからな」とニャッと笑う。

「いや、でも、会社のセキュリティーは……」

業界最大手の音羽出版である。人の出入りの多いマスコミとはいえ、いや、そうだからこそ、このご時世、セキュリティーには万全の態勢を敷いているだろう。アポイントなしの来訪者が勝手に編集部まで押しかけられるはずがない。

すると、康文はまたニヤッと笑った。

「だいじょうぶだ。俺たちにはミヤちゃんの娘さんがいる」

「葵ですか？」

「俺たちはあくまでも葵ちゃんの客だ。葵ちゃんを訪ねて『おとなの深呼吸』の編集部に入ってみたら、おおっ、奇遇にもタケがいるじゃねえか、って寸法だよ」

「そんな、めちゃくちゃな……」

あきれてつぶやく陽平の頭を、たったいま康文が口にした台詞《せりふ》が不意によぎった。

俺たち、って――？

陽平が思わず自分の顔を指差すと、康文は当然のように大きくうなずいた。

「ちょっと待ってくださいよ、急に言われても困りますよ」

「時間がないんだ。ワガママ言うなよ」

「ワガママ、って……」

「母子ともに元気ってことは、居候ムスメと赤ちゃんが入院してるのは、長くてもせいぜい一週間だ。退院したあとはどうするのか、追い出すにしても、とりあえず何日かは面倒見るにしても、いまのうちにしっかり腹をくくっとかないと、タケの奴、ほんとうにウチを乗っ取られちゃうぞ」

それは確かに、ありうる。

「マンションの鍵《かぎ》を替えるとか、管理人さんに頼み込んでオートロックの暗証番号も変えてもらうとか、いますぐ決めれば、なんとか間に合う」

だから――と、康文は『マリちゃん号』に向かって歩きだした。

「ミヤちゃん、行くぞ。早く乗ってくれ」

都心に向かう『マリちゃん号』の車内で、康文は意外なことを打ち明けた。

てるんだ」
「コージーって奴、あいつさえよければ『ニコニコ亭』で正式に雇ってやろうと思っ
給料は決して多くは出せない。それでも、派遣という不安定な立場にいるコージー
にとっては、働く場所が確保されるだけでも大きいはずだ。
「彼、料理の才能があったんですか？」
「いや、それはまだ全然わからない」
昨日は、風呂《ふろ》掃除と庭の草むしり、さらに雨どいの掃除と物干し台の修繕で終わっ
たらしい。
「使い倒しますねえ……」
「でも、おかげでよくわかったよ」
「なにが？」
「あいつには、ウチのばあさんに叱られる才能がある。やることなすこと隙だらけで、
じつにわかりやすいバカだ。たいしたもんだ、あそこまでシンプルな間抜けは、ざら
にいるもんじゃない」
「……いまのって褒めてるんですよね？」
あたりまえだ、と胸を張る。
昨日の千春さんは、雑巾《ぞうきん》の絞り方から雑草のむしり方まで、コージーに文句をつけ

どおしだった。だが、そこまでポンポンと叱りつけていくと、かえってストレス解消になるのか、コージーがひきあげたあとはすこぶるご機嫌だったという。

「おふくろの機嫌がいいと、俺や麻里も助かる。それだけでも、あいつには存在価値があるんだ」

人間関係がどんどんややこしくなってきた。

さらに――。

車内から葵にメールを送った。

〈いまから会社に行く。葵とは無関係。ご安心を。編集長に用事。でも本人には極秘。受付に葵の名前で話を通しておいてください〉

われながら、ワケのわからない文面だった。

あんのじょう、すぐに葵から電話がかかってきた。どこまで事情を説明すべきか迷いながら電話に出ると、葵は声をひそめて、思いも寄らないことを報告した。

「わたしのほうも電話しようと思ってたの」

「どうした？」

「編集長の隠し子、生まれちゃったんじゃないかって、みんな言ってるんだけど……」

今日は朝から『たっち』の育児記事に読みふけっているのだという。昼休みには書店で『赤ちゃんの名付け事典』も買ってきたらしい。

ややこしい人間関係を、自らさらにややこしくしてしまう男だって、いるのだ。

今週は『おとなの深呼吸』の校了――記事を仕上げてページのデザインを決め、印刷所に送り、刷り上がってきたゲラをチェックする。雑誌づくりの最終段階である。

ふだんは取材や打ち合わせで外を飛び回っている十名の編集部員も、校了の数日間は自分のデスクに貼りついて、ゲラ刷りやパソコンのモニターと徹夜でにらめっこになる。特に今月は発売前に大型連休が入るので、ふだんの号より進行が一週間も早い。短い期間でいつもと同じページ数と同じクオリティーを確保しなければならないので、校了に入る前に、すでに編集部員の疲労はピークに達している。その疲れた体と心に鞭打《むちう》って、最後の追い込みをつづけているわけだ。

「鬼気迫る」「殺気立った」という言葉が、決して大げさには響かない。同じフロアに「島」を持つ他の雑誌の編集部員も、今日は朝から『おとなの深呼吸』の「島」には近寄りがたいものを感じている様子だった。

そんななか、一博はパソコンのモニターを見つめながら、顎《あご》ヒゲを指でつまんだりはじいたりしている。ヒゲをいじるのは考え事をしているときの癖だったが、それだけではなく、ときどき顎の肌に爪を立てることもある。そうしないと――頬がニヤニヤとゆるんでしまうのだ。

パソコンのモニターには、見ず知らずの若いママが綴《つづ》る育児ブログが表示されている。

ブラウザのブックマークには、今日一日だけで三十を超えるサイトが登録された。育児ブログに赤ちゃんの健康相談、育児グッズの通信販売、首都圏お宮参りガイド……。

「編集長、タイトルお願いします」

部員の一人から声をかけられ、あわてて画面をニュース中心のポータルサイトに切り替えた。

校了中の編集長の仕事で最も大切なものは、記事のタイトルを決めることである。地盤沈下が叫ばれてひさしい活字業界とはいえ、「チョイ悪」「スイカップ」「シロガネーゼ」「略奪婚」「モテぷよ」などなど、雑誌が流行語を生み出すことはいまなお少なくない。そして、その流行語が雑誌の「顔」になって、雑誌の存在感や売れゆきをさらに伸ばしてくれる相乗効果も出てくるのだ。

『おとなの深呼吸』としても、そろそろここらで気の利いた流行語を生み出したい。

一博は「よし、やるぞ」と自分に活を入れて椅子に座り直し、ヒゲをいじりながら、ゲラ刷りを細かくチェックしていった。

午後六時を回った。

「適当に時間をつくってメシを食いに行けよ」

一博は編集部員に声をかけて、「今夜は長丁場だからな」と苦笑交じりに付け加え、葵の姿を目で探した。

仕事をしながらつまめる甘いものや小腹ふさぎのサンドイッチなどのおやつも、校了の長い夜には欠かせない。それを買いに行くのは最若手の編集部員、すなわち葵の担当なのだが――。

「あれ？　宮本さんはどこに行った？」

「さっき誰か受付に来たみたいで、下に降りていきましたけど」隣の席の部員が言った。「ライターさんか、カメラマンさんじゃないですか？」

「そうか……じゃあ、買い物は、それが終わってからだな」

取り出しかけた財布を引っ込めた。今夜のおやつは笹巻《ささまき》けぬきすしをメインに「和」で組み立てるつもりだったが、お店は六時半閉店である。残念ながら別のものを探すしかない。

おやつはすべて一博が決めて、一博が自腹で払う。近所のコンビニですませるのではなく、少々遠出をしても、味や見栄えにこだわりたい。決して小さな負担ではないが、自分が選んだお菓子をみんながおいしそうに食べるのを見るのは気分の良いものだし、『おとなの深呼吸』のおやつはスゴい」「あそこは編集長のセンスがいいから」という評判を小耳に挟んだときの歓びは、なにものにも代えがたい。

さっそく路線変更して今夜のおやつを考えた。今度は「洋」でいこう。千疋屋《せんびきや》のフルーツサンドに、サダハル・アオキのマカロン、今夜はジョリ・ボンヌのマシュマロもつけよう。なんといっても、赤ちゃん誕生のお祝いなのだ——それが「お祝い」になる筋合いがあるのかどうか、よく考えるとわからなくなってしまうのだが。

「タイトル案あがったら、どんどん持ってきてくれよ」と一同に声をかけ、またパソコンのモニターに向き直り、育児ブログを表示させた。

「編集長、葵ちゃん帰ってきましたよ」

「うん？」と顔を上げた次の瞬間、一博は椅子からずり落ちそうになってしまった。

「なっ、なんで、ここに……」

知ーらないっ、というすまし顔をする葵の右斜め後ろから、陽平が申し訳なさそうに「どうも……」と会釈した。左斜め後ろからは「おう、タケ、差し入れだ」と康文が熱々のコロッケや唐揚げのたっぷり入った袋を掲げて笑った。

空いていた会議室で二人と向き合うなり、一博は「仕事中だぞ、なに考えてるんだ」とおっかない顔でにらみつけた。「いくら友だちでも、そういうところのケジメはつけてくれないと」

それは確かにそうなのだ。陽平はまた恐縮して頭を下げたが、康文はひるまない。

「ケジメ？　おいおいおい、おまえ、どの口でそんなこと言うんだ？　カミさんと別居中にシングルマザーとその娘を居候させて、その娘が赤ちゃんを産んだら、赤ちゃんまで居候させるって……ケジメのケの字もない話じゃないのか？」

それも確かにそうなのだ。陽平は、今度は康文に向かって、なるほどなるほど、とうなずく。

一博も返す言葉に詰まって、ムスッとした様子でそっぽを向いた。康文はさらに追い打ちをかけるようにつづける。

「いまは病院にいるからいいけど、退院したらどうするんだよ」

「だから、まあ、とりあえずウチに――」

「とりあえずって、いつまでなんだ？」

「……落ち着くまで」

「それがいつになるんだよ。見通しあるのか？　ないだろ？　タケ、おまえはガキの頃から、いつでもそうなんだ。流れに弱いっていうか、行きがかりってヤツに呑《の》み込まれるっていうか……そこを狙われてるんだぞ。うまいこと丸め込まれて、あのエリカだかデリカだかテレカだかわかんない親子にだまされてるんだ。それに気づいたときには、すべてを失ってるっていう寸法なんだよ」

まくしたてる声は、腹立たしさともどかしさで震えていたが、一息ついて間をとってから、「なあ、タケ」とつづける声は、さすがに落ち着きを取り戻していた。

「ほんとにしっかりしてくれよ。もう俺たちは五十なんだからな。分別をつけなきゃいけない歳なんだぞ」

諭すように、切々と訴えるように語りかける。

「おまえには関係ないだろ」と言い返す一博の横顔にも、後ろめたさが覗《のぞ》いていた。

「ああ、そうだよ、関係ねえよ、俺には。でもな、男には流れに負けずに踏ん張る力も大事だろ？　流れに逆らって失敗してしまったときの後悔と、流れに身を任せたせいでしくじったときの後悔って……俺は、傷の深さが全然違うと思うぞ」

一博は無言で、引き寄せられるように康文に目をやった。康文もその視線を受け止めて、無言で、わかってくれよ、とうなずいた。

康文は言いたいことだけ言うと、「よし、ミヤちゃん、行くぞ」と陽平を連れて、さっさと帰ってしまった。長居はしない。くどくどと同じことも繰り返さない。いまは顔を真っ赤にして怒っていても、もしも明日も顔を合わせたら、ケロッとした様子で「おうっ！」と挨拶《あいさつ》してくるだろう。

揚げものの惣菜《そうざい》が得意で、煮物は東京風の甘辛こってり味なのに、性格はさっぱりとして、もたれるということがない。ポン酢醤油《ずしょうゆ》のような男なのだ。

「後悔、か……」

会議室に残った一博は、さっきまで康文の座っていた席に目をやって、苦笑交じりのため息をついた。康文に言われた二つの後悔のことが、ずっと胸に刺さったままだった。

流れに呑み込まれたくなくて、もがいたすえに失敗した後悔――。

ちょっとおかしいぞと思いながらも、流れに身を任せたまま失敗した後悔――。

あいつはもう忘れてしまっただろうか。同じことを昔、小学六年生の頃に言われたのだ。

一博は同級生の中でただ一人、私立の中学受験に挑んだ。自分で進路を決めたというより、教育熱心な両親の敷いたレールに乗せられて、親が選んだ塾に通い、目の前の問題集をひたすらこなすだけの受験勉強だった。

本格的に勉強を始めた五年生の秋頃は、勉強量と成績がきれいに比例していて、模試を受けるのが楽しくてしかたなかったが、もちろん、そんなゲーム感覚の楽しみは長く続くはずもない。六年生に入ると成績の伸びは頭打ちになり、追い込みの二学期には、逆に下降気味になってしまった。

そんな一博に、康文が「最近元気ないな」と話しかけてきたのだ。「ガリ勉しすぎて疲れちゃったんじゃないか？」

そんなことないよ、と一博はつくり笑いでごまかそうとしたが、康文はつづけて「第一志望、このままじゃ難しくなったんじゃないのか？」と訊《き》いてきた。図星。大正解。だからこそ、思わず「違うよ」と強く言い返した。

だが、康文はひるまず、「どうせ第一志望っていっても、母ちゃんが決めた学校だろ？　タケが自分で決めて、本気でそこに行きたいと思ってるわけじゃないんだろ？」と笑う。うつむいてしまった一博に、さらにつづけて、「じゃあ、やめちゃえ」――笑顔のまま、きっぱりと言ったのだ。


「それで……どうなったんですか？」

助手席の陽平が訊くと、ハンドルを握る康文は苦笑交じりに「どうもしないよ」と返す。「かえって依怙地《いこじ》になって、ガリ勉をつづけただけだ」

音羽出版からひきあげる車中――奇《く》しくも、康文もまた小学六年生の頃のことを思いだして、陽平に話していたのだった。

「どうせ受験に失敗するんだったら、自分の行きたい学校を狙って落ちたほうが気持ちいい後悔になるだろう、って言ってやったんだけど……縁起でもないこと言うな、って逆ギレされた」

「……そこですか、引っかかっちゃったのは」

「まあ、それはそれでいいんだ。たとえ逆ギレでも、反発心でがんばるってのは悪くないよな」

「ええ……」

「ただ、問題は、なんのためにがんばってるのかが、あいつ自身にわかってないような気がしたんだよ。模試でいい成績をとる、母ちゃんが喜ぶ、第一志望の中学に入る、父ちゃんが喜ぶ、父ちゃんと母ちゃんが喜んでくれればボクもうれしい、って……それだけなんだよ」

陽平はうなずいた。何人もの生徒の顔が思い浮かぶ。「やることさえわかれば、しっかりやります」「だから、なにをやればいいか決めてください」「ボクの希望？　そんなのなんでもいいです、ちゃんとやればいいんでしょ？」という、いまどきの優等生によくあるタイプなのだ。

「受験は結局どうなったんですか？」

「ぎりぎりになって志望校を変えた。ランクを一つ落としたんだ」

「それを決めたのって――」

「父ちゃんと母ちゃんだ」

みごとなほど予想どおりの展開だった。

「でもな、あいつにはあいつの言いぶんがあるんだ。両親は自分のことを真剣に考えて、よかれと思ってせっかく決めてくれたわけだから、それにあえて逆らうのはおかしい、って」

優しい、と言えばいいのか。割り切っている、と考えるべきなのか。

「まあ、実際、志望校を変えて合格して、中学から大学までそのまま進んで、いまは天下の音羽出版の編集長さんなんだから、正解だったんだよ」

いや、しかしですね——と思わず返しかけた陽平を制して、康文はつづけた。

「『正解』っていうのと『よかった』っていうのは、ちょっと違う気がするんだけどな、俺は」

陽平も、そう思う。

一博はまだ会議室に残っていた。

椅子の背に倒れ込むように座り、足をミーティングテーブルの上に投げ出して、いくつもの「もしも」を浮かべた虚空をぼんやりと見つめる。

もしも中学受験で最初の第一志望校に固執していたら、間違いなく落ちていた。そうなると、受験日の違う滑り止めの学校に入学して、いまとはまったく違う人生を歩んでいただろう。

もしも滑り止めの学校にまで落ちていたら、康文と一緒に地元の公立中学に入っていた。当時はツッパリの時代である。中学生の校内暴力が全国的に問題になっていたし、小学校の同級生の何人かは暴走族に入った。自分も悪い仲間に入っていたかもしれないし、奴らに一方的にたかられるだけの存在だったかもしれない。どっちにしても、ろくなことにはならなかったはずだ。

逆に、もしも初志貫徹で志望校を変えずに受験に挑み、みごとに合格していたとしても、バンカラの校風に馴染《なじ》めていたかどうかはわからない。そもそも、「初志」もなにも、その第一志望校だって両親が「ここがいいんじゃない？」「うん、ここにしろ、一博」と決めただけだったのだ。

だから――。

「これでいいんだ」とつぶやいて、席を立つ。

合格した私立大学の附属中学は、スマートで都会的な大学の校風そのままに、お洒落《しゃれ》な同級生が多かった。学費はそれほどでもなかったが、生徒同士の付き合いではなにかとカネがかかった。

最初のうちはその雰囲気に戸惑い、負い目や引け目を感じることも少なくなかったが、あの頃から培《つちか》ってきたものが、いまの「業界屈指のお洒落編集長」という称号につながっているのだと思うと、やはり、正解だったのだ。

大学で法学を専攻したのも、附属高校の進路指導の教師から「経済学部は難しいけど、法学部なら推薦出せるぞ」と言われたのを「じゃあそれでお願いします」と受け容《い》れただけだ。

就職活動では、商社と都市銀行と広告代理店とテレビ局と出版社を回って、唯一内定のとれた音羽出版に入った。

もう、そのあたりでは「もしも」の選択肢すら消えているのである。

高速道路に乗った車は、都心のオフィス街を抜ける手前で渋滞につかまっていた。数珠《じゅず》つなぎになった車の列は、のろのろ進んでは止まり、少し進んではまた止まる。この調子なら、わが家に帰り着くのは八時を回ってしまうだろう。

「タケは要領がいいから、どんなときでも決定的な失敗はしないんだ。なんとなく結果オーライで切り抜けて、まわりからは、ずーっとうまいことやってるように見える」

康文は「おそらく本人も、勘違いして、そう思い込んでるかもな」と苦笑して、さらにつづけた。

「結婚だってそうじゃないのかな、あいつ」

「……流されちゃった、ってことですか？」

「いや、まあ、もちろんあいつだって桜子さんのことが好きなんだろうけど、結婚したあとの生活とか、人生とか、ライフスタイルっていうのかな、ああいうのはどうなんだろう。あいつ、いまの生活を、自分の意志で選んだんだって、本気の本気で言い切れるのかなあ」

陽平は返す言葉に窮してしまい、康文もすぐに自分の問いを自分で打ち消すように、「選んだに決まってるじゃないか、って言うとは思うんだけどな」と、いかにも不服そうな一博の声色をつかって笑った。

だが、それでは収まらないものが胸の奥に残ってしまうのか、すぐにまた話を戻して、「でもなあ……」と言う。「自分自身でも気づいていないうちに流されてることって、あると思うんだよ」

「ええ……」

「それに気づいたときには、もう取り返しのつかないほど遠くまで流されてるってこと、ほんとにあるんだ、世の中には」

口調が微妙に変わる。渋滞のピークは過ぎたのか、のろのろとしたスピードではあっても、車は止まらずに流れ出した。

「俺だってそうだよ」と康文は言った。

七年足らずで終わった最初の結婚生活のこと——。

「前のカミさんとおふくろがどうしても合わなかったのは、ミヤちゃんにも話したよな」

母親の千春さんと前妻の和代《かずよ》さんは、新婚当初から衝突のしどおしで、息子の達也《たつや》くんが生まれても関係は悪化する一方だった。

「おふくろには、女手一つで『ニコニコ亭』の暖簾《のれん》を守ってきたっていう自負があるわけだ。でも、前のカミさんにも、こんな町場の惣菜《そうざい》屋にヨメに来てやっただけでも感謝してほしいっていう本音があるわけで……どっちの言いぶんもわかるから、俺も間に立たされて、とにかく大変だった」

そこまでは陽平もときどき康文から聞かされていたが、康文は初めて話を先に進めた。

「俺、最近思うんだ。本気で二人の関係をなんとかしようと思ってれば、もしかしたら、なんとかなったんじゃないか、って」

後悔ではない、という。反省とも違う。

「いまは幸せだ、それはもう間違いないことだ。俺は麻里と再婚できてよかったし、真のことが可愛くてしかたないし、おふくろも麻里とはうまくやっていけてるし……前のカミさんだって、だいじょうぶ、幸せにやってる」

「再婚したんですか、向こうも」

「ああ。もう四、五年になるんじゃないかな。養育費の支払いもそれで終わったんだ」

だから、と康文は念を押した。「後悔とか反省とかじゃないんだけど……でも、あの頃は困った困ったって思うだけで、なにもしてやれなかった。それが、なんていうか、いまでも、ずーっと、ほんと、やっぱりなあ……」

陽平は小さくうなずくだけで、声に出しての相槌《あいづち》は打たなかった。わかるような気がしても、「わかる」と言ってはいけない——オトナの分別というより、男子同士の掟《おきて》として、そう思うのだ。

「タケの奴もそうだ。ウチの場合は、前のカミさんも俺も幸せになってるからいいんだけど、あいつ……桜子さんとあんなふうに別居してるいまの生活を、何年か先に振り返ってみたら、どんなふうに思うんだろうなあ」

話がまた一博のことに戻った。

「じいさんになって、くたばる寸前に、自分の人生を振り返ってみたら、後悔ばっかり出てくるんじゃないか、って……」

康文はぽつりと言った。

一博が会議室から編集部の「島」に戻ると、デスクにコロッケと鶏の唐揚げを一つずつ載せた紙の小皿が置いてあった。

康文の差し入れである。レジ袋に一杯――十名の部員では食べきれないんじゃないかと思っていたが、みんなはどんどん手を伸ばし、あっという間に空になってしまったのだという。

康文のつくる料理が好評を得るのは、もちろん一博もうれしい。だが、そこまでのものじゃないだろう、という本音もある。

「フッーのコロッケと唐揚げだろ？」

「いや、でも、そのフツーがいいんですよ。なんかね、腹が減ってるときの、その腹のデコボコに、ピタッとハマる感じがするんですよね」

副編集長の言葉に、まわりの部員も、そうそうそう、とうなずいた。

「じゃあ、今夜のおやつは、もういいな」

思わず拗《す》ねた口調になってしまった。校了中のおやつは、長年磨き上げたセンスを駆使して厳選しているのだ。それが、こんな、移動販売の惣菜屋の売れ残りに負けてしまうなんて……。

冗談じゃないぞ、と唐揚げを頬張った。

「どうですか？　うまいでしょ？」

「……そんなの知ってるよ、うまいんだよ、あいつの唐揚げは」

認めるしかない。やはりうまい。塩麹《しおこうじ》とごま油とすりおろしのニンニクに、肉を半日漬け込むのだ。塩麹のおかげで冷めてもやわらかく、しっかりと味が染みているのに塩分もさほどではない。

コロッケにも手を伸ばした。挽肉《ひきにく》の代わりにみじん切りのベーコンを使い、この歯触りからすると、タケノコも混ぜ込んでいるようだ。

「ジャガイモがなめらかでしょ？　びっくりしちゃいますよね」

「生クリームを使ってるんだ、つなぎに」

「そうなんですか？」

「ああ。見えないところでちゃんと手間暇かけてるんだ。だからうまいんだよ」

そうだよな、と目を閉じると、康文の笑顔が浮かぶ。「タケ、料理と人生はそういうところが似てるんだぞ」という声も聞こえてきそうだった。

第七章

会心のゆで卵ができあがった。

「これ、これ、このぷよぷよ感なんだよね」

殻をむいたばかりの白身の弾力を指で味わいながら、ドンはうれしそうに笑う。

火曜日から始めて、今日は金曜日——四日目にして初めての成功だった。

殻を乱暴にむくと、「ぷよぷよ」の白身も一緒に剝《は》がれてしまう。それにしくじってしまったデコボコのゆで卵は四日間合計で一ダースではきかなかったし、殻をむく以前に、「白身がぷよぷよで黄身がとろりんちょ」というゆで加減をつかむために、六個入りのパックを四つも使った。

ドンに言わせれば、白身の「ぷよぷよ」は「ぷるんぷるん」よりやわらかくて、「ぷにゅぷにゅ」よりはしっかりしている。黄身の「とろりんちょ」も「とろーり」より微妙にキレがよく、しかし「ぴちゃぴちゃ」という感じでもないのだという。

難しい。ドン自身「口で言うより、実際につくったら一発でわかるんだけど……」

と、もどかしそうではあった。

だが、陽平には、ドンが「自分の好きなゆで卵はこれなんだ！」と伝えてくることが、うれしい。失敗つづきでもあきらめずに挑戦をつづけるところが、とにかくうれしい。

もちろん、陽平には「白身がぷよぷよで黄身がとろりんちょ」のゆで卵の見当はついている。常温に戻した卵を、沸騰させたあとで塩を足して火力を落としたお湯にそーっと入れて、卵がヤケドしないように菜箸《さいばし》で動かしながら、きっかり五分。その後はすぐさまボウルの冷水にとって火の通りを止め、殻をボウルの側面にそっと当てて小さなヒビをたくさん入れてから、水の中で、殻と身の間に水を差し込むような感覚で、丁寧に、優しく、少しずつむいていけばいい。

あえて教えなかった。口出ししたい気持ちを、すべて本人の試行錯誤に任せることこそが『S・C・C』の教育なんだ、とグッとこらえた。失敗作の卵もサッカー部員に任せきりにせず、コレステロール値を気にしながら、自分でも食べた。卵の代金はこっちの自腹なのだ。自分の腹で処理するしかないではないか。

そして、ようやく、どうにか——。

「先生、オレってけっこうセンスあるでしょ？　四日目で早くもゆで卵を完全制覇だもんね。意外と料理の天才ってやつ？」

まあ、そういうことにしておいてやろう、と苦笑交じりにうなずいて、言った。

「せっかくだから、ゆで卵一つ食べるだけじゃなくて、もうちょっとメシらしくするか」

「そんなの、すぐにできるんですか？」

「簡単だよ。きみの好きな『白身がぷよぷよで黄身がとろりんちょ』ってのは、むしろディップとかソースにしたほうがいいんだ」

フライパンにベーコンを何枚か載せた。そこにオリーブオイルを垂らし、最初は強めの中火、パチパチと爆《は》ぜる音が聞こえたら弱火にして、あとはじっくり、裏返したりせずに焼いていく。

ベーコンが焼き上がるのを待つ間に、二つの鍋《なべ》に湯を沸かす。一つはゆで卵用で、もう一つの鍋ではアスパラガスとブロッコリーを、つぶしたニンニクと一緒にゆでていく。

タイミングを見計らって卵を鍋から上げ、ボウルの冷水にとった。すばやく殻をむいて、あっという間に「白身がぷよぷよで黄身がとろりんちょ」のゆで卵をつくった。冷水の中に入れる時間を最小限にとどめたので、まだ卵はほんのりと温かい。この温かさが黄身のコクを増してくれるのだ。

「すげーっ、先生、なんでこんなに簡単にできちゃうわけ？」

「慣れだよ、慣れ」

照れる間もなくカリカリになったベーコンをキッチンペーパーに載せて、余分な脂を落とす。一方、ゆであがったアスパラガスとブロッコリーを皿に並べ、その上に「白身がぷよぷよで黄身がとろりんちょ」を置いた。

「フォークで卵をぐちゃぐちゃにして、胡椒《こしょう》をうっすら振ってから、アスパラやブロッコリーにからめてみろ。味が足りないようなら塩もいいけど、卵の旨みだけで食べるほうがお薦めだな」

それから、とベーコンも差し出した。

「ベーコンをスプーン代わりにして、黄身をすくって食べてみろ。こっちは卵が冷たくてもかまわないから、きみがつくったゆで卵を使えばいい。最初は黄身だけで味わって、そこに少しずつ白身も混ぜて味の変化を楽しんでみろ。ベーコンの塩味が卵でマイルドになって、これがもう、ほんとに絶品で……」

説明するだけでもヨダレが出そうになる。

最初は半信半疑の顔でアスパラを一口食べたドンの頭上で「！」マークが灯《とも》った。ブロッコリーを頬張ると、さらに「！」が増える。とどめがベーコン——頭上に三つ並んだ「！」は、キラキラ輝くイルミネーションのようにも見える。

『S・C・C』の第一週は、卵かけご飯とゆで卵だけで終わった。明日からは大型連休に入るので、活動はしばらく休止になる。

ドンはそれが少し不服そうで、「オレ的には休み中も全然OKなんスけどねー」と口をとがらせる。気持ちはわかる。まだ「りょうり」の「り」の字の左側の棒を半分書いた程度でも、とにかく料理をつくる楽しさを覗《のぞ》き見したのだ。いまはどんどんキッチンに立ちたいだろう。

だからこそ、陽平は言った。

「勉強と同じだ。授業で習ったことは、ウチで復習しなくちゃいけないだろ」

連休中に復習をすればいい。

「さすがにいまのレパートリーだと晩ごはんは難しいと思うけど、朝ごはんや昼ごはんならだいじょうぶだ。妹さんにつくってやれよ。おばあちゃんも、きっとびっくりして……喜ぶぞ」

最後の一言は、希望的観測――。

さらにもう一つ、こうであったらいいのにな、という思いを込めてつづけた。

「連休中、お母さんのお見舞いに行くだろ？　いま料理を覚えてるんだよって教えてやれよ。お母さんも喜んで、元気になってくれると思うから」

そうであってほしい。ほんとうに、心から思う。

今年の大型連休は前半と後半にきれいに分かれている。明日からの土・日・月――四月二十八日・二十九日・三十日が前半で、五月一日と二日の平日を挟んで、木・金・土・日――五月三日・四日・五日・六日が後半。

「先生は連休、なにか予定あるんスか？」

「うん……前半に、ちょっと……」

声が沈んだ。思わずうつむいて、その顔を上げられなくなってしまった。

「どうしたの？　なんか急に暗くなってない？」

「いや、そんなことない」

「どこに行くの？」

「うん、仙台……ほら、東北の……息子が仙台の大学に通ってるから、ちょっと顔を見てこようと思ってるんだけど……」

「いい話じゃん。なんでそんなに暗いの？」

「だから、暗くなってないって、べつに……」

嘘をついた。見栄を張った。

連休中に仙台を訪ねるにあたって、じつはゆうべも、おとといの夜も、大いに揉《も》めた。

「仙台に行くのって、奥さんも一緒なんスか？」

そこなのだ——問題は。

帰宅した陽平は、美代子から「はい、これ」と明日の新幹線の切符を渡された。6号車12番A——指定券に印字された座席を確認して「そっちは？」と訊《き》くと、あきれ顔で笑われた。

「そんなの教えたら意味がないじゃない。わたしだって、あなたの席、見てないもん」

でしょ？　と念を押され、陽平はしかたなくうなずいた。

同じ『やまびこ』号で仙台に向かう。ただし、座席は別々。それが、「一人旅」のつもりだった美代子が陽平の言い出した「夫婦二人旅」を受け容《い》れるにあたっての、ぎりぎりの妥協点だった。

仙台までの二時間ほどの車中を一人きりで過ごそうが、二人で並んで過ごそうが、たいした違いはないじゃないか、と陽平は思うのだが、美代子は「全然わかってないのね、あなた」と断じるのだ。一人旅の楽しみは、隣の席にどんなひとが座るんだろうと想像しながら電車に乗り込むことから始まるんだ、と譲らないのだ。

「じゃあ、仙台に着くまでなにもしゃべらないよ。他人のふりをすればいいだろ」

「『ふり』なんてするぐらいなら、最初から他人が隣に座ったほうがいいじゃない」

「よくないよ、そんなの」

「なんで？　夫婦や家族は隣同士で座らなきゃいけない理由って、あるの？」

なにも言い返せなかった。

そもそも美代子の本音としては、仙台に出かけることは最後まで内緒にしておきたかったのだという。連休の後半、五月三日の朝に陽平が起きたら美代子の姿はなく、リビングに〈旅に出てきます〉という置き手紙だけ——という展開を狙っていた。光太が電話で陽平に漏らしてしまったために、その計画はあえなく潰《つい》えてしまったのだ。あまりにも子どもじみていて、なおかつ迷惑な計画である。四十代終わりに差しかかったオトナが考えることとはとても思えない。

だが、だからこそ、陽平はあきれはてながらも「なんで？」とは訊けない。理由を根掘り葉掘り尋ねていくと、最後は地中深くに埋まっていたヤバいものを掘り当ててしまいそうな気がした。

陽平にできるのは、「とにかく仙台には俺も行くからな。俺だって光太の親なんだから」と頑として言い張ることだけだったのだ。

陽平と美代子の「一人旅もどき」は、翌朝、ウチを出るところから始まった。

陽平が一本先の電車で都心に向かう。都心での乗り換えも、陽平は地下鉄経由で、美代子はＪＲ。もしも東京駅の新幹線ホームで姿を見かけても絶対に声をかけないように、と美代子に何度も念を押された。

最初は、とにかく付き合えばいいんだろ、と白けた気分で東京駅に向かった陽平だったが、連休初日でにぎわう新幹線ホームで駅弁やビールを買い、入線する列車を待っているうちに、少しずつ心が浮き立ってきた。

記憶をたどってみると、一人きりで新幹線に乗るのは、学生時代以来のことだった。教師というのは、学校の外に出ることじたいめったにない職業である。陽平も出張に出かけるのは年に一度か二度、新幹線を使うような遠出の機会はまったくない。家族で泊まりがけの旅行に出かけるときも、たいがい自家用車だし、新幹線でも必ず、隣の席には家族の誰かが座っていたのだ。

だが、いまは違う。窓際の席についた陽平の隣には、女子大生らしき年格好のコが座った。

赤の他人である。見ず知らずのコである。

話しかけたりはしない。チラチラと横目で盗み見るような下品な真似もするはずがない。「旅の恥はかき捨て」というのは日本人の最も良くない一面をあらわした言葉だと、かねがね思っているのである。

それでも、向こうから話しかけてくるのなら、応《こた》えるのはやぶさかではない。目と目が合ったら、にこやかに微笑む用意もある。「袖《そで》振り合うも多生の縁」とは、日本人の美質をみごとに言い当てた言葉だと、つねづね思っているところだ。

列車が出発した。なんだか楽しいぞ、うれしいぞ、とはずんだ気持ちで缶ビールと柿ピーを取り出した。と、そのとき、あたりまえのことに気づいた。

美代子の隣の席にも、誰かが座っているはずなのだ。赤の他人の、見ず知らずの、誰か。もしもその「誰か」が男だったら——いまの陽平の胸をはずませるものが、そっくりそのまま、不安の種になってしまう。

美代子は何号車の何番にいるのだろう。席を立って探しに行きたい。いや、しかし、それは約束違反になってしまうし、なにより、もしも美代子が隣に座った男と袖を振り合っているのを見てしまったら……どうすればいいのだ、俺は……。

首都圏を抜けるまではざわついて落ち着きがなかった車内も、休日のゆったりしたリズムに少しずつ馴染《なじ》んできたのだろう、大宮《おおみや》駅を出た頃には静かになった。

車窓の風景も、大宮から先は急にのどかになる。この時季ならではの、まだ淡さを残した緑が目にまぶしい。

去年のいまごろは、日本中がふさぎ込んでいた。旅行を愉しむどころか、毎日のごくあたりまえの暮らしからも屈託のない笑顔が消えていた。原発事故の汚染はどこまで広がっているのか、大津波で壊滅的な被害を受けた三陸《さんりく》の町はほんとうに復興できるか、いや、町の復興以前に、避難所にいる人びとのこれからの暮らしはどうなっていくのか、と案ずるそばから、強い余震が繰り返し東京にも襲っていたのだった。

陽平はぼんやりと窓の外を見つめて、缶ビールを一口啜《すす》った。去年の春は、桜がいつ咲いて、いつ散ったのかも、よく覚えていない。教師としては申し訳ない話なのだが、震災の直後にあった卒業式や四月の入学式のことも、他の年に比べるとずっと印象が薄い。

そんな一年前を思えば、確かに「日常」はずいぶん戻ってきた。けれど、もちろんそれは自分が被災地の外にいるから言えることに過ぎない。あるいは、「日常」が戻ったように思い込まされているだけだ、と言う人もいるだろうか。そもそも「日常」とは、いったいどんな毎日のことを指しているのだろう。たとえ町が復興しても、厳密な意味で「震災が起きる前」に戻ることはできない。ならば「日常」も――「戻る」という発想を持つのは誤りで、引き返すことのかなわないまま、変わりつづけるしかないものなのだろうか……。

巡らせる思いは、いつのまにか震災後の日本からわが家のことに変わっていた。

葵と光太が共に家を出てしまったあとの「日常」は、二人の子どもがまだ幼かった頃の「日常」と同じはずがない。それはわかるのだ、陽平にも。夫婦二人きりの「日常」を始めなければいけない。それもわかる。夫婦二人きりといっても、新婚時代と同じわけにはいかない。それだって、よーくわかっているのだ。

同じ列車に乗って同じ目的地に向かいながら、座っている席はバラバラ——。

なんだか、いまの状況が「日常」と重なり合いそうに思えてしかたない。ビールの酔いが回ってきたのだろうか……。


午後一時半に仙台駅に着いた。『やまびこ』から下車した陽平は、緊張を深呼吸で紛らせ、「あいつ、どこなんだろうなあ」と、わざとのんびりした声でひとりごちてホームを眺め渡した。

すると、隣の車両の出口から、ちょうど美代子が降りてくるところだった。

美代子もすぐに陽平に気づいて、こっちこっち、と手を振ってきた。

陽平は咳払《せきばら》いをして、「うん、まあ、そりゃそうだ、そうなんだよな」とワケのわからないことをつぶやきながら歩きだす。

照れくさかった。

なんでだよ、毎日会ってるカミさんじゃないかよ、と自分で自分を叱りとばしたが、それは紛れもなく本音だったし、その本音をさらに深いところまで探っていくと——。

意外と若々しいな、ウチのカミさん。

おいおいおい、とあわてて打ち消した。なんなんだ、しっかりしろよ、と咳払いを繰り返した。

仙台までの約二時間の旅で、缶ビールとハイボールを一本ずつ、さらにクォーターボトルの赤ワインも空けた。東京駅で買ったのは缶ビールだけだったのだが、一人旅の口寂しさゆえか、ついつい車内販売のワゴンを呼び止めてしまったのだ。

「ねえ、一人旅の気分、どうだった？」

美代子がいたずらっぽい含み笑いで訊《き》いてきた。隣の席に座った女子大生が、酒を呑《の》みどおしの陽平に不愉快な表情を浮かべていたことは——言えるはずもないし、思いだしたくもない。

「俺はいいけど、そっちはどうだったんだ？」

「最高だった。隣に座った人と盛り上がっちゃって、メアドまで交換しちゃった」

胸がキュッと締めつけられた。

なぜだろう、こういうときに浮かぶ「隣に座った人」は、アイドルのようなイケメンの青年ではなく、同年代のナイスミドルになってしまう。

ヤキモチ——？　この歳になって——？　来年銀婚式を迎えるっていうのに——？

声には出さない。あたりまえだ。顔にも出さなかったつもりなのだが、美代子は「やだぁ」と笑った。「おばあさんよ、隣に座ったひと」

ホッとした。これも顔に出さないようにしたはずなのに、美代子は「安心した？」

と、またおかしそうに笑って、エスカレーターに向かって歩きだした。その足取りはいかにも颯爽《さっそう》として、はずんでいて、やはり、間違いなく、ふだんウチで見ているよりもずっと若々しかった。

改札を出ると、美代子は陽平を振り向いて「ねえ、お昼はどうしたの？」と訊いてきた。

「新幹線の中で駅弁を食べたけど」

「あ、そう。じゃあ、まだおなか空《す》いてない？」

「食べてないのか？」

「うん、駅弁は帰りにして、今日のお昼はせっかく東北まで来たんだからお鮨屋《すし》さんで食べようと思ってたの」

そうか、鮨という手があったか、と陽平は思わず舌打ちして、「先に言ってくれれば、俺も弁当を食べなかったのになあ」とぼやいた。「一人旅もどき」だと、こういうところの意思疎通がうまくいかない。

だが、美代子は「お刺身とお酒ぐらいなら入るでしょ？」と言う。「付き合ってよ」

ただし、条件があった。

「わたし、カウンターに座ってお好みでお鮨を食べるから。あなたはカウンターの、ちょっと離れたところに座っててくれる？」

「離れたところ、って？」

「だから、別々なの。偶然同じタイミングでお店に入ってきただけの、赤の他人」

いわば「おひとりさまもどき」ということである。

「それでね、わたし、カウンターでお鮨食べるのって生まれて初めてじゃない？　もしかしたら、すごくみっともない失敗しちゃうかもしれないでしょ。そんなときは咳払いとかで、ヤバいぞ、ってサインを送ってほしいの」

「俺が？」

「だって、あなたはカウンターでお鮨食べたことあるでしょ？　こっちは初めてなんだから。お鮨屋さんのカウンターなんて、もう、ドラマの世界なんだから。一人で外でごはんを食べることじたい、何年ぶりかっていう話なんだからね」

無茶な頼みごとをしているというのに、なんだか妙にイバっているのである。

そして、思いつきのように言いながら、じつは用意周到、店の候補も決めていたのである。

「駅ビルの中にお鮨屋さんと牛タン屋さんが集まってる横丁があるんだって。そういうお店だったら、イチゲンの観光客でも入りやすいでしょ？」

「いや、でも……回転ずしのほうがもっと気楽だし、リーズナブルじゃないか？」

「それじゃダメなの」

きっぱりと言って、「いいから、お鮨屋さんのカウンター・デビュー、付き合ってちょうだい」と歩きだす。

美代子が暖簾《のれん》をくぐったのは、気仙沼《けせんぬま》に本店のある鮨屋だった。美代子の指示どおり、ワンテンポ遅れて店に入った陽平は、すぐに店内の様子を目で確かめた。窓を広く取った店内は明るく、ネタにもちゃんと値段が明示してある。この雰囲気ならイチゲンさんでもゆっくりできるだろう。

昼食時を少し過ぎている店内は、六割ほどの混み具合で、L字型のカウンター席にも余裕があった。先に来た美代子は長い横棒の真ん中の席に案内され、遅れて入った陽平は短い縦棒の端の席に通された。ここからさりげなく美代子の様子をチェックして、ヒンシュクを買いそうなときには咳払いでサインを送るのが、陽平に与えられたミッション——なのだが、どうやらその必要はなさそうだった。

美代子は最初こそ緊張した面持ちだったが、店長と二言三言おしゃべりをして、升とグラスで出されたお薦めの冷酒を一口呑むと、リラックスした笑顔になった。あとはゆっくり、のんびり、お鮨をつまみ、お酒を呑んで、店長とおしゃべりして……すっかり店の雰囲気にもなじんで、お鮨やお酒に加えて、「鮨屋のカウンター」という空間そのものを堪能《たんのう》している様子だった。

デビューなんだよな……。

陽平はカツオの刺身を肴《さかな》に冷酒を啜《すす》りながら、さっきの美代子の言葉を思いだしていた。

鮨屋のカウンターはもとより、一人で外食するのも何年ぶり——。

言われてみるまで考えもしなかったが、確かにそのとおりだった。ご近所の奥さん仲間や英会話教室の友だちと一緒にランチやディナーに出かけることはあっても、一人でどこかでごはんを食べるというのはなかったはずだ。

せっかく外食するのならみんなと一緒のほうがいいじゃないか、なんでわざわざ「おひとりさま」の機会をつくらなくちゃいけないんだ、とは思う。

それでも、頬をほんのり赤く染めて冷酒を飲む美代子は、なんともいえず楽しそうだった。のんびりしていながら、わくわくしている。背筋はしっかり伸びていても、頬がやわらかくゆるむ。「おひとりさま」の緊張と心細さと人恋しさと気楽さが、絶妙の塩梅《あんばい》で交じり合っているように見える。

離婚後のリハーサル——？

ふと浮かんだ思いをあわてて打ち消して、冷酒を啜る。美代子は店の名物だというフカヒレの軍艦巻きを頬張って、「おいしいっ」と言った。その声が、急によそよそしく陽平の耳に響いた。

美代子が「じゃあ、お勘定お願いします」と席を立ったのは午後三時前だった。たっぷり一時間以上かけて辛口の地酒を愉《たの》しみ、海の幸を堪能して、癖のあるホヤの酢の物もおいしく食べて店長を喜ばせていた。みごとな「鮨屋のカウンター」デビューである。

陽平も美代子のあとを追って店を出た。光太との待ち合わせは夕方五時、アパートの近くの地下鉄の駅。あと二時間ほどある。市内の観光地を一つか二つなら回れるだろう。

「青葉城《あおば》にでも行ってみるか？」

だが、美代子は首を横に振って、「それは今度でいいんじゃない？」と言う。

「じゃあ、とりあえずホテルにチェックインしちゃうか」

光太のアパートは七畳ほどのワンルームで、予備の布団も一組しか持っていないので、駅前のホテルを二泊三日で予約してある。

「あ、それでね、ホテルのことなんだけど……予約をちょっと変えたから、悪いけど光太の下宿に泊まってくれる？」

「変えたって、どんなふうに？」

「ツインをシングルにしたの。わたしがホテルに泊まるから、あなたは光太の下宿に泊まって」

これもまた、美代子にとっては「デビュー」の一つだった。

「一人旅をしたことがないんだから、一人でホテルに泊まったこともないわけ。この歳になってそんなのって、やっぱりダメでしょ」

「いや、ダメってことはないと思うけど……」

「ダメなの」

迷いなく言い切られると、なにも反論できなくなってしまう。

「それに、あなただって光太と二人で泊まるの初めてでしょ。いいことじゃない、男同士でしみじみ語り合えば？」

勝手に決めつけて、「それより」とつづける。「チェックインの前に、ちょっと行きたいところがあるから、付き合ってくれない？」

「うん、いいけど……」

「そこは一人では行きたくないの」

いつの間にか上機嫌な笑顔は消えていた。

「アラハマまで、タクシーで三十分なんだって」

聞き覚えのある地名だった。観光地ではない。記憶をたどって、ああそうか、と思いだした。アラハマ——荒浜は、一年前に大津波に襲われ、たくさんのひとが亡くなった地区だった。

タクシーは瓦礫《がれき》の集積場のそばを通って海岸に向かう。あたりは荒涼とした「草原」だった。震災前には新興住宅地だったのだと運転手さんに教わらなければ、ほんとうにそう思い込んでしまったかもしれない。

それでも、車の窓からよく見ると、雑草の隙間に家々のコンクリートの土台が覗《のぞ》いている。津波にねじ曲げられて錆《さ》び付いたガードレールも見える。やはり、ここは、あの日のあの瞬間までは間違いなく「町」で、そこには人びとの幸せな暮らしがあったのだ。

廃墟《はいきょ》になった小学校があった。津波の被害で校舎が使えなくなり、子どもたちは近くの別の学校に通っているのだという。

運転手さんは荒浜地区の被害について細かく説明してくれたが、陽平も美代子も沈んだ声で相槌《あいづち》を打つだけで、それ以上はなにも言えなかった。

海岸に沿った松林も津波に襲われて、残った樹がぽつんぽつんと寂しげに立っている。

かつて海水浴場だったところで車を降りた。「その先に慰霊碑があります」と運転手さんが教えてくれた。美代子は無言で会釈して運転手さんに応《こた》え、ゆっくりと慰霊碑に向かう。陽平もあえて美代子には声をかけず、黙ってあとを追った。

慰霊碑の先には防波堤があり、その先には青い海が広がっている。穏やかに凪《な》いだ海は、一年前の悲劇を忘れ去ってしまったかのように、静かに夕陽を浴びている。

美代子は時間をかけて慰霊碑に合掌と黙禱《もくとう》を捧《ささ》げ、深いため息をついてから、言った。

「無関係な人間が言う資格はないんだけど、やっぱり……こういうのってキツいね、ほんとに。圧倒されちゃって、どうにもならない感じ」

「ああ……」

陽平も美代子も、身内や知り合いが被災したわけではない。確かに、スジから言えば悲しむ資格すらないのかもしれない。それでも――。

「明日《あした》の予定、勝手に決めて悪いんだけど、また別行動にしてくれる？　あさって東京に帰るのも、ちょっとまだわからないっていうか、連休の後半までこっちにいるかもしれなくて」

「……こっちで、なにやるんだ？」

「わたしでも役に立てそうな被災地のボランティア、光太に探してもらってるの。もし足手まといにならないんだったら、できるだけ残って、手伝わせてもらおうと思って」

これもまた、大きな「デビュー」だった。

光太は地下鉄の駅の改札で待っていた。少し頬がこけていた。一人暮らしを始めて一ヶ月で三キロ痩《や》せたのだという。ただ、悪い感じの痩せ方ではない。むしろ、ふやけた贅肉《ぜいにく》が落ちて、精悍《せいかん》になった。

「あんたもキリッとしてきたじゃない」

美代子がからかうように言うと、「そんなことないよ、べつに」と照れ隠しにぶっきらぼうに返す。その声やしぐさも、やはり、東京にいた頃とはひと味違う。

陽平は「よう」と仲間同士のような再会の挨拶《あいさつ》をして、まぶしそうに息子を見た。だいぶツラがまえがよくなってきたぞ——。

さすがに口に出して褒めるつもりはないが、本音で、そう思う。

食事も洗濯も掃除も親任せですんでいた高校時代とは違う。縁もゆかりもない仙台で大学生活を始めたのだ。苦労がないはずがない。それでいい。陽平も、大学入学で親元を離れた。生まれ故郷の山口県から上京して、東京の水道水のカルキ臭さに辟易《へきえき》しながら、少しずつ少しずつ、一人暮らしに慣れていったのだ。

今夜は、その頃の思い出話をしてやろう。東京のわが家では照れくさくて話せない。だが、意外と狭いアパートで差し向かいのほうが、すんなりと話せる気がするし、光太も素直に話を聞いてくれるかもしれない……。

そんなことを考えているうちに、光太と美代子はさっさと地上に向かう階段を上っていった。

明日からのボランティアは、石巻に出かけるらしい。高齢者が数多く住む仮設住宅に手すりをつける作業だ。

「大工仕事はオレらがやるから、おふくろたちはどこに手すりをつければいいかとか、ほかに必要なものはないかとか、お年寄りにいろいろ訊《き》いてほしいんだ」

「そんなのでいいの？」

「うん、オレらはやっぱり若いから、お年寄りのニーズって、ピンと来ないところがあるんだよ。向こうも学生相手だとかえって遠慮しちゃって、なかなかリクエストしてくれないんだよね」

光太は階段を並んで歩く美代子の手から、さりげなく旅行カバンを取った。「だいじょうぶよ、自分で持てるから」と美代子が言うと、「いいっていいって」と笑う。

一人遅れて階段を上る陽平は、思わずうつむいて、自分のバッグを黙って提げ直した。

駅から地上に出ると、「どこで晩飯を食べる？」と光太に訊いた。「今夜はスポンサーがいるんだから、どーんと大船に乗ったつもりで食いだめしろ」

陽平の学生時代もそうだった。たまに親や親戚《しんせき》が上京してきたときや、バイト先の先輩やゼミのＯＢに「今夜はオレのおごりだ」と言われたときには、ふだんは食べられないごちそうを、腹一杯食べた。ごちそうする方もそれを「いい食いっぷりだぞ」と喜んでくれていたものだった。

だが、光太は「ファミレスでいいんじゃない?」と言う。「歩いて二、三分のところにあるんだ」

「ファミレスか……」

拍子抜けした。「焼肉でもステーキでもしゃぶしゃぶでも、なんでもいいんだぞ」

「そういうのもファミレスにあるでしょ」

「中華料理のコースでもいいぞ。海老《えび》チリとか北京《ペキン》ダックとかフカヒレとか、ほんと、なんでもOKだから、遠慮するなよ」

「遠慮っていうか、まあ、適当にファミレスでサラダセットとか選ぶから、それでいいよ」

もともと食べることに執着を持たない息子だった。「これが食べたい」と強く望むのではなく、「なんでもいいよ」と受け身に回ってしまう。ちなみに姉の葵のほうは好き嫌いの多い子どもで、自分の嫌いなものはどんなになだめすかしても口を固く閉じて絶対に食べなかった。親としては、出されたものはきちんと食べる光太のほうがずっと扱いやすいものの、こういうときには微妙な物足りなさを感じてしまう。

「ファミレスなんて、どこで食べても同じだろ。もっと仙台らしいものにするとか

――」

言いかけた陽平を制して、美代子が「観光客じゃないんだから」とあきれ顔で笑った。

それは確かにそうだった。仙台駅から地下鉄で十数分の距離でも、もうこのあたりの町並みからは「みちのく」や「杜《もり》の都」の雰囲気は感じられない。遠くの山々の稜《りょう》線《せん》に目を向けなければ、東京のニュータウンとの区別がつかない。

「それに、わたしもファミレスのほうがいいな。カロリーもちゃんと出てるしね」

美代子は光太の味方について、「いいじゃない、お酒だってあるんだから」と陽平をなだめた。

「べつにそんなのはどうだっていいんだよ」

ムスッと返した。なにか面白くない。ファミレスがいけない、という理由は見つからない。だが、その見つからないところが、逆に嫌なのだ。

国道のバイパス沿いのファミレスに入った。東京でもおなじみのチェーンである。東京の店舗に比べると駐車場が広く、店内のレイアウトもゆったりしているが、一九五〇年代のアメリカを意識した内装のコンセプトや、シートの色づかい、小物のデザインなどは変わらない。

そのせいだろうか、ベンチシートに美代子と並んで座った光太と向き合うと、ここが仙台だというのをふと忘れてしまいそうになるし、つい「受験勉強進んでるのか?」と、二月頃までのように訊きたくなってしまう。

美代子も店内を見回して「懐かしいね」と言った。「このファミレスって、東京でもたまに使ってたもんね」

「ああ……前のマンションの頃かな」

「前の前じゃない?」

いまの一戸建てを建売で買ったのは十年ほど前で、それまでは賃貸のマンション暮らしだった。新婚時代から通算して四つの「わが家」があったことになる。

「前の前に住んでたのって、一階で庭のあったマンションだよね」

光太が言った。「覚えてるの?」と美代子が意外そうに訊くと、「幼稚園の頃だから、なんとなくね」と笑う。「その前になると、アルバムの写真を観ても全然わかんないけど」

注文した料理を待つ間、陽平と美代子は中ジョッキのビール、光太はウーロン茶を飲みながら、ひとしきり昔話で盛り上がった。

「光太が赤ちゃんの頃はファミレスでもワンワン泣いちゃって大変だったんだから」

「クリームソーダのグラスを倒しちゃって、お母さんの白いブラウスが緑色になっちゃったこともあったのよ」「レジに行くと、オモチャ買ってとかお菓子買ってとか、ほんとにうるさかったよね」……美代子が思いだすのは失敗談や苦労話が中心だった。

一方、陽平が思い浮かべるのは、具体的なエピソードではなく、プリンをおいしそうに頬張る光太の笑顔や、何ページもあるメニューを最初から最後までじっくり読んで注文を決める葵の真剣なまなざしといった、プロモーションビデオのような光景ばかりだった。

「ほら、やっぱりお父さんの子育てってロマンチックっていうか、雰囲気だけでしょ？」

美代子は微妙なトゲを覗《のぞ》かせつつ、光太に言った。その笑顔もいつか懐かしく思いだすことになるんだろうな、と陽平はビールを啜《すす》った。

光太は和風ステーキ膳《ぜん》に温野菜のバーニャ・カウダをつけた。美代子はカルボナーラにシーフードサラダ。陽平は四川風担々麵《たんたんめん》をメインにして、「みんなで食べればいいから」とサイドメニューから何品か頼んだ。フライドポテト、ソーセージ、生春巻き、スモークサーモン、きんぴらゴボウ、棒餃子《ギョーザ》……テーブルが皿で埋め尽くされた。

さすがに頼みすぎたが、和洋中にエスニックまで加わった食卓は、壮観といえば壮観だった。

「ファミレスじゃなかったら、こんな注文ってできないよね」

光太が感心したように言うと、美代子も「一人ずつの好みでOKなんだもんね」とうなずいた。

確かにそうだな、と陽平も認める。だが、ファミレスって便利だよなあと思う一方で、そこになんともいえない物足りなさも感じてしまう。ファミレスでの食事は、リビングに集まった家族がそれぞれケータイやテレビやマンガに夢中になっている光景を思い起こさせる。はたして、それを一家団欒《だんらん》と呼べるのだろうか?

「明日《あした》の夜は、別のところで食べるぞ」

陽平は宣言するように言った。美代子はなんとなく察したのか、やれやれ、という苦笑いを浮かべたが、光太は口の中のステーキを嚙《か》みながら、怪訝《けげん》そうに陽平を見た。

「郷土料理でも中華でも焼肉でもジンギスカンでもなんでもいいよ。とにかく明日の晩飯はみんなで同じものを食べよう」

ちょっと間が空いた。美代子の苦笑いに、やっぱりね、というため息が交じる。ステーキをごくんと吞《の》み込んだ光太は、「なんで?」と訊《き》いた。きょとんとした顔で、「なんで同じもの食べなきゃいけないの?」——親に反発しているのではなく、あくまでも素直に、屈託なく、「みんな好きなもの食べたほうがいいじゃん、いまみたいに」と言う。

光太のほうが正論なのだ。現実的だし、合理的だし、スジも通っている。

「別々の店で食べちゃうのはアレだけど、こうやって同じ席にみんないるんだから、いいじゃん」

「いや、うん、まあ、そうなんだけど……せめて、和食か洋食かとか、そういう方向性ぐらいは同じほうがいいだろ」

「そう？」

「だって、それはそうだろ、家族なんだから」

話せば話すほど、子どもが駄々をこねるような言い方になってしまう。

助けを求めて美代子に「なあ、そうだよな」と声をかけた。「やっぱり同じものをみんなで食べて、味の感想をみんなで言ったりするのがいいんだよ」

だが、美代子は苦笑いの顔のまま、「別々のものを食べて一口ずつ交換するっていうのもいいけどね」と言う。「家族ならではの食べ方って、むしろそっちのほうじゃないの？」

思わず納得しかけたが、「いや、でも」と返した。「やっぱり専門店のほうがうまいだろ、ファミレスはなんでもあるぶん、どの料理も平均点っていうか、そこそこっていうか……」

「グルメみたいな気取ったこと言っちゃって」

あきれられてしまった。確かに自分でも、いまのは分不相応の反論だったな、と認めた。料理が趣味だからこそ、ファミレスの「そこそこ」のレベルの高さはよくわかっている。

「どっちにしても、明日はだめだよ」

光太が言った。「だって明日は夜八時頃まで石巻にいるから、晩飯も向こうで食わないと」

「お店、あるの？」と美代子が訊く。

「プレハブの仮店舗のところも多いけど、ちゃんと営業してるし、被災地で飯を食ってお金を払うっていうのも復興支援なんだから」

「あ、そうよね、ほんとそうだわ。じゃあ明日は石巻でごはんを食べてから仙台に戻るの？」

「着くのは九時過ぎだけど、遅すぎる？」

「ううん、そんなことない、もしアレだったら仙台のホテルをキャンセルして向こうに泊まってもいいぐらいだし、連休中ずーっと石巻でボランティアやっててもいいわよ、お母さん」

「そうなの？」

「うん、どうせ東京に帰っても、べつにやることないんだし。足手まといにならないんだったら、いくらでも使ってちょうだい」

「マジ？　それって、けっこう助かるかも」

　また陽平だけ取り残されてしまった。美代子と光太の話はどんどん進んだ。石巻のホテルは復興工事の作業員で満杯なので、あさっての夜から美代子は光太のアパートに泊まることになった。

　陽平は急に苦くなったビールを呷《あお》って、「明日からでもいいぞ」と言った。「俺、もう明日には東京に帰ることにするから」

「そうなの？」「マジ？」と二人は驚いていた。けれど「予定どおり二泊でいいじゃない」と引き留めたり、「お父さんも石巻でボランティアやらない？」と誘ったりすることはなかった。


　夕食を終えると、美代子は一人で地下鉄に乗って、仙台駅に戻った。陽平も光太もホテルまで送るつもりだったのだが、「送り迎え付きなんて面白くないじゃない」と美代子は言い張って、さっさと地下鉄の駅の階段を下りていった。

　路上に残された陽平と光太は、「まいっちゃうよなあ」「だね」と首をかしげ合い、苦笑いを浮かべ合う。気まずさというほどではないが、なんともいえないぎごちなさがある。間が持たない。光太がハタチを過ぎていれば「どこかで一杯やるか」と酒に誘えるのだが、十八歳ではそういうわけにもいかず、かといって親父と息子が喫茶店で向かい合ってコーヒーを飲むというのも、どうにも締まらない。

「じゃあ、とりあえずウチに帰る？」

「うん……そうだな」

うなずいたあとで、光太が仙台で「ウチ」と呼ぶ場所は東京のわが家ではないんだな、と嚙みしめた。あそこは「実家」になるのだろう。「親父んち」「おふくろのところ」という言い方にもなるのだろう。

「途中にコンビニがあるけど、寄る？」

「うん……そうだな」

「明日の朝ごはんも、そこで買おうと思ってるんだけど、いいよね？」

「うん……なんでもいいぞ」

「お母さん、あいかわらず元気そうだよね」

「うん……まあな」

なにを照れてるんだ、と最初は自分で自分にあきれていた。だが、違うな、と気づいた。照れているのではなく、微妙に気おされている。光太にそんなつもりはまったくなくても、陽平が勝手にひるんでしまっているのだ。

身長は中学生のうちに抜かれてしまった。靴のサイズも高校時代に抜かれた。家族で焼肉バイキングに出かけるときに元を取ってくれる稼ぎ頭は、すでにとっくに陽平から光太に移っている。

いや、そんなものは、息子の成長ということで納得できる。図体《ずうたい》ばかりデカくなっても、まだまだ半人前じゃないか――という言い方で、親父の優位を保つこともできる。

だが、こうして二人で並んで歩いていると、光太の全身からにじむ「若い男の汗くささ」をはっきりと感じる。「オヤジの加齢臭」がそれにひるんでしまうというのは、自然の摂理というか、オスとしての本能レベルの話なのかもしれない。

コンビニに入ると、光太は「お酒関係はわかんないから、お父さんが自分で呑むぶんはよろしく」とスナック菓子のコーナーに向かった。

陽平はまず缶ビールを二本カゴに入れ、おつまみになりそうなものを探した。

最初は乾き物ですませるつもりだったが、東京よりも土地に余裕があるおかげなのか、店内はかなり広く、品揃えも充実している。野菜コーナーもあるし、豚のロース肉やカジキマグロの切り身程度ではあっても、精肉と鮮魚のコーナーも設けられていた。そうなると、やはり、なにか一手間かけたものをつくってみたくなる。

コンビーフの缶詰と生卵をカゴに入れた。厚めに切ったコンビーフを小麦粉にまぶし、溶き卵にくぐらせてフライパンで焼けば、塩味の効いたピカタができあがる。ビールにも合うし、光太の小腹しのぎにもなるだろう。

だが、お菓子をカゴに入れて戻ってきた光太に「小麦粉あるだろ？」と訊くと、「そんなものないって」とあっさり打ち消された。

「小麦粉なんて、基本中の基本だぞ」

「だって料理しないもん」

明日の朝食も、菓子パンやカップ麺《めん》ですませるつもりだったという。

「じゃあ冷蔵庫になにを入れてるんだ？」

「ジュースとか、コンビニのスイーツとか」

「ガスコンロもあるだろ？」

「あるけど、まあ、カップ麺のお湯を沸かすぐらいだよね、使ってるのって」

大学の近くには安くてうまい定食屋がたくさんあるらしい。コンビニ弁当もバラエティ豊かだし、サラダを付ければ栄養のバランスもそこそこ取れる。「一人暮らしでメシをつくるのって、そんなに意味ないと思うんだよね」と光太はデメリットを並べ立てていった。一人分の料理だと割高になるし、食材も使い切れないし、狭いキッチンで料理をするのは大変だし、生ゴミも出るし、なにより――「自分でつくって自分で食べるのって、バカみたいじゃん」と笑う。「一人しかいないのに『いただきまーす』『ごちそうさまー』ってさ」

そんなことないだろ、と一瞬ムッとした陽平だったが、自分の学生時代を振り返ってみれば、俺も似たようなものだったな、と思う。光太は言葉の選び方をしくじっただけだ。「バカみたい」を「寂しい」に言い換えれば、光太の言いぶんもわからないではないし、その一言に本音が微妙に覗《のぞ》いていたような気がしなくもない。

料理をつくるのはあきらめた。しかたない。たった一泊のために食材や調味料を買い込んでも、あとで光太が持て余してしまうだけだ。

ビールのつまみに乾き物を見つくろい、明日の朝食用にサンドイッチと牛乳をカゴに入れた。

「おまえのスナック菓子やジュースもこっちに入れろよ、一緒に会計しちゃうから」

「ワリカンでいいよ」

「なに生意気なこと言ってるんだ」

二つのカゴを一つにまとめて支払いをすませると、光太は少し悔しそうに「おごりだったら、もっと買えばよかった」と言った。照れ隠しだ。すぐにわかる。財布は親任せが当たり前だった高校時代とは、やはり違う。おまえの財布の中身も親の仕送りのカネなんだぞ、と意地悪を言うのはやめておいた。

「僕、持つよ」

「そうか、うん、じゃあよろしく」

レジ袋を光太に渡したとき、若いカップル客が店に入ってきた。二人とも光太と変わらない年格好だったが、部屋着と変わらないようなだらしない格好で、べたべたと腕を組んでいる。

陽平は目をそらし、聞こえないように舌打ちをした。傍若無人《ぼうじゃくぶじん》な若い連中は嫌いだ。見ているだけで不愉快になる。ただし、直接はなにも言わない。怒らせるとなにをするかわからないので、なるべく目を合わせないようにする。そこがよけい腹立たしいのだ。

さっさと出よう、と歩きだしたら、男のほうが「おう、ミヤっち」と声をかけてきた。連れの女も男の腕に抱きつくような格好のまま「宮本くん、こんばんはーっ」と笑顔で手を振ってきた。

「あ、どーもっ」

光太はペコッと頭を下げる。

店を出てから、陽平は「知り合いなのか」と訊《き》いた。感情は隠したつもりだったが、やはり声に不機嫌さがにじんでいたのか、光太はなだめるように笑って「大学の一コ上の先輩」と言った。「見た目はチャラいけど、すごい世話になってて、よくしてもらってるんだ」

「女の子のほうは?」

「先輩のカノジョ。一緒に住んでるんだよね」

「でも……先輩ってまだ二年生だろ？」

「学年はあんまり関係ないんじゃない？」

「まあな……」

一年生の光太にカノジョができて同棲《どうせい》を始めることだって「あり」なのだ、と嚙《か》みしめた。

光太のアパートは、七畳ほどのフローリングの洋室に、デスクとセットになったロフトベッドを置いている。もちろん、狭いながらもキッチンとバス、トイレも完備である。

風呂《ふろ》なし・共同トイレの四畳半一間で学生生活を送った陽平から見ればうらやましいかぎりだが、それに加えてコンビニで出くわした先輩カップルのことが頭から離れないせいだろう、この部屋ならカノジョと二人暮らしでもだいじょうぶなんだよなあ、とつい考えてしまう。

「お父さん、先に風呂に入っちゃえば？」

狭いけどさ、と付け加えたとおり、トイレと一体になったユニットバスはバスタブに体がはまって抜けなくなるんじゃないかと思うほど窮屈で、シャワーの湯気がたちこめると息が詰まりそうだった。なんとか汗を流し、髪も洗ったものの、ちっとも風呂に入った気がしない。これなら、風呂なしのアパートで銭湯を使ったほうがずっとリラックスできるだろう。

光太がシャワーを浴びている間、陽平は風呂上がりのビールを啜《すす》りながら、部屋のたたずまいをあらためて確かめた。思っていたより片付いているが、カノジョの影は感じられない。安堵《あんど》していいのか、逆にモテないことを心配すべきなのか、よくわからない。葵の場合なら、確実に、もう、なにがあってもカレの存在など許しはしないところなのだが……。

いずれにしても、葵につづいて、光太も親離れの時期に来た。それでいい。引き留めてはならない。理屈ではわかっていても、やはり寂しい。

そんな思いを夫婦で分かち合いたくても、目の前には、小さな画面のテレビがあるだけだった。

美代子はもうホテルに入った頃だろう。シャワーを浴びてのんびりしているのか、それとも「一度やってみたかったの」と楽しみにしていたルームサービスのナイトキャップを愉《たの》しんでいるのか、あるいは「一人旅もどき」の仕上げとして、どこかに出かけているのか……。

風呂から上がった光太は、Tシャツに半パン姿で全身から湯気をたちのぼらせて、「暑い暑い」と床に座り込んで髪を拭《ふ》きながら言った。

「お父さん、ちょっとマジメな話、していい？」

「うん？」

だったらもっと落ち着いてからにしろよ、と言いかけたが、マジメな話だからこそ軽く切り出したいのかもしれない、と思い直した。

「お父さんとお母さん、いま二人きりでしょ。姉貴も僕もいなくて、どんな感じなの？」

問いただすような訊き方ではなかったが、一言では答えづらい質問だった。しかも前置きなしで、いきなり——なのだ。

陽平は「うん、まあ……」と間を取ってから、「元気だよ」と言った。

光太は床にあぐらをかいたまま陽平に背中を向け、濡《ぬ》れた髪をタオルで乱暴に拭きながら、「お母さん、ちょっと変わったと思わない？」と質問を重ねた。「なんかミョーに張り切ってるっていうか、がんばってない？　ボランティアとかホテルに一人で泊まるとか、そういうのって、いままでのお母さんだとありえなかったでしょ」

「まあな……」

「で、ぜんぶお父さんと別行動なんだよね」

そうなのだ。やっぱり光太にも気づかれたか、とうつむいて、気づかないわけがないだろう、とため息を呑《の》み込んだ。

「夫婦ゲンカとか、なにかあったの？」

「ないよ」

すぐに答えた。「あるわけないだろ」と苦笑交じりに念を押した。

だが、光太は「でも、ケンカっていうほどじゃなくても、話が揉《も》めたり、意見がすれ違ったりって……ほんとにない？」と訊いてくる。

振り向かないのは、自分が話しやすいからなのだろうか。それとも逆に、こちらへの気づかいのつもりなのだろうか。

「明日《あした》、お母さんに訊いてみろよ。それが一番早いし、確実だろ」

その結果をあとでお父さんにも教えてくれ——とは、言いたくても言えない。

光太は髪を拭く手を止めた。「ほんとかどうかはわからないけど」と前置きして、「いまのタイミングが、熟年離婚が一番ヤバいんだって」と言った。

社会学の授業で教授が話していたのだという。漫画やドラマでは、夫の定年退職と同時に妻が「別れてください」と切り出すパターンがおなじみだが、最近はそれが前倒しになってきているのだという。子どもが進学や就職や結婚で家を出て夫婦二人きりになったあとが、危ない。

「ダンナの退職金を待つより、少しでも早く、自分が働けるうちに別れて、新しい人生を始めたい、っていうことなんだって」

光太はそう言って、またタオルで髪を拭いた。

陽平は黙り込んでしまった。

「まあ、教授も授業中の雑談で言ってただけだから、シャレだと思うけどね」

光太が付け加えた言葉にも反応できなかった。

なるほどなあ、とうなずけばいいのだ。ダンナの定年まで待ってられないってことか、と感心したように腕組みをして、近ごろは退職金もどんどん目減りしてるしなあ、と苦笑すればいいのだ。そして最後に、ウチはだいじょうぶだから心配するな、と胸を張ればいいのだ。

いや、そこまできれいに打ち消さなくても、とにかくなにかしゃべったほうがいい。しゃべらなくてはいけない。沈黙の時間が長引けば長引くほど、口を開くときのプレッシャーが増してしまうし、光太にも怪訝《けげん》に思われてしまう。

理屈ではわかっていても、声が出ない。うつむいた顔も上げられない。

「……ドライヤー、使うね」

光太はつぶやくように言って立ち上がり、浴室に入った。ほどなくドライヤーの送風音が聞こえてきた。あえて席をはずしてくれたのだろう。立ち上がるときに背中を向けたままだったのも、陽平の沈黙の意味するものを感じ取ったから、かもしれない。まだ十八歳の息子にそんな気づかいをさせてしまうことが、自分でも情けない。

ビールの缶を手に取って、残りを一気に呑み干しながら缶をポコポコとへこませた。空になった缶をグシャッとつぶし、よしっ、と腹に力を込める。光太を心配させてはいけない。あぐらをかいた膝《ひざ》を組み直して、胸を張った。背筋を伸ばした。浴室のドアが開いたら、笑顔で光太と向き合って、そして――。

ドライヤーの音が止まって、ドアが開き、光太が浴室から出てきた。

陽平はすぐさま言った。

「まあ、アレだ、うん」

「はあ？」

「アレなんだよ、なあ、やっぱりそうだ」

「……どうしたの？」

「だから、要するに、結局、その、なっ、おまえは勉強をがんばれっ、青春なんだから、仙台で元気いっぱいに毎日やっていけ、うん、そう、で、アレだ、うん、その、まあ、こっちは、こっちって、お父さんとお母さんは、なっ……」

光太はきょとんとした顔のまま、「べつに離婚してもいいけどね」と軽く言った。

聞き流すわけにはいかなかった。「ちょっと待てよ、そういう言い方はないだろ」と声を強めて言って、光太をにらんだ。「離婚ってのは、そんなに軽いものじゃないんだ」

「それくらい、わかってるよ」

光太も不服そうに言い返して、「お父さんとお母さん、ほんとにだいじょうぶなの？」と話の矛先をまた陽平に向けてきた。

「……だいじょうぶだ、って言ってるだろ」

「お父さんはだいじょうぶでも、お母さんのほうはわからないじゃん」

冗談の口調だったが、うまく笑い返すことはできなかった。

「それに離婚って、いまフツーでしょ？　高校のときの友だちにも親がバツイチの奴とかシングルマザーとか、けっこういたよ。離婚率だって昔に比べてすごく上がってるわけだし、別れたいのに形だけ夫婦でいても意味ないじゃん。そんなの不幸だと思わない？」

それにさ、とつづける。

「人生は失敗してもやり直せばいいんだって言うんだったら、離婚なんて全然ＯＫじゃん。離婚がダメってことになったら、失敗しちゃって後悔してても、もう逃げられないわけでしょ？　それって、やっぱりおかしいと思うけど」

一般論なら確かにそうなのだ。けれど、父親として、そんな理屈を息子の前で認めるわけにはいかないではないか。

「どっちにしても、ウチは関係ない。べつに失敗もしてないし、後悔もしてないんだから。つまらない『もし』の話は、もうやめろ」

眠い、もう寝るぞ、と床に横になった。

「わかった……布団敷くよ」

光太は押し入れを開けた。また陽平に背中を向ける格好になって、そのまま、「でもね」と諭すように言った。

「もしお父さんやお母さんがリセットしたいって言うんだったら、オレ的にはＯＫだからね」

離婚とは、リセット——そういう感覚なのか。

「で、もしマジに熟年離婚になったら、僕、悪いけど、お母さんのほうにつくから」

姉貴もたぶんそうだと思うけど、と光太は付け加えて、少し荒っぽい手つきで布団を敷いた。

「『もし』の話をしても意味ないだろ……」

陽平はつぶやくように言って寝返りを打ち、敷いたばかりの布団に横たわった。つくりもののあくびをして、掛け布団を頭からかぶった。

しばらく寝付けなかった。やっと眠りに落ちても、フローリングの床にじかに布団を敷いているせいで、背中や腰が痛く、すぐに目が覚めてしまう。一晩中その繰り返しだった。

光太はベッドでよく眠っている。ぐっすりと眠ることにも体力と若さが要るのだと、四十代の終わりに差しかかると、つくづく実感する。

また目が覚めた。暗がりで時計を確かめた。午前五時。カーテン越しに、窓の外がうっすら白んできているのがわかる。

光太は六時過ぎに出かけると言っていた。ホテルまで美代子を迎えに行って、仙台駅でボランティア・サークルのメンバーと合流する。レンタカーのワゴン車や、資材を積んだトラックに分乗して、石巻に向かう。

部屋の合鍵《あいかぎ》を持っていない陽平は、光太と一緒に部屋を出るしかない。ホテルまで付き合っても、そこからは別行動――二泊の予定を一泊に変えたのは、身も蓋《ふた》もなく言えばただ依怙地《いこじ》になったせいだけなのだが、やはり正解かもしれない。

五時半に、ベッドで時計のアラームが鳴った。

布団から起き上がった光太に、陽平は「お父さん、もう帰るからな」と声をかけた。すでに服を着替え、布団も畳んである。

寝起きで頭がしゃんとしていないのだろう、光太はあくび交じりの頼りない声で「あ、そう……」と言うだけだった。

「ボランティア、ケガしないようにがんばれよ。お母さんにも無理するなって言っといてくれ。あと、先に東京に帰ってるから、って」

光太は「うー、ちょっと待ってよ……なにそれ……話、全然見えないんだけど……」と、寝言のようにモゴモゴと言う。まだほとんど眠りの中にいるようだ。かまわない。それでいいし、そのほうがいい。畳んだ布団の上に置いた一万円にも、あとで気づくだろう。お母さんにはナイショだぞ、男同士のカンパなんだからな、と心の中でつぶやいて、「じゃあな」と部屋を出た。

光太は枕を抱いて「行ってらっしゃーい……」と、とぼけたことを言うだけだった。

アパートから地下鉄の駅に向かう途中に、ゆうべのファミレスがある。最初はそのまま通り過ぎるつもりだったが、店頭に掲げられた「モーニングセット」「朝定食」ののぼりに気づくと、急に空腹を感じた。

いまは六時少し前。仙台駅までまっすぐ地下鉄で向かっても、朝食は駅の喫茶店でモーニングセットを頼むか、新幹線に乗ってから車内販売のサンドイッチを食べるか……どっちにしても楽しみで胸がわくわくするというものではない。ならば、いままで体験したことのないファミレスの朝食を試してみるのも一興だろう。

店内は意外と混み合っていた。満席というほどではなかったが、どのボックスにも一人客が座っている。テーブルに制帽を置いているひとは夜勤明けのタクシードライバーなのだろうか。小ジョッキのビールをうまそうに飲んでいる作業着姿の若者は、夜通し工事現場で働いていたのかもしれない。スーツ姿のひとも一人いた。四十がらみの年格好だった。連休返上の仕事を抱えて早朝から出勤しなくてはならないのか、あるいは出張に出かけるのか。トーストにサラダにヨーグルトという組み合わせが、いかにもファミレスでの朝食に慣れている感じだった。

一方、陽平はモーニングメニューの豊富さに圧倒されてしまい、なかなか注文を決められずにいた。和食の「定食」だけでも数種類、洋食の「セット」は十数種類もある。

厚切りトーストとスクランブルエッグのセットを頼んだ。付け合わせの生野菜に日替わりスープとコーヒー、トーストにはバターとジャムもついて、税込み四百円ちょっと。決して激安というわけではない。価格ならファストフード店の朝食にはかなわない。それでも食事というのは、ちょっとしたゆとりも味のうちなのだ。ファミレスの朝食は、広々とした席で、食器やカトラリーもディナーと同じというのがいい。そのライバルは、むしろ自宅での朝食なのだろう。

美代子の顔がふと浮かんだ。

ウチの朝食は——だいじょうぶだいじょうぶ、勝ってる勝ってる、とうなずきながら、スクランブルエッグをスプーンから啜《すす》った。塩気がやや薄いものの、ふわふわの食感で、バターの風味もしっかり残っている。日替わりスープのミネストローネも、根菜の土臭さが絶妙のところで残っている。うーむ、と陽平は顔をしかめて、たまには負けてる日もあるかもしれないなあ、と認めた。

朝食を終えて、あらためて店内を見回した。

休日の朝とはいえ、まだ六時台では家族連れの姿は見えない。店にいるのは夜勤明けの客がほとんどだったが、その中に一組の老夫婦がいた。

六十代後半から七十代にさしかかるあたりだろうか。二人とも髪は白くなっていたが、お揃いのパーカを着て、タオルを首に巻いて、若々しい雰囲気だった。

ダンナのほうは塩鮭と味噌《みそ》汁に小鉢が付いた朝定食で、奥さんのほうはパンケーキのモーニングセット——朝のウォーキングを日課にしていて、帰りにここで朝食をとるのも日課なのだろうか。

「和」と「洋」が同じテーブルに並んでいても、不思議とちぐはぐな感じはしない。二人でおしゃべりを愉《たの》しんでいるわけではなく、黙々と、淡々と、たいして面白くもなさそうに食事をとっているのだが、そこにはなんともいえない満ち足りた時間が流れているように見える。

美代子の顔を思い浮かべて、今度は朝食のメニューではなく、食卓に漂う温《ぬく》もりや安らぎを比べてみた。ギスギスとはしていないはずだ。おしゃべりはしなくても、テレビや新聞に目を向けながらの一言二言のやり取りに、長年連れ添った夫婦ならではの阿吽《あうん》の呼吸がにじんでいると思う。

それでも、あの老夫婦を見ていると——。

「いいよなあ……」

つい、つぶやきが漏れてしまった。

ダンナは会社を定年退職して、いまは悠々自適なのだろうか。子どもたちを一人前に育て上げて、夫婦二人の穏やかな老後を過ごしているのだろうか。子どもたちがときどき孫を連れて遊びに来るのが楽しみで、近所を毎朝ウォーキングしながら季節の移り変わりを眺めて、体には少々のガタが来ていても、夫婦そろって元気で、明るく、朗らかに、身の丈に合った幸せを嚙《か》みしめながら日々を生きているのだろう、きっと。

簡単なことだ。べつにあの二人が特別に仲睦《なかむつ》まじいオシドリ夫婦というわけではないはずだ。どこの夫婦だってあれくらいのことはできる。できなければ困る。俺たちだって、あと十年もすれば、あんなふうに——。

「ならなきゃいけないんだよ、うん……」

わざと声に出してつぶやいて、ため息が漏れる前に、伝票を手に立ち上がった。東京に帰ろう。ウチに帰ろう。だが、わが家には誰もいない。思いがけず一人ぼっちの大型連休になってしまったんだな、とあらためて嚙みしめた。

(下巻へつづく)

本書は、二〇一三年七月に日本経済新聞出版社より刊行
された単行本を、上下巻に分け文庫化したものです。

ファミレス 上

重松《しげまつ》 清《きよし》

平成28年 5月25日　初版発行
令和6年 4月30日　11版発行

発行者●山下直久

発行●株式会社KADOKAWA
〒102-8177　東京都千代田区富士見2-13-3
電話　0570-002-301(ナビダイヤル)

角川文庫 19748

印刷所●株式会社KADOKAWA
製本所●株式会社KADOKAWA

表紙画●和田三造

●お問い合わせ
https://www.kadokawa.co.jp/（「お問い合わせ」へお進みください）
※内容によっては、お答えできない場合があります。
※サポートは日本国内のみとさせていただきます。
※Japanese text only

ISBN978-4-04-103160-5　C0193

◆◇◇

角川文庫発刊に際して

角川源義

第二次世界大戦の敗北は、軍事力の敗北であった以上に、私たちの若い文化力の敗退であった。私たちの文化が戦争に対して如何に無力であり、単なるあだ花に過ぎなかったかを、私たちは身を以て体験し痛感した。西洋近代文化の摂取にとって、明治以後八十年の歳月は決して短かすぎたとは言えない。にもかかわらず、近代文化の伝統を確立し、自由な批判と柔軟な良識に富む文化層として自らを形成することに私たちは失敗して来た。そしてこれは、各層への文化の普及滲透を任務とする出版人の責任でもあった。

一九四五年以来、私たちは再び振出しに戻り、第一歩から踏み出すことを余儀なくされた。これは大きな不幸ではあるが、反面、これまでの混沌・未熟・歪曲の中にあった我が国の文化に秩序と確たる基礎を齎らすためには絶好の機会でもある。角川書店は、このような祖国の文化的危機にあたり、微力をも顧みず再建の礎石たるべき抱負と決意とをもって出発したが、ここに創立以来の念願を果すべく角川文庫を発刊する。これまで刊行されたあらゆる全集叢書文庫類の長所と短所とを検討し、古今東西の不朽の典籍を、良心的編集のもとに、廉価に、そして書架にふさわしい美本として、多くのひとびとに提供しようとする。しかし私たちは徒らに百科全書的な知識のジレッタントを作ることを目的とせず、あくまで祖国の文化に秩序と再建への道を示し、この文庫を角川書店の栄ある事業として、今後永久に継続発展せしめ、学芸と教養との殿堂として大成せんことを期したい。多くの読書子の愛情ある忠言と支持とによって、この希望と抱負とを完遂せしめられんことを願う。

一九四九年五月三日

角川文庫ベストセラー

かっぽん屋　重松　清

汗臭い高校生のほろ苦い青春を描きながら、えもいわれぬエロスがさわやかに立ち上る表題作ほか、摩訶不思議な奇天烈世界作品群を加えた、著者初のオリジナル文庫！

疾走（上）（下）　重松　清

孤独、祈り、暴力、セックス、殺人。誰か一緒に生きてください――。人とつながりたいと、ただそれだけを胸に煉獄の道のりを懸命に走りつづけた十五歳の少年のあまりにも苛烈な運命と軌跡。衝撃的な黙示録。

哀愁的東京　重松　清

破滅を目前にした起業家、人気のピークを過ぎたアイドル歌手、生の実感をなくしたエリート社員……東京を舞台に「今日」の哀しさから始まる「明日」の光を描く連作長編。

うちのパパが言うことには　重松　清

かつては1970年代型少年であり、40歳を迎えて2000年代型おじさんになった著者。鉄腕アトムや万博に心動かされた少年時代の思い出や、現代の問題を通して、家族や友、街、絆を綴ったエッセイ集。

みぞれ　重松　清

思春期の悩みを抱える十代。社会に出てはじめての挫折を味わう二十代。仕事や家族の悩みも複雑になってくる三十代。そして、生きる苦みを味わう四十代――。人生折々の機微を描いた短編小説集。

角川文庫ベストセラー

とんび　重松　清

昭和37年夏、瀬戸内海の小さな町の運送会社に勤めるヤスに息子アキラ誕生。家族に恵まれ幸せの絶頂にいたが、それも長くは続かず……高度経済成長に活気づく時代と町を舞台に描く、父と子の感涙の物語。

みんなのうた　重松　清

夢やぶれて実家に戻ったレイコさんを待っていたのは、いつの間にかカラオケボックスの店長になっていた弟のタカツグで……。家族やふるさとの絆に、しぼんだ心が息を吹き返していく感動長編！

そんなはずない　朝倉かすみ

30歳の誕生日を挟んで、ふたつの大災難に見舞われた鳩子。婚約者に逃げられ、勤め先が破綻。変わりものの妹を介して年下の男と知り合った頃から、探偵にもつきまとわれる。果たして依頼人は？　目的は？

星やどりの声　朝井リョウ

東京ではない海の見える町で、亡くなった父の残した喫茶店を営むある一家に降りそそぐ奇跡。才能きらめく直木賞受賞作家が、学生時代最後の夏に書き綴った、ある一家が「家族」を卒業する物語。

グラスホッパー　伊坂幸太郎

妻の復讐を目論む元教師「鈴木」。自殺専門の殺し屋「鯨」。ナイフ使いの天才「蟬」。3人の思いが交錯するとき、物語は唸りをあげて動き出す。疾走感溢れる筆致で綴られた、分類不能の「殺し屋」小説！

角川文庫ベストセラー

ああ息子　西原理恵子＋母さんズ

耳を疑うような爆笑エピソードの数々。でもみんな、本当にあった息子の話なんです――!!　息子の「あちゃちゃ」なエピソードに共感の声続々！　育児中のママ必携の、愛溢れる涙と笑いのコミックエッセイ。

ああ娘　西原理恵子＋父さん母さんズ

ほっこりすること、愛らしいこと――娘をもつ親ならきっとみんな〝あるある！〟と頷いてしまうこと間違いなしの、笑いと涙の育児コミックエッセイ。息子とは違う「女」としての生態が赤裸々に！

純愛小説　篠田節子

純愛小説で出世した女性編集者を待ち受ける罠と驚愕の結末。慎ましく生きてきた女性が、人生の終わりに出会った唯ひとつの恋など、大人にしかわからない恋の輝きを、ビタースイートに描く。

美神解体　篠田節子

整形美容で新しい顔を手に入れた麗子。だが彼女を待っていたのは、以前にもまして哀しみと虚しさに満たされた日々……ねじれ、病んでいく愛のかたちに目をこらし、直木賞作家が哀切と共に描いた恋愛小説。

夏の災厄　篠田節子

郊外の町にある日ミクロの災いは舞い降りた。熱に浮かされ痙攣を起こしながら倒れていく人々。後手にまわる行政の対応。パンデミックが蔓延する現代社会に早くから警鐘を鳴らしていた戦慄のパニックミステリ。

角川文庫ベストセラー